우리 행복할 수 있을까

우리 행복할 수 있을까

공인중개사가 쓴 부동산이야기

서성식 지음

좋은땅

우리 행복할 수 있을까

1.

 10월 말 결혼을 앞둔 회사원 연수는 신혼집을 구하는데 큰 어려움을 겪고 있었다. 25평 아파트를 알아보고 있었는데, 여러 곳을 돌아보느라 마음을 정하지 못한, 최근 한 달 새 전세 값이 2억 원대에서 3억 원까지 오른 탓이다. 같은 면적이 600채 넘게 있는 단지임에도 전세 매물은 달랑 1, 2개 나와 있다. 연수는 직장 생활하면서 이곳에서 쭉 살아와 이 동네를 떠나고 싶지 않은데, 보증금 1억 원에 월 임대료 70만 원 수준에 월세를 구하는 방법밖에 없어 고민이다. 부동산사무실을 찾아가도 지금은 이런 반전세나 월세 매물도 많지 않다고 한다.

 지난달 31일 계약 갱신 요구권과 전월세 상한제를 도입한 주택임대차보호법 개정안이 전격 시행된 지 4주가 지난 가운데 전세 매물이 감소하고 반 전세 비중이 증가하는 등 임대차 시장의 혼란은 계속되고 있었다.

 연수는 요즘 퇴근하면 온라인으로 부동산 매물을 찾아보다가 한숨에 잠겨 잠들기 일쑤다

 신문에 보면 정부는 그동안 전세 보증금을 끼고 집을 사는 이른바 갭 투자 비중이 높기 때문에 집 주인들이 보증금을 내려가며 월세로 전환하기는 어려울 것으로 전망해 왔다. 하지만 수억 원에 이르는 보

증금은 그대로 두고 수십만 원 수준의 월세를 끼는 이른바 반 전세 거래량이 늘고 있다는 점은 사실상 전세에서 월세 전환이 시작됐다는 신호로 보여 진다. 집주인들은 보증금을 내리지 않은 채 갭 투자 상태를 유지 할 수 있지만 세입자들은 한 달에 몇십만 원이라도 월세를 내야 해 이들의 주거비 부담이 늘어나는 것이다.

연수는 인터넷 창에 동네 주소를 입력하고 엔터를 눌렀다. 25평짜리 아파트 전세가 3억 원이라고 나온다. 그런데 각 부동산마다 전세는 거의 없고 월세만 드문드문 있다. 1억에 80만 원하는 월세가 몇 개 눈에 띈다. 그 중에 하나를 골라 전화를 했다. 한 달 전보다 1억 가까이 전세금이 뛰었다. 지금 살고 있는 17평짜리 아파트 전세금 1억이 전부인 돈을 가지고 3억 원짜리 전세를 얻는다는 것은 무리다. 그렇다고 1억에 월세 70-80만 원을 내고 25평짜리 아파트를 얻는 것도 너무 과하다. 그나마 전세금 대출을 받아 3억에 전세를 얻고 2억 원에 대한 이자를 내는 게 훨씬 유리하다. 지금 금리로 하면 월 이자를 40만 원만 내면 되니까 그래도 부담되기는 마찬가지다.

지금 전세계약을 하고 들어가 살다가 2년 후에 재계약을 하거나 집을 옮길 때 지금 추세라면 집값과 월세도 계속 오를 게 뻔하고, 덩달아 전세금도 오를 게 불을 보듯 선명하다. 전세금이 한 달도 지나지 않아 1억 이상 오르는 걸 보면 전세나 월세보다는 어떻게 하든 이참에 아파트를 하나 장만하는 게 가장 좋은 해결책이 될 것이다. 조금 망설이다가는 평생 아파트 한 채 장만하지 못하고 전세나 월세로 생을 마감하겠다는 생각이 들었다. 왜냐면 집값 오름세가 월급이나 돈벌이보다 훨씬 가파르기 때문이다.

집은 한번 장만하면 키워 가기는 쉬워도 줄여 가기는 쉽지 않으리라. 그 평수에 맞춰 살림을 들이고 쓰임새가 딱 맞았는데, 그보다 작은 아파트로 이사하는 것은 그동안 쓰던 세간살이를 다 버리고 작은 집에 맞춰 살림을 새로 장만해야 한다는 말이니까. 노인부부가 크기에 비해 집을 관리하는 품이 너무 많이 들어 힘들어서 줄여 가기 보다는 돈이 필요해서 집을 파는 경우가 대부분이다. 아이들이 태어나서 학교에 들어가고 덩치가 커지면 보다 큰 아파트로 이사를 가야하고, 아이들이 성년이 되어 장가를 가고 시집을 가면 집이 텅 비어 빈 둥지 중후군에 시달리는 노인들도 보아 왔다. 새는 봄에 집을 지어 알을 낳아 새끼를 키우고 나면 빈 둥지가 된다. 어미마저 남쪽나라로 날아가면 빈 둥지엔 아무도 살지 않게 되고 낡아서 자연으로 돌아간다. 그러나 아파트는 빈 둥지라도 위치만 좋으면 무한 반복된다. 새로운 세대가 와서 머물며 새로운 삶을 영위하다 팔고 이사 가면 또 다른 사람이 와서 산다.

그래도 조금 여유가 있는 노부부는 집을 팔지 않고 주택연금에 가입해 다달이 일정금액을 죽을 때까지 받는 경우도 있다. 60세 이상이면 가입하는 주택연금은 팔거나 세를 주지 않고 그 집에 살면서 일정금액 매달 죽을 때까지 연금으로 받으니 노인들이 정서적으로도 좋고 5억 원 정도하는 아파트는 한 달에 200만 원 가까이 나오니 두 노인이 생활하기에 풍족하지는 않지만 기본적인 생활은 이어 갈 수 있는 귀한 돈이다. 그리고 더 중요한 것은 노인이 평생 살면서 모은 재산이 집 하나가 전부인 집이 많은데 자식들이 사업을 하네 어쩌네 하며 보증을 서달라거나 대출을 받아 달라고 하면 거절하기가 어려운데 그 집을 담보로 주택연금을 지급하는 것이기 때문에 자식들에게 뺏길 염려가 없다는 것도 큰 장점이다. 물론 가입자가 죽으면 아파트를 처분해서 청산을 하고 남은 금액은 상속인들에게 골고루 돌아간다.

아파트 매매가격은 5억 원을 넘어서고 있었다. 가진 돈은 17평짜리 전세보증금 1억 원밖에 없다. 4억 원을 어디서 무슨 수로 구한단 말인가. 3억 원은 대출을 받는다 치고 1억 원만 어디서 뚝 떨어져 준다면 원이 없겠다. 로또라도 몇 장 사야 되나. 그런데 3억 대출금도 갚으려면 원금 100만 원에 이자 40만 원을 합해 한 달에 140만 원씩 30년을 갚아야 한다는 계산에 맥이 풀렸다. 있는 집 자식들은 서울 강남 한복판에 10억이 넘는 아파트를 사서 신혼살림을 차린다는데 그깟 몇 억이 없어서 그 사단이냐는 예비 장모님 목소리가 귀에 쟁쟁하다.

집값이 연일 오름세인 가운데 전문가들은 가격 측면에서 내 집 마련 최고의 전략으로는 청약만한 게 없다. 고 입을 모은다. 특히 6.17, 7.10 부동산 대책으로 가수요가 확 줄어 내달까지 분양 단지에 무주택 실수요자들의 관심이 쏠리고 있단다. 규제가 시작되기 전에 청약해서 당첨되려는 무주택자들이 대거 청약에 몰려들 것은 불을 보듯 뻔하다. 기존 아파트 가격에 비해 2-3억 씩 싸게 분양되는 신규아파트는 그야말로 로또 수준이니까 너도나도 청약에 매달리는 것은 당연지사다.

신혼부부 특별 분양은 일반 청약에 비해 비교적 수월하게 당첨될 수는 있지만 혼인신고도 되지 않은 상태에서 가산점을 가지고 당락이 결정되는 청약에서 연수 네가 이길 확률은 거의 없었다. 혼인신고를 하고 몇 년이 흘렀나에 따라 즉 얼마나 오래된 신혼이냐에 따라 가점이 높아지고 아이가 몇 있느냐에 따라 당락이 결정되는데, 혼인신고도 되지 않았고 혼전에 아이를 가져서 혼인을 하는 것도 아닌 바에야 못 올라갈 나무 지붕 쳐다보는 격이다. 기존 집값보다 분양가가 훨씬 저렴하고 당첨만 되면 2억 3억까지 프리미엄이 붙는 당첨은 결국 남의 이야기라는 애기다.

임대주택도 고려해 봤지만 대부분의 영구임대아파트는 생활보호 대상자나 차상위 계층을 위해 지어진 집이라 평수가 작고 교통이 불편하고 동네 환경도 좋지 않았다. 좀 평수가 큰 임대아파트는 방하나와 연수의 수입을 합치면 들어갈 수 있는 소득수준을 초과했다.

결국 아파트를 구하는 방법은 빚을 내서 사거나 월세를 들어가야 하느냐 인데 어느 것도 녹녹치 않았다. 결혼생활은 멀리서 보면 아름다운 풍경화이지만 가까이서 보면 전쟁이라는 말이 괜한 말은 아니라는 생각이 요즘처럼 실감나는 적이 없었다.

연수는 온라인에 나와 있는 부동산 사무실로 전화를 걸었다.

- 여보세요. 거기 부동산이죠. 25평짜리 전세를 찾는데요. 인터넷에
  나와 있는 매물이 있나요.

- 예, 있습니다. 귀한 전세인데 빨리 오셔서 보고 계약을 해야지. 그렇지 않으면 금방 없어져요.

- 몇 층인가요. 집은 깨끗하나요. 복도식인가요. 계단식인가요.

- 집을 고를 때 다섯 가지 정도 보는데요. 입지. 가격. 층수. 방향. 투자가치. 이렇게 보는데요. 물론 아이가 학교에 다니거나 학교에 들어갈 나이라면 학군을 제일 먼저 따져 보겠지만요. 지금은 그런 거 따질 때가 아니에요. 그리고 뭐. 매매도 아니고 전세인데. 뭘 따져요. 이 아파트가 1600세대인데 그 평수가 600세대가 넘는데 그거 하나밖에 없어요. 그것도 지금 방금 나와서 있는 거지. 없어요. 전세가 씨가 말랐어요. 오시기 전에 집 주인 통장번호를 알려 줄 테니 가 계약금으로 100만 원 정도 입금시키고 오세요. 그렇지 않으면 퇴근시간까지 그 아파트가 남아 있으라는 법이 없어요. 내가 이렇게 말하는 것은 손님이 계약을 하게 되면 수수료를 집주인과 손님으로부터 양쪽 다 받을 수 있기 때문이지, 다른 뜻이 있어서 괜히 하는 소리가 아니에요. 퇴근시간에 보고나서 계약을 하려면 늦어요. 부인이 있으면 먼저 와서 보라고 하세요.

- 10월 말에 결혼하려고 신혼집을 구하는데요. 거기 아파트 17평에 살고 있어요. 전세 계약도 그 부동산에서 했는걸요. 퇴근시간까지만 붙잡아주시면 안 될까요. 보지도 않고 계약을 하기가 찜찜해서 그래요.

- 에이 다른 때 같으면 여기저기 보고 비교해 보고 동 호수 골라서

입주하겠지만 지금은 상황이 다르다니까요. 아까도 말했지만 정부 부동산 정책이 발표되고 나서 집주인들이 전세를 다 거둬들였다니까요.

연수는 전화를 끊으면서 고민에 빠졌다. 전세금 대출도 받아야 되고 생각할 시간이 필요한데 부동산 사장은 전세가 하나뿐이라고 몰아붙이고 있었다.

어제도 신부될 방하나와 싸웠다. 그냥 내가 살고 있는 17평짜리 전셋집에서 신혼살림을 하자는 나의 설득에 방하나는 말도 안 된다며 화를 냈다.

- 엄마가 딸 하나 있는 거 시집보낸다고 얼마나 들떠서 이것저것 신혼살림을 보러 다니는데 연수씨 17평 아파트에는 냉장고 하나도 들어갈 데가 없단 말이야.

- 냉장고가 꼭 양문형 집채만 해야 되는 건 아니잖아.

- tv도 60인치 신형을 예약했단 말이야. 장롱은 안 한다고 해도 침대도 사야 하고 김치 냉장고도 들여놔야 하는데 그걸 다 어디다 놓겠다는 거야.

- 그렇다고 돈이 없는데. 큰 아파트를 살 수는 없잖아. 제발 너네 엄마 좀 설득해 봐. 살림은 천천히 우리가 살면서 장만하겠다고, 그 돈 현금으로 줄 수는 없느냐고.

- 딸 하나 있는 거 시집보내면서 이것저것 사 보내고 싶은 엄마 마음을 어떻게 설득해.

- 어머니는 결혼식 비용만으로도 허리가 휘는데 우리 전세 넓혀 옮겨 달라는 말은 차마 안 나온단 말이야.

- 그렇다고 우리 집 2층에서 신혼살림을 차릴 수는 없잖아.

며칠 전 방하나 엄마가 오란다고 해서 퇴근하고 들른 처갓집은 무거운 분위기가 감돌았다. 그렇게 밥을 먹고 상을 물리자 예비 장모가 어렵게 말을 꺼냈다. 김 서방 집 얻기가 정 어려우면 우리 집 2층에 신혼살림을 차리고 몇 년 벌어서 집을 장만해서 나가라는 것이었다. 방하나가 펄쩍 뛰었다. 엄마는 그런 말을 나하고 상의도 안하고 덥석 말을 하면 어떻게 하냐고 눈까지 흘기며 정말 말도 안 된다며 방문을 닫고 나가 버렸다.

난감하기는 연수가 더했다. 겉보리 서 말만 있어도 처가살이는 안한다는 옛말이 있지만, 들어가 살면 지긋지긋한 전세니 월세에서 해방되고 아이가 생기면 처가에 장인 장모에게 맡기고 외출도 할 수 있을 것 같고, 야근이다 뭐다 퇴근시간이 지나서까지 일을 하다 들어오기 일쑤인데 마음 놓고 맡길 수 있을 것이다. 아이 키우기는 그보다 더 좋을 수는 없겠다. 그러나 불편한 점도 그에 못지않게 눈에 보이듯 선명하다. 어머니가 드나들기에 너무 어려울 거 같고, 아들네 집에 오면서도 사돈의 눈치를 봐야 할 것 같다. 아 되도록이면 제발 그 일만은 일어나지 않았으면 좋겠다고 생각했는데, 이렇게 눈앞에 닥치고 보니 한숨만 나왔다.

이렇게 하면서까지 꼭 결혼을 해야 하는 걸까. 40이 다 되도록 혼자 사는 선배가 한둘이 아니고 연예인 중에도 혼자 사는 남자 여자들이 얼마나 많은데 심지어 〈나 혼자 산다〉라는 프로그램이 인기리에 방영될 정도로 혼자 사는 것이 요즘 대세인데. 혼인을 한 사람들도 걸핏하면 이혼하고, 혼자 사는 사람들이 얼마나 많은데, 나는 이 어려운 결혼을 왜 하려는 것일까. 하는 생각이 들어 연수는 고개를 절레절레 흔들었다. 그 밤에 방하나네 집을 나서서 연수는 예비 신부하고 또 싸웠다.

- 방하나 너는 알고 있던 거 아니었어. 엄마가 너하고 상의도 안 하고 나에게 말을 한다는 게 말이 돼. 적어도 나에게 너희 집에 들어와 살라는 말을 한다고 언질은 줬어야 하잖아.

- 엄마가 지나가는 말로 들어와 2층에 살라는 말은 했지만. 나도 싫었거든. 어른들 눈치 안 보고 우리끼리만 살아보고 싶단 말이야. 30이 넘도록 엄마 아빠하고 같이 살았는데 결혼해서까지 그렇게 살고 싶지는 않단 말이야. 휴일에는 늦잠도 자고 싶고, 어디 여행이라도 갈라치면 엄마 아빠 모시고 가는 것도 싫어. 우리끼리만 신혼생활을 즐기고 싶단 말이야. 그런데 우리 집에 살면 야식 하나 사 먹으면서도 엄마 아빠를 생각해야 한다는 게 벌써부터 짜증이 난단 말이야. 나는 뭐 좋아서 이러는 줄 알아.

- 그러면 단호히 말씀드려. 들어가 살 생각은 추호도 없다고.

- 그러면 살 집은 어떻게 하고.

- 내가 직장에서 전세금 대출을 알아볼게.

사이판 여행을 가서 그 황홀한 저녁노을에 취해서 결혼을 약속하고 신혼여행은 어디로 갈 것이냐를 놓고 옥신각신하던 그 행복한 시간은 결혼이 가까워오면서 끝없는 의견충돌로 싸움이 잦아졌다. 다른 일들은 사과하고 달래면서 어찌어찌 해결이 되었지만 집 문제만은 아무리 해도 좁혀지지 않는 난제중의 난제였다.

- 연애할 때는 그렇게 좋았잖아. 주말마다 산으로 바다로 해외로 여행을 다니고 내 자그만 아파트에서 잘 때도 불만이 없었잖아.
- 아무리 그리워도 예전으로 돌아갈 수는 없어.
- 그래서 산다는 게 힘든 거야.
- 그 때는 그 때고, 그 이야기가 왜 나와. 결혼 날짜 잡아 놓고 청첩장 다 돌리고 집이 적어서 혼인을 깼다면 서천 소가 웃을 일이다.

연수가 방하나와 만난 것은 대학교 3학년 심리학개론 시간이었다. 중간고사시험에 정신분석학자인 프로이드와 융을 비교하는 문제에서 Freud를 Preud로 표기한 사람은 무조건 0점 처리했다고 말하자 옆에 있던 방하나가 발딱 일어나 말하기를 영미문화권도 아니고 알파벳 하나 틀렸다고 0점 처리하는 것은 이해할 수 없다고 대들었다. 그러자 교수가 학생은 어떻게 표시했길래 그러느냐고 물었다. 그러자 방하나는 모르겠다고 말했다. 정확히 기억이 안 난다고. 그러자 교수가 자신의 수첩을 펼쳐 확인한 다음 아무 소리도 하지 않고 수업을 진행하려고 하자 방하나는 어떻게 하겠다는 것이냐고 종주먹 댔다. 얼굴이 벌게진 교수가 할 말을 잃고 그대로 강의실을 나갔다. 시간강사였던 그 교수는 이후에 강의를 그만두었다는 소문이 돌았다.

학교를 마치고 자취방에 돌아와 주인아주머니가 해 주는 빈대떡 파티에 한자리 차지하고 앉았는데 방하나가 있었다. 친구 자취방에 놀러 왔다는 것이다. 그렇게 만나 그들은 대학 졸업할 때까지 유명한 캠퍼스 커플로 껌 딱지처럼 붙어 다녔다.

　- 우리 행복할 수 있을까.

　방하나는 말이 없었다.

2.

　숨이 컥컥 막힌다. 한여름 밤의 더위는 밤이 깊었는데도 식을 줄을 모른다. 시골에 있는 집을 팔고 외삼촌댁으로 이사 온 후부터 여름나기가 여간 어려운 것이 아니다. 시골집은 안채와 사랑채가 마루로 연결된 디근자형 집이었다. 마루를 내려서면 마당이 있고 마당에 연하여 텃밭이 있고 백일홍나무들이 꽃을 피운 사당도 있었다. 아버지가 돌아가시고 자식들은 이웃도시로 상급학교 진학을 위해 다 객지로 나가고 엄마 혼자 그 큰집에서 살기가 무서워 외삼촌이 사는 집에 조그만 사랑채를 세 얻어 이사를 했다.

　외 삼촌네 사랑방은 엄마 혼자 살기에는 그럭저럭 불편하지 않았는데 다 큰 자식들이 집이라고 하나라도 찾아오면 불편이 이만저만이 아니었다. 더러는 외삼촌네 방 중 하나가 비어 그곳에서 자고 갈 수도 있었지만, 외삼촌네도 객지에 나갔던 자식들이 다니러 온 날은 꼼짝없이 엄마하고 한 방에서 자야했다.

엄마도 어지간히 더운지 한숨만 푹푹 쉬시며 돌아눕는 기색이 역력하다. 혼자라면 옷을 홀홀 벗어 버리고 잘 수 있으련만 다 큰 자식 앞에서 속옷만 입고 자기도 민망하리라. 나는 팬티와 메리야스만 입고 누워 잠을 청해도 잠이 오지 않았다.

- 엄마 그 집은 왜 팔고 이 고생을 해.
- 젊은 각시가 혼자되니 이놈 저놈 방문턱을 넘으려는 놈이 많았어.
- 우리 엄마가 한 미모하시기는 하지.
- 연수, 너까지 나를 놀리니.
- 아니 그럼 팔지 말고 그냥 놔두지. 자식들이 오면 자고오고 아니면 비워 두고 그렇게 사용하면 되지 꼭 팔아야 됐어. 돈도 얼마 안 됐을 텐데.
- 그렇잖아도 후회가 막급이다. 바지랑 댁 아들이 팔라고 얼마나 성화인지. 필요 없을 것도 같고. 해서 팔았더니.
- 엄마도 옷을 벗어. 속곳만 남기고.
- 아무리 그래도 네 앞에서.
- 엄마 덥지 않아. 벗어. 중학교 때까지 엄마젖을 만진다고 아버지한테 맨날 혼났는데. 질투였는지도 몰라. 엄마젖은 자기 건데 만진다고.

- 이놈이 못하는 소리가 없네.

- 그나저나 징그럽게 덥다.

- 등목이라도 쳐야 쓰겄다.

- 아나 나와서 물이라도 끼얹어라.

자다 말고 엄마와 나는 부엌바닥에 엎드려 등목을 했다. 엄마의 가슴이 아직 팽팽하다. 그러니 사내들이 가만두지 않아 이 좁은 방까지 밀려와 이 고생을 하지. 연수는 엄마의 등에 물을 끼얹고 나서 등에 남아있는 물기를 쓸어 내리며 엄마의 젖도 닦아주었다. 엄마가 움찔했다. 그러거나 말거나 나는 엄마의 젖에 묻은 물기를 부드럽게 훑어 내렸다. 엄마가 놀라 벌떡 일어났다. 이놈이, 하는 표정으로 뭐라 하면서도 눈엔 웃음기가 서려있다. 연수는 모른 체하며 웃통을 벗어부치고 부엌바닥에 엎드렸다. 연수도 해달라는 뜻이다. 엄마는 메리야스도 걸치지 않은 채 등에 물을 한 바가지 뿌리고 손으로 박박 문질러 댔다. 낮에 받아 놓은 미지근한 물이지만 더위를 쫓기에는 더할 나위 없이 좋았다. 연수는 등목을 마치고 방에 누웠지만 잠이 오지 않았다. 엄마도 잠을 못자기는 마찬가지였다. 오래 엎치락뒤치락거렸다.

대학에 다니는 연수는 자취를 하고 있었다. 이제 며칠 있으면 기한이 다 된 사글세 자취방을 비워 줘야 했다. 엄마에게 사글셋방 하나만 얻어 달라고 하려고 오기는 했지만, 아침부터 벼른 그 말을 차마 하지 못하고 밤이 되었다. 연수는 짐을 어디로 옮겨야 할지 몰라 난감하였다. 방이 하나뿐인 엄마 집으로 옮길 수도 없었다.

지난 학기에는 방은 있었지만 등록금을 못내 학교는 다니면서도 얼마나 조마조마했던가. 학기가 시작되기 전에 등록금을 내고 영수증을 학적과에 내야 수강신청이 되는데 연수는 수강신청도 못하고 듣고 싶은 전공수업에 들어가 강의를 들었다. 교수가 들어와 출석을 부르는데 연수는 부르지 않았다. 등록금을 내지 않으면 수강신청이 안되고 출석부에서도 이름이 사라진다는 사실을 그때 처음 알았다. 실존하는데 호적에는 없어서 학교에 가지 못하는 어린 학생처럼.

그날 전화국으로 달려가 집으로 전화를 걸어 엄마에게 등록금 얘기를 하니 엄마는 난감한 말투로 더는 어떻게 해 볼 수가 없다고 비장하게 말했다. 지난번 등록금도 비단 장사네 가서 사정을 하니 돈이 없다고 손사래를 치더란다. 그러더니 연수 대학 등록금이라고 하니 빌려주더라는 것이다. 아직 그때 빌린 돈도 다 갚지 못했는데 어떻게 또 빌려달라고 하느냐고 오히려 연수에게 사정을 했다.

그 학기 등록금은 여동생이 매제 몰래 결혼 패물을 전당포에 맡기고 돈을 빌려 연수에게 주어서 등록을 할 수 있었다. 그렇게 등록을 해 놓고 학사경고를 받았다.

다음날 아침 일찍 연수는 집을 나섰다. 등록금 이야기도 사글셋방 이야기도 가슴에만 담아둔 채 말 한마디 못해 보고 연수는 버스정류장으로 향하고 있었다. 엄마가 있는 집도 방이 하나뿐이라 더 이상 있을 수가 없었다. 길을 떠나는 아들을 보내며 어머니는 약국에서 피로회복제 한 알과 드링크제 한 병을 사왔다. 아무 말 없이 약봉지를 슬그머니 연수에게 건네는 어머니의 눈에는 이슬이 맺혔다. 여름방학인데 집에서 쉬지 못하고 길을 떠나는 아들의 마음을 아는지 모르는지 어머니는 그저 무심했다.

이번 학기는 방도 없고 등록금도 없어서 어떻게 해 볼 수가 없었다. 눈물을 머금고 휴학을 했다. 그즈음에 연수에게 제일 부러운 것은 집에서 학교에 다니는 과 친구들이었다. 방 걱정 없이 학교에 다닐 수 있었고, 엄마가 해 주는 밥을 먹고 버스도 타지 않고 걸어서 학교에 오는 친구들이었다. 제발 등록금은 안 줘도 좋다. 밥이나 집에서 먹고 잠이나 잘 수 있다면 얼마나 좋을까. 그게 연수는 사무치게 부러웠다.

학교를 휴학하고 과 친구 집에 얹혀살면서 빈둥거리는데 매제가 학교 근처 식당에 있다고 만났으면 한다고 해서 갔다. 매제를 만나니 대천에 공사를 맡았는데 노무관리 돈 관리를 믿고 맡길 사람이 없다면서 학교도 휴학했으니 거기 가서 1년만 도와 달란다. 뭐 망설일게 없어서 다음날 대천으로 향했다. 매제네 아파트 지하실에 책을 놓고 나오는데 책 우는 소리가 들렸다. 한동안 그 소리가 연수를 괴롭혔다. 대천에서 새벽부터 밤까지 쉬지 않고 일을 했다.

그렇게 1년을 현장 총무로 보내고 돈을 모았는데도 등록금을 내고 나니 전세방 하나 얻을 돈이 없었다. 그때 그 도시에 방 하나에 부엌이 달린 집이 전세로 300만 원이었다. 돈 200만 원을 들고 학교에서 가까운 곳의 전세를 얻으려 여러 날 부동산을 들락거렸지만 구하지 못하고, 돈이 모자라 부엌도 없는 방 하나를 전세 보증금 200만 원을 주고 전세를 얻어서 이사했다. 본래 방으로 만들어진 곳이 아니라 구들도 시원찮았고 부엌도 없어서, 밥도 방에서 석유풍로를 놓고 끓여 먹었고, 추워서 방에다 텐트를 치고 살았다. 그래도 좋았다. 한 학기에 한 번씩 유랑하는 거지처럼 리어카에 책과 살림살이를 싣고 이사를 다니지 않아도 된다는 사실이 너무나 좋아서 잠을 이룰 수가 없었다.

그리고 얼마 안 되어 시집간 누이가 아이를 가졌고. 산달이 가까워 오자 거동이 불편해진 누이가 엄마가 혼자 있는 것도 그렇고 자기를 도와달란다고 누이 집에 살게 되었다. 그것이 어머니가 고향을 떠나 이 도시로 온 계기가 되어 다시는 시골에 가지 않았다. 그게 또한 나의 불행의 시작이었다.

방하나는 대학교 3학년 때 처음 연수네 그 자취방에 왔다. 방하나가 처음 자취방에 왔을 때 든 생각은 여기서 사람이 살기는 살 수 있나 싶었다. 방 한가운데 텐트가 쳐져 있었고 온방에 식사도구가 널브러져 있었다. 연수가 세간살이를 발로 밀면서 자리를 마련해 주었지만 앉을 수가 없어서 엉거주춤 서 있는 방하나에게 말했다. 앉아 내가 몇 년 만에 마련한 이사 안가도 되는 집이야. 그때는 그게 무슨 말인지 몰랐다. 그리고 버너에 밥을 안치고 냄비에 끓여 준 김치찌개가 입맛에 맞아 맛있게 먹었다. 학교 옆에 있는 연수네 자취방은 과 친구들의 사랑방이었지만 차츰 연수와 방하나의 훌륭한 아지트로 변해갔다. 수업이 없는 시간에 연수가 없어도 방하나는 그 방에 가서 책도 보고 음악도 들었다. 때로는 늘어지게 낮잠을 자기도 했다.

- 방이 없는 것이 사람을 얼마나 피폐하게 만드는지 몰라.

연수가 자기도 모르게 한숨을 쉬며 조그맣게 중얼거렸다. 방하나는 그 말을 이해하지 못했다.

3.

연수가 집을 보러 왔다고 말하면서 몇 달 새에 아파트 값이 너무 올라 어떻게 해야 할지 모르겠다는 절망스런 질문에 부동산 사장은 밑도 끝도 장광설을 늘어 놓았다.

- 무수히 많은 사람들이 돈을 싸들고 부동산으로 모여들어요. 골드러시에 금을 찾아 서부로 몰려들던 그 때처럼. 돈이 되니 전세를 끼고 적은 돈으로 갭 투자를 해요. 그들은 인터넷 부동산 사이트에 올라온 매물을 보고 부동산에 전화를 해서 가격과 동 호수만 확인하고 집주인 계좌로 입금을 해요. 계약서 쓸 때도 얼굴 한 번 내밀지 않죠. 공인중개사가 대리로 계약을 하고 계약금은 이미 들어왔고, 잔금 할 때도 오지 않아요. 변호사 사무실이나 법무사 사무장에게 등기서류를 보내고 그들이 대신 돈을 지불하고 소유권 이전등기를 하면 끝이에요. 팔 때도 얼굴 한 번 보지 못해요. 그저 서류가 부동산 사무실에 오고 그걸로 공

인중개사가 다 해결하죠. 하나도 문제가 없어요. 집 판돈은 집주인 통장으로 들어가니까. 공인중개사 법에 매도인과 매수인을 동시에 대리하는 것은 법에 저촉되지만 어느 일방을 대리하는 것은 합법이에요. 그렇게 해서 서울에서 부산에서 심지어는 중국에 있는 손님에게 집을 사고 팔아준 적도 있어요. 그렇게 해서 집을 사고팔고 온라인으로 집주인 얼굴도 보지 않고 부동산 거래를 하죠. 그렇게 해서 돈만 벌면 되는 거죠. 취득세를 빼고 양도세를 내고도 몇천만 원을 남긴다면 괜찮은 장사죠. 불과 몇 달 만에 웬만한 월급쟁이 1년 연봉을 벌 수 있으니 너도 나도 부동산 투자에 나서죠. 돈이 되니 많은 사람들이 부동산으로 몰려들죠. 이 시대에 하나의 현상이에요. 코로나도 정부의 모든 대책에도 속수무책이죠. 금리는 싸고, 시중에 자금은 넘쳐나고. 주식도 활황이고 부동산도 하늘 높은 줄 모르고 올라가죠. 한쪽에서는 장사가 안돼서 죽겠다고 아우성이고, 소상공인이나 자영업자들은 더 이상 버틸 수 없다고 난리고. 한 쪽에서는 돈이 남아돌아서 투기자본으로 둔갑해서 무주택 서민들이나 손님 같은 결혼을 앞둔 젊은이들에게 피해를 주고 있죠.

- 올라도 웬만큼 올라야 감당을 하죠.
- 월급을 받아 저축을 해서 집을 마련하기는 애당초 글렀어요. 집값이 5억이면 도대체 한 달에 얼마씩 얼마나 오래 모아야 5억이 되는지 계산해 보셨나요. 한 달에 먹고 살고 100만 원 모으기가 쉽지 않거든요. 그런데 그렇게 모은다고 해도 거의 50년이나 모아야 한다

는 계산이 나오죠. 더구나 금방 입사한 새내기 직장인들은 소수 고액 연봉자를 빼면 월급으로 한 달 먹고 살기도 빠듯해요. 부모가 돈이 많아서 20억 가까이 되는 강남 아파트를 사서 결혼시키는 사람들도 있다고 들었어요. 그러나 대다수 부모들은 집 한 채 있고 현금으로 2억 3억 있으며 차도 있고, 하면 중산층이라고 말할 수 있거든요.

그런데, 그런데 말입니다. 아들 딸 둘 시집 장가, 보내면 남는 돈이 하나도 없어요. 아들 장가보낼 때 아파트 하나 전세 얻어 주고 나면 현금으로 가지고 있던 돈이 거의 사라져요. 딸 시집보내고 나면 남는 돈이 하나도 없고 아파트만 달랑 남아요. 그러면 두 부부가 살아야 하는데 노후 준비는 안 돼 있죠. 돈 나올 구멍이라고는 아파트 팔아서 작은 집으로 옮기거나 대출을 받을 수밖에 없다니까요. 슬픈 현실이죠. 평생 열심히 살았는데 남는 게 없어요. 애들이 어렸을 때 돈을 모아 노후를 대비했어야 했는데. 아이들 학원비다 해외연수다 뭐다, 아이 둘 키우는데 빚 안지면 다행이죠. 평생 앞만 보고 살았는데 참 허전하답디다. 아이들 결혼식이 다가오는데 며느리 될 애는 34평 아파트를 얻어줬으면 하는 눈치던데. 어디 감당이 되나요. 34평 아파트 전세 값이 3억이 넘는다는데 가당키나 하나요. 그걸 얻어 주려면 살고 있는 아파트를 팔고, 우리 내외는 시골로 내려가야 돼요. 이곳에서는 남은 돈으로 작은 아파트 전세도 못 얻어요. 아들은 말은 못하고 제 어미 눈치만 보는 것 같데요.

참 슬픈 일이죠. 결혼 얼마나 축하할 일인가요. 요즘 아이들 중에 40이 다 되도록 직장도 없고 돈도 못 벌어서 부모 집에 얹혀사는 젊은이들이 부지기수라는데 직장도 있고 짝이 있어 혼인을 하겠다는 것이 얼마나 대견합니까. 그런데 한편으로는 결혼이고 뭐고 다 때려치우고 직장이나 다니면서 혼자 살았으면 좋겠다니까요. 친구 아들 결혼 안 한다고 한숨이 땅이 꺼지던데. 뭘 몰라서 하는 소리 같아요. 난 오히려 그 친구가 부러워요.

- 부동산 사무실에 앉아있으면 별의별 사람들을 만납니다. 한번은 이혼을 앞둔 부부가 와서 집을 판돈을 서로 가지려고 난투극을 부리다 공인중개사 사무실 앞 유리가 박살난 기억도 있어요. 도덕이라는 뿌연 안개를 조금만 걷어 내면 그 사람의 민낯이 드러납니다. 그러면 남을 먼저 생각하던 배려도 사라지고 이기심 가득한 가련한 어쩌면 본래의 우리들의 모습인 치부가 적나라하게 드러납니다.

- 전세를 얻으러 왔는데요.

- 아파트를 사러 오신 게 아니고 전세를 얻으러 오셨다고요. 전세는 씨가 말랐는데요.

- 몇 평짜리 전세를 원하시나요?

- 몇 평, 몇 평이 있는데요.

- 17평 22평 25평 32평 이렇게 있는데요.

- 전세금은 얼마인데요. 17평은 1억, 22평은 1억 5,000만 원. 25평은 3억. 31평은 4억인데요.

- 25평은 되어야 세 식구가 살겠지요.

- 네. 그렇기는 하지요.

- 그런데 1억도 겨우 되겠는데요.

- 그러면 1억하고 2억은 전세금 대출을 이용하시면 되겠네요. 25평 아파트 월세 나온 게 있으니 한번 가서 집을 보시지요.

- 전세를 얻으러 왔다고 말씀드렸는데요. 월세를 보자니요.

- 월세나 전세나 똑같은 아파트니 구조와 크기를 봐 두시고 전세가 나오면 보지 말고 그냥 계약을 하기 위해 미리 봐두면 결정하기가 한결 수월해요. 지금은 전세가 없지만 혹시 하나라도 나오면 선생님에게 제일 먼저 전화할테니, 보시지 마시고 계약금을 넣으세요. 그래야 전세를 얻을 수 있어요. 대기자가 참 많아요. 그나마 신혼부부는 집주인들이 선호하는 세입자이기 때문에 먼저 전화를 하는 거예요. 아이들이 많거나 하면 집주인들이 계약하려고 하지 않고 꺼려요.

사장은 일어나 앞장서서 문을 열고 나갔다.

- 이 아파트 단지는 전체가 1,680세대로 작은 평수와 중간평수가 다양하게 있는 대단지 아파트입니다. 지금은 어디 사시나요?

- 여기 이 아파트에 삽니다. 17평 아파트에 전세 삽니다. 10월에 결혼을 하는데 이 동네를 떠나기가 싫네요.

- 네, 이 도시에 사는 사람들은 이곳으로 이사 오면 다른 데서는 못살 것 같다고 말씀을 하시고는 하지요. 학군 좋고 학원도 많아서 애

키우기에는 여기보다 좋은 데가 없죠. 관공서니 은행 지하철도 연결되고요. 장점이 많기는 하지요.

- 형편이 안 되는데 여기 살아보니 그냥 여기서 쭉 살았으면 싶네요. 그리고 무엇보다 신부될 사람이 여기가 아니면 처가살이할 각오를 하라고 으름장을 놓는 통에 알아보기라도 하려고 왔지요.

- 변두리에 나가면 1억이면 32평 아파트를 얻을 수 있는데 여기서는 17평밖에 얻을 수가 없으니 원 편차가 이렇게 심하다니까요. 수요가 있으면 가격은 올라요. 여기 이 지역은 34평 아파트는 많은데 25평은 별로 없어요. 이 단지가 유일할 거예요.

- 여기는 중심지이고 서울의 강남이라고 생각하시면 돼요.

- 강남은 아파트 한 채에 20억이 넘던데요.

- 네. 저도 뉴스에서 봤어요.

- 우리 아파트 단지에도 전세가 다 사라졌어요. 임대차 3법이 시행되고 나서 집주인들이 전세를 다 거둬들였어요. 1,700세대 가운데 전세는 4개밖에 없어요. 25평은 없고요. 그나마 전에 비해 50% 이상 올랐어요. 임대차 3법이 통과되고 나서 전세가 씨가 말랐어요. 전월세 신고제. 전월세 상한제. 계약 갱신 청구권이 3법인데 전월세 신고제는 아직 시스템이 정비되지 않아서 내년 6월부터 시행되니 별 문제가 없고요. 문제는 계약 갱신 청구권인데 이법이 시행되면 임차인이 임대인에게 계속 살겠다고 하면 임대인은 거절할 수 없다는 거죠. 그러면 세입자를 한번 들이면 4년 동안 자기 재산에

대해 소유권을 행사하지 못하는 수가 생기죠. 그러니 전세금 올려서 받으려고 할 테고 임차인을 까다롭게 구하려고 하겠지요. 프랑스 파리에서는 임대인이 임차인을 구할 때 면접까지 보고 각종 소득 자료까지 요구한다고 한다고 합니다.

- 할 말이 없네요.

- 전세가 없으니 월세를 얻으시고 남는 돈으로 분양권을 하나 사 놓으시면 어떨까요.

- 분양권 하나에 프리미엄이 2억 3억 한다는데 그걸 무슨 돈으로 사 놓죠.

- 목 좋은 아파트 분양권은 비싸죠. 그런데 생각을 바꾸면 좋은 방법이 있기도 하죠. 뭐냐면 얼마 전에 분양한 주거용 오피스텔이 있는데 프리미엄이 2,000만 원에서 3,000만 원 정도 하는데 계약금까지 해서 7,200만 원이면 하나 사 놓을 수 있거든요. 2년 후에 입주하니까 월세 2년만 살고 입주하셔도 되고, 월세를 놓으셔도 됩니다. 거기서 나오는 월세도 여기 월세를 내면 생활비가 더 들어가는 건 아니니 생활하시기에 불편이 없을 거예요.

- 그렇게만 된다면 금상첨화겠죠. 그런데 오피스텔을 사 놓으면 피가 오르기는 할까요.

- 2억은 오를 겁니다. 왜냐면 그 근처에 있는 아파트 프리미엄만 3억, 4억 원 정도하거든요. 그리고 그 근처 아파트 분양권 프리미엄이 3억에서 4억 정도 붙어서 1단지는 8억, 2단지는 9억에 거래가

되거든요.

그런데 이 오피스텔은 분양가가 4억 2,000만 원이고, 피가 2,000만 원이면 4억 4,000만 원이면 충분히 투자가치가 있다고 보여지거든요. 모델하우스를 가 봤는데 주거용 오피스텔이라 지금 분양되는 아파트랑 거의 차이가 없어요. 화장실도 두 개고, 방도 세 칸이고, 수납장도 많고. 다만 오피스텔이라 베란다가 없어요. 요즘 신축되는 아파트들은 대부분 베란다를 터서 아파트 전체를 크게 쓴다고 해서 전용면적은 85㎡인데 34평이라고 부르거든요. 이 오피스텔의 경우 오피스텔이라서 베란다가 없어요. 전용면적은 85㎡인데, 그래서 25평 아파트라고 보시면 돼요.

- 오르지도 않은 물건을 오를 것이라고 확신을 하면서 매매를 부추기면 사기 아닌가요?

- 사기는 기망행위 즉 속여야 되고, 그 다음에 제가 사익을 취한 증거가 있어야 성립되거든요.

- 내가 이걸 속여서 팔았다고 내게 이득이 남지는 않아요. 매매를 권유했을 뿐이죠.

- 수수료를 받잖아요.

- 걱정하지 마세요. 수수료 받으려고 사기 치지는 않아요. 금액이 크다면 모를까. 그거 거래해 봐야 100만 원 받는데 그걸 사기라고 할 수는 없죠. 중개수수료지.

- 2년이면 입주시기인데 나머지는 어떻게 하죠.

- 2억 6,000만 원까지 중도금 대출은 은행에서 해 주고요. 그런데 신용등급이 5등급이내여야 되는데요.
- 신용등급이 그 정도는 돼요. 잔금은 어떻게 하죠.
- 잔금은 돈이 하나도 없어도 보증금 1억에 월세 100만 원에 세를 놓으면 되고요. 그때 가서 돈이 되는대로 보증금과 월세를 조정하면 돼요.
- 월세도 안 나가고 돈도 없고 하면 아파트를 건설회사에 빼앗기나요.
- 아뇨 계약금에 중도금 대출해서 분양한 회사로 넘어갔기 때문에 최악의 경우 잔금에 대한 연체이자만 내면 돼요.
- 사장님 말씀대로 하면 집사기가 너무 쉬운데 사람들은 왜 월세를 살고 전세를 얻죠.
- 글쎄요. 능력 있는 공인중개사를 못 만났거나 생각이 모자라서 아닐까요. 돈이 그만큼만 있으면 그걸로 전세를 얻든 월세로 사는 거죠. 순응하면서.
- 제가 부동산을 처음 시작했을 때 빚만 있고 돈도 집도 없었거든요. 그런데 어느 날 상가를 거래했더니 수수료 2,000만 원을 주더라고요. 그 돈으로 마이너스 통장을 갚고 남은 500만 원을 각시에게 줬죠. 감격해 하더라고요. 그것도 잠시 다음날 500만 원을 달라고 해서 17평을 아파트를 샀어요. 시가 6,000만 원인데 전세가 4,500만 원이고 대출이 1,000만 원 낀 아파트를 500만 원 들여서 샀어요. 그런데 그게 가난에서 벗어나는 첫걸음이었지요.

- 많이 올랐나요.

- 네 그 당시 무주택자라 취득세도 하나도 안 냈죠. 무주택자가 전용 면적 40㎡ 시가 1억 원 이하 주택은 취득세를 면제해 주거든요.

- 그런 제도도 있나요.

- 잔금을 치루기 전에 전세를 놔서 매매 잔금을 치루고 대출을 갚고도 2,000만 원이 남았어요. 2년 후에 1억 2,000만 원에 팔았으니 얼마가 남은 거예요. 산 지 2년이 지나서 팔면 양도소득세도 면제에요.

- 그때 이후로 부동산 투자에 눈을 떴지요.

- 연수씨도 한번 도전해 볼 생각 없으세요.

- 사장님이 말씀하신대로만 된다면 정말로 좋겠네요. 2억이 오르면 세상이 달라지겠네요.

- 부동산은 다 망해도 집은 남아요.

- 신부될 사람하고 상의해야 하겠지만 생각은 해 볼게요. 기도를 해도 복권을 사고 나서 기도를 해야겠지요.

- 그럼요. 그래야지요. 사 놓고 기다리기만 하면 돼요. 2년 금방가요. 의심하면서 괴로워하면서 아파하면서 기다리세요. 하지만 팔지는 마세요. 아무리 급해도. 누가 죽어 넘어간다고 해도 눈 하나 깜짝 않고 기다릴 수는 없어요. 눈 깜박이에요. 고민하세요. 하지만 팔지만 마셔요.

- 사람이 살면서 얼마나 많은 일들이 일어날까요. 2년 동안에 말이에요.

- 많은 일이 일어나지요. 나도 별짓을 다했어요. 돈이 없어 처음에는 아이 돌 반지를 팔고, 결혼 패물도 팔고요. 아이들 과외도 끊었고 요. 그것도 모자라서 타고 다니던 차도 팔았어요. 빚도 냈고요. 세 종시 분양권을 하나 사 놓고 그렇게 2년을 버티고 나니 2억이 올랐 어요. 그때 팔았지요. 그러고 나니 모든 걸 보상받은 기분이더라고 요. 황홀했어요. 그리고 가끔 부동산 사이트에 들어가서 얼마나 올 랐는지 확인할 수 있어요. 부동산사무실에 전화해서 시세를 물어 보세요. 그럼 시세를 확인할 수 있어요. 1년이 지나도 별로 오르지 않을 수도 있어요. 분양권이라는 것이 집 사고파는 것과 달라서 실 체가 없어요. 분양권이 제일 많이 오르는 건 아무래도 입주가 가까 워질수록 오름폭이 커져요. 입주 한 달 전이나 두 달 전에는 다 지 어져서 가서 볼 수도 있어요.

사무실을 나오면서 연수는 복권이라도 한 장 사야 하나 고민에 빠졌다. 모네도 복권을 타서 평생 편하게 그림을 그렸다지. 영화 몽마르트 파파에서.

4.

결혼식은 다가오는데 아파트를 구하지 못한 연수는 처갓집으로부터 심한 독촉을 받고 있었다. 신혼살림으로 장만한 냉장고, 티브이 전자레인지 에어컨 이런 가전제품 말고도 침대 주방용품 그릇 등 온갖 신혼살림이 제자리를 찾지 못해 아우성치고 있었다.

아무리 고민을 하고 해도 뾰족한 수가 있을 리 없었다. 답은 이미 정해져 있었다. 전세를 얻든 월세를 얻든 집을 사든 결정해야 한다. 절박한 마음으로 부동산을 찾아갔다. 마침 결혼날짜와 비슷한 시기에 들어갈 수 있는 아파트가 하나 있었다. 연수는 망설일 겨를도 없이 계약을 하겠다고 했다. 5억 원짜리 아파트를. 전세도 아니고 월세도 아니고 분명히 집을 산다고 말했다. 전세가 들어 있어서 세입자가 문제였지만 조금 일찍 나가는 조건으로 이사비용과 부동산수수료를 연수가 부담하기로 하고 최대한 빨리 집을 빼주기로 조건을 달아 계약을 했다. 계약금은 신용대출을 받은 5,000만 원으로 해결했다. 어쩔 수 없이 계약을 해 놓고도 연수는 잠을 이루지 못했다. 중도금 1억은 살고 있는 전세를 빼서 준다고 해도 잔금 3억은 생각만 해도 가슴이 답답했다. 생각다 못해 부동산 아저씨가 요즘 유행한다는 영끌에 대해서 생각이 미쳤다. 신용대출, 마이너스 대출, 담보대출, 전세대출. 그것도 모자라

영혼까지 끌어다가 대출을 받아 집을 산다고 해서 영끌이라고 한단다. 이래저래 집사기가 어려운 3040대들이 빚을 낼 수 있는 한 모든 수단을 동원해서 돈을 끌어 모아 집을 산다고 해서 영혼까지 팔아서 집을 산다는 의미로 그렇게 부른다는 것이다. 그야말로 패닉 바잉이다.

방하나를 만나서 이러저러해서 대출을 다 받아도 잔금 3억을 마련할 방법이 없으니 결혼식은 예정대로 치루고 혼인신고만 미루자. 그러면 네가 전세금 대출을 받아 우리 집에 세 들어 사는 걸로 하면 잔금을 마련할 수 있다. 그래도 돈은 모자라지만 나머지는 내가 어떻게 해 볼게 하니 방하나가 펄쩍 뛰었다. 그렇게나 돈이 없냐고, 어머님한테 손을 벌려 보라고, 그런데 연수가 집안사정을 뻔히 아는데 그건 안 될 말이었다.

어머님이 우리한테 손이나 안 벌리면 다행이었다. 그냥 기초연금 받고 국민연금 조금 받는 걸로 제발 어머님이 살아주기나 하면 다행이었다. 집을 산 것으로 끝나는 것이 아니었다. 돈 들어갈 일은 집값 말고도 끝이 없이 많았다. 부동산 중개수수료. 소유권이전 등기비용. 집이 낡아서 인테리어도 다시 해야 한다. 그것도 업체에 알아보니 4,000만 원은 들여야 한다고 한다. 아니 도대체 결혼을 왜 하려고 해서 이 사단인가 싶다. 모든 결혼해서 사는 사람들이 위대해 보이기 시작했다. 고3때 입시공부에 지쳐 힘들 때 모든 대학생들이 우러러보이기 시작할 때가 있었다. 지금처럼. 우리는 부부간에 둘이 직장에 다니고 둘이 합치면 연봉이 5,000만 원이 넘는데도 이렇게 허덕거리다니 이해할 수가 없었다. 도대체 뭐가 잘못된 것일까.

　- 우리 행복할 수 있을까.

　연수는 소리 없이 중얼거렸다.

분쟁

세종시 분양권이 요새 뜨겁다. 프리미엄이 몇천만 원씩 붙어서 거래가 된다. 서옥이 전화를 한 건 며칠 전이다. 남편이 정년퇴직해서 공무원생활을 그만두고 집에서 놀고 있단다. 아이들도 다 결혼해서 분가해 사니 굳이 서울에 살 필요를 못 느낀단다. 연고가 있는 대전으로 이사를 하든지. 대전에서 가까운 세종시로 이사를 하려고 한다면서. 아파트 분양권 하나 사주기를 의뢰해 왔다.

나는 인터넷을 검색해 적당한 물건을 몇 개 찾았다. 세종시에 있는 공인중개사무실로 전화를 걸어 매물이 있는지 확인했다. 다행히 물건은 있었다. 서옥에게 여러 아파트분양권을 소개했는데, 세종시 대평리에 있는 대방 노블 랜드 103동 17층을 마음에 들어 했다. 계약하기로 하고 서옥에게 계약금 중 일부를 매도인 통장으로 선입금하라며 계좌번호를 알려줬다. 서옥에게서 300만 원을 입금했다는 연락이 왔고, 매도인과 매수인이 다음날 세종에 있는 부동산 사무실에서 만나 계약서를 쓰기로 했다.

계약서를 쓰면서 말썽이 생겼다. 분양가에 프리미엄이 2,000만 원붙은 물건인데, 계약서에는 프리미엄을 500만 원만 쓰기로 했다. 매도인이 이른바 다운계약서를 요구했다. 나머지는 매도인에게 현금으로 주고 건설회사에 가서 명의이전을 하면 끝난다. 계약서를 다 써 놓고도장을 찍으려던 서옥이 이의를 제기했다.

다운계약서는 쓸 수가 없다고. 부동산 중개업자가 나서서 설명을 하기 시작했다. 프리미엄 2,000만 원을 계약서에 쓰면 매도인이 양도소득세를 1,200만을 내야 한다고 그래서 프리미엄을 500만 원으로 쓰는 거라고. 그래도 막무가내로 안 하겠단다. 정상적으로 하든지 아니면 계약금을 돌려 달란다.

나는 서옥을 데리고 밖으로 나왔다.

- 서옥아 너 계약서 처음 써 보니.

- 아니 경매도 해 봤는데.

- 그런데 왜 그래. 불법인건 아는데. 프리미엄 2,000만 원을 받아서 양도소득세를 1,200만 원 내고 너 같으면 팔겠나. 양도인은 분양받아서 분양계약금내고 1년이나 묵혀 놨고. 중도금 대출받아서 발생한 은행이자를 지금까지 300만 원 내야 하고. 중개수수료 100만 원 내고 나면 뭐가 남겠니.

- 중도금이자는 비용으로 빼주지 않나.

- 안 해줘. 비용으로 빼주는 건 중개수수료뿐이야.

- 나라에서 부동산 사고파는데 뭐 해 준 게 있다고 세금을 그렇게나 많이 가져가.

- 분양권 양도소득세는 세금이라기보다 징벌이야. 되도록 사고팔지 말라는 거지.

- 그런데 집을 다 짓지도 않고 계약금 받고 중도금 받는 건 문제가 있는 거 아냐.

- 따져봐야 소용없어. 법이 그래.

- 그래도 불법이라 싫어.

- 그럼 계약금 300만 원은 어떻게 할래. 당연히 돌려받아야 하지.

- 그걸 누가 돌려 줘. 계약금은 돌려받지 못해.

- 그럼 중개업자 고소할래.

- 무슨 죄목으로.

- 다운계약서 썼다고.

- 그럼 너도 과태료 500만 원 내야 하고. 매수인도 과태료 500만 원 내야 하고, 재수 없으면 양쪽 다 세무 조사받아야 돼. 나는 부동산 중개업 영업정지 6개월이고. 경찰로 넘어가면 1년 이하의 징역이나 1,000만 원 이하의 벌금까지 받아.

- 진퇴양난이네. 어떻게 하지.

- 뭘 어떻게 해. 그냥 계약서 쓰면 되지. 기다리면 몇천만 원은 올라.

- 그럼 나 팔 때도 다운계약서를 써야 한다는 말이잖아. 안 할래.

- 등기해서 팔면 다운계약서 안 써도 돼. 2년만 지나면 비과세고.

공인중개사 사무실에 다시 들어가서도 옥신각신 하다가 그냥 나왔다. 해결책이 없다. 매도인 쪽 부동산에서는 분양권 주인에게 계약을 며칠 미루자고 전화를 해서 양해를 구했다. 내 사무실로 돌아온 나는 서옥에게 오피스텔을 하나 사면 분양권은 내가 떠안겠다고 했다.

중학교 교장인 친구가 둔산동에 있는 오피스텔을 몇 개 사서 임대업을 하는데. 그중에 하나를 팔겠다고 내놨다. 아들 결혼하는데 전세라도 하나 얻어줘야 한다면서. 9,000만 원에 사줬는데. 8,000만 원만 받아주고 나머지는 나 먹으란다. 8,500만 원에 팔면 500만 원 남고 300만 원을 물어 주고도 200만 원이나 남았다. 부동산 수수료도 양쪽에서 받으면 68만 원이다.

거기다 법무사 부르면 15만 원 생기고, 대출이라도 하게 되면, 대출 알선 수수료도 챙길 수 있다. 거기다가 물건도 다른 부동산에 뺏기지 않고, 내가 계속 관리할 수 있다.

교장한테 문자를 보내서 계좌번호를 땄다. 서옥이 이번에는 500만 원을 입금 한단다. 조금 있으니 서옥이한테서 카톡이 왔다. 입금했다고. 부동산 사무실 문을 여는데 서옥이 왔다. 서옥이 사려던 대방건설 분양권은 내가 사기로 하고 계약서를 다시 썼다. 며칠이 지나자 서옥이 상가를 하나 샀으면 좋겠단다. 그럼 오피스텔은 어떻게 하고. 어쨌거나 그렇게 해 달란다. 그럼 내가 부동산 사무실을 운영하고 있는 상가를 사라고 했다. 얼만데. 2억 8,000만 원. 보증금 3,000만 원에 월세 120만 원 부가세별도. 그 조건이면 사겠단다. 계약은 일사천리로 진행되었다. 우선 세종시 분양권도 내 이름으로 바꾸어 계약서를 다시 썼다. 상가를 계약하면서 계약금 2,700만 원을 통장으로 받고. 중도금 1,800만 원은 현금으로 받아서 세종시에 있는 분양권을 내 앞으로 명의변경을 했다.

이로써 서옥이 계약한 세종시 분양권은 일단락이 되었다. 오피스텔 계약금으로 들어간 500만 원도 내가 떠안기로 했다. 8,000만 원에 사서 5,200만 원 대출받으면 금리가 3퍼센트이니 월 12만 원이고 월세를 보증금 500만 원에 45만 원내지 50만 원 받으니 내 돈 3,000만 원 들여서 최소한 월 33만 원 남는다. 1년이 12개월이니 월세수입이 1년에 3백90만 원이고 중개수수료 등 기본경비를 빼고도 수익률이 10퍼센트가 넘는다. 다만 오피스텔이라 취득세가 매매가에 4.5퍼센트로 주택 1퍼센트에 비해 월등히 높은 게 부담이다. 상가 매매가에서 오피스텔 계약금 500만 원도 제하기로 약속하고 일이 진행되었다. 상가도 계산을 해 보니 2억 8,000만 원을 계약서에 쓰면 취득한지 1년이 안돼서 50퍼센트의 양도세를 부담해야 해서 매매가를 2억 7,000만에 쓰기로 서옥과 합의했다. 분양권 계약을 할 때는 그렇게 완강하던 서옥이 어쩐 일인지 순순히 계약서에 서명을 하고 도장을 찍었다.

상가 잔금 날이 다가 왔다. 나는 서옥에게 우선 세무서에 가서 임대사업자등록을 하라고 했다. 그런데 또 문제가 생겼다. 누구 명의로 할 것이지가 정해지지 않았다는 것이다. 계약서는 남편 명의로 썼는데. 여기저기 알아보니 남편이 연금을 타기 때문에 부동산 임대소득이 있으면 세금이 많이 나올 것 같아서 고민 중이란다. 그거야 흔히 있는 일이다.

연금소득이 있거나 사업소득이 있는 사람들은 임대사업자등록을 피하는 게 좋기는 하다. 사업소득이 있는 사람들은 의무적으로 1년에 2번 부가세 신고를 해야 하고, 그걸 토대로 다음해 5월에 종합소득세 신고를 해야 한다. 이때 연금소득이 있는 사람은 임대소득과 합산하여 종합소득세를 신고 납부해야 한다. 세율도 높아서 양도소득세나 소득세처럼 소득이 많을수록 세금이 누진된다. 그래서 상가 명의는 가족 중에 소득이 제일 적은 사람으로 명의를 정하는 게 상식이다. 그러나 부부사이가 안 좋거나 부자간에 사이가 틀어지면 공동명의로 하는 경우도 종종 있다. 소유권이전일은 다가오는데. 아들 이름으로 할지, 남편 이름으로 할지 서옥 명의로 할지 정하지 못하고 변덕을 부리는 통에 내 할 일만 늘어났다. 그때마다 나는 동사무소에 가서 매도용 인감증명서를 새로 발급받아야 했다. 부동산 소유권이전을 할 때는 반드시 매도용 인감증명서를 첨부하게 되어 있다. 증명서에는 사는 사람의 인적 사항이 들어간다. 주소. 성명. 주민번호. 어떤 사람들에게는 전 재산이나 다름없는 부동산을 사고팔면서 나름대로 안전장치를 해야 할 필요성에서 만들어진 제도이리라.

겨우 매수자를 서옥으로 정하기로 하고 임대사업자 등록을 했단다. 임대사업자 등록을 해야 하는 이유는 세입자에게 부가가치세 납입 증서를 의무적으로 발행해서 세입자가 부가세 낸 만큼 비용으로 처리하게 해줘야 하는 이유도 있지만. 내 입장에서 상가를 분양받을 때 건물분 부가세 10퍼센트를 돌려받았는데. 금액이 1,000만 원이 넘는다. 서옥이 임대사업자 등록을 하지 않고 포괄양수양도가 이루어지지 않으면 분양받은 날로부터 1년에 10퍼센트씩 차감하고 나머지를 세무서에 반납해야 한다. 분양받은 지 1년도 안됐기 때문에 1,000만 원이 넘는 돈을 고스란히 추징당하게 되어 있다.

임대사업자 등록증을 가지고 은행에 가서 내가 받은 사업자대출을 승계 받아야 하는데 서옥은 이 은행 저 은행 다니면서 대출 금리를 홍

정하는 것 같았다. 아니 내가 받은 은행에 가서 승계하기로 해 놓고 왜 그러냐고. 따졌더니 자기는 그런 적이 없단다. 말이 안 되는 소리다. 계약서 특약사항에 버젓이 적혀 있고, 소리 내어 읽어 주기까지 했다. 공인중개사에게는 반드시 고지의 의무가 있다. 분쟁에 대비하기 위해서다. 누구든 불리하면 몰랐다고. 발뺌하기 일쑤다. 서옥도 다르지 않다. 계약서 말미에 이 계약을 숙지했고. 법적 구속력이 있으며 이의를 달지 않기로 서명하고 날인까지 해 놓고, 딴소리다.

안 했다고 우기는 데는 장사 없다. 그래서 나는 조목조목 따지기 시작했다. 내가 받은 대출을 서옥이 승계 받지 않으면 중도상환수수료를 100만 원 가까이 물어야 할 판이다. 서옥아 네 주거래 은행하고 금리 차이가 얼마인데 그러냐고 했더니 0.5퍼센트 차이란다. 그러면 금액으로 치면 1달에 2,000원 정도인데 내가 중도상환수수료에서 그만큼 빼 줄테니 승계하라고 설득했다. 아니 소유권 이전일은 내일인데 아직도 대출이 승계 안 되면 소유권이 넘어가는 건 고사하고 내일부터 월세 받으려던 계획에 차질이 생겨 1달에 2,000원이 크냐. 1달에 120만 원이 크냐. 도대체 이해가 안 간다. 대출을 지금 신청해도 본사에서 대출이 적격한지 심사하는데 만 5일 이상 걸린다. 구청에 실거래가 신고한 것도 잔금일 변경하려면 사유서까지 제출해야 한다. 잔금 중에 500만 원도 연말에 준다고 하지. 이 거래를 해야 돼. 말아야 돼. 소유권 이전 서류를 변호사 사무장에게 맡겨 놓고 매매계약 취소 소송을 해야하나. 계약금을 몰수하고 계약을 해지해야 하나. 그건 중도금이 들어

가서 불가능하다. 결국 소액재판으로 가야 한다. 고민하다 못해 서옥에게 이런저런 사정을 설명하고. 소유권이전을 먼저 하자고 했다. 대출이야 소유권이전하고 해도 별 문제가 없을 테고. 월세는 대출을 서옥 앞으로 가져간 날부터 지급하면 될 것 같았다. 이것도 내 생각과 달라서 나중에 크게 싸우게 되지만 말이다.

상가 잔금 하는 날이다. 법무사 사무장을 불렀다. 소유권이전을 해야 하는데 일반인들이 하기에는 위험이 따른다. 잔금 하는 날. 돈이 다 넘어가고 매도인에게 소유권이전 서류를 받아서 구청에 가서 취득세를 내고. 토지대장과 건축물대장을 떼야 한다. 법원으로 이동해서 등기수수료와 수입증지 값을 은행에 내야 한다. 국민주택채권을 일정금액 사야 하지만 대부분 그 자리에서 수수료를 떼고 되판다. 이런 일련의 과정을 거쳐 법원 등기 접수처에 접수를 해야 한다.

시간도 오래 걸리고 서류가 미비하다고 법원에서 보정이라도 하라는 날엔 번거롭기가 이루 말할 수 없다. 매도인에게 인감도장을 또 받아야 하는데 돈 받았는데 오라면 오지도 않는다. 결국엔 찾아가서 받는 수밖에 없다. 그래서 매수인들은 비용을 내고 법무사 사무장을 쓴다. 요즘에는 변호사들도 앞다투어 등기사무를 취급한다. 노무현 전 대통령이 변호사로서는 처음 등기사무를 대행했다. 대출이라도 있으면 더 복잡하다. 근저당금액을 알아야 하고 은행가서 전액 변제한 다음 근저당설정등기를 말소해야 한다.

서옥은 등기는 자기가 하겠단다. 알았다고 하고 법무사 사무장을 오지 말라고 했다. 나는 준비해 온 서류를 서옥에게 내밀었다. 매도용 인감증명서와 주민등록초본. 실거래가 신고필증. 거래계약서. 매도인이 해올 서류는 완벽했다. 서류를 확인한 나는 서옥에게 매매대금을 입금하라했다.

매매대금 500만을 연말에 준단다. 돈이 없다고. 친구이고 믿을 만한 것 같아 그러마 하고 울며 겨자 먹기로 허락을 했다. 이로써 상가거래는 끝났다. 나는 중개수수료 240만 원짜리 영수증을 써주고 수수료를 요구했다. 현금영수증을 발행해 주겠다면서. 서옥은 돈은 주지 않고. 소유권이전등기를 도와달란다. 네가 한다면서. 나는 툴툴 거렸다. 하는 수 없다. 더러 이런 염치없는 손님도 있다. 이유는 돈이 아까워서다. 하루 종일 돌아다니며 등기를 마쳤다. 점심도 내가 사주고. 사무실에 돌아와서 수수료를 주는데 92만 원을 준다. 화가 머리끝까지 났지만 하는 수 없었다.

부가가치세 신고를 하고 있는데 서옥이 찾아왔다. 부가세 신고를 해 달란다.

- 왜 나한테 해 달래. 세무사에게 5만 원만 주면 다 알아서 해 주는데.

그래도 해달란다. 사람 같지도 않다. 거절했다. 서옥은 며칠 전에도 대출도 자기명의로 가져가지 않고 월세를 달라고 나를 압박했었다. 대출이자는 자기가 낸다면서. 하긴 월세를 받으면 대출이자를 내고도 80

만 원이 남으니 아까웠으리라. 소유권은 넘어갔는데. 대출은 내 명의로 남아있는 건 위험한 일이다. 서옥이 다시 팔기라도 하면 대출이 붕 뜰 수 있다. 그런데도 불구 편리를 봐줬더니 월세까지 내라한다. 사람이 어디까지 이기적일 수 있는지 그 깊이를 잴 수가 없다.

지금 와서 생각하니 상가 계약서도 의도적으로 6월 1일이 지나서 계약서를 쓴 것 같다. 6월 1일은 재산세 납부 기준일이다. 6월 1일을 기준으로 누구에게 소유권이 있느냐에 따라 무조건 그 사람에게 1년 치 재산세가 부과된다. 7월과 9월에 토지 분과 건물 분으로 나누어서.

옆 부동산에서 내 부동산 사무실을 권리금을 받고 팔란다. 시설권리금도 적당하고 사무실을 옮겨볼까 하던 차에 잘됐다 싶다. 권리금 계약금으로 700만 원 받고 시설권리금 계약을 했다. 상가를 산 서옥에게 전화를 걸어 사무실 옮기려고 하니 임대인 도장을 찍어 달라고 했다. 처음에는 호의적이더니 계약 당일 마음이 변했다. 도장을 못 찍어 주겠다는 것이다. 왜 2년 있겠다고 약속을 하고 나가느냐 하는 것이다. 아니 계약 조건도 똑같고. 임차인을 구해 놓고 나가는데 무슨 문제가 있냐고 했다. 막무가내다. 전화로 설득을 하다하다 욕까지 했다. 그래 놓고 나니 후회스럽다. 내가 아쉬운 판인데. 어떻게 하나. 계약금으로 받은 돈은 돌려주고 배액상환까지 해야 하나. 장사가 안 되니 보증금을 까먹을 건 뻔하고. 그렇다고 하루에 4만 원씩 내고 소설이나 쓰고 있을 수는 없었다.

협회 홈페이지에 들어가서 상담전화를 돌렸다. 공인중개사 협회에는 각종 분쟁에 대비하기 위해 전문가 몇 명이 상주하고 있다. 임대인이 새로운 임대 계약서에 도장을 안 찍어 줘서 전화를 했다 하니 방법이 없다 한다. 임대차 종료 3개월 전에는 권리금 계약을 강제할 수 있지만 지금은 안 된다고 하면서 임대인을 잘 설득해 보란다. 그러면 계약을 해지할 수는 없냐고 물었다. 그것은 전혀 다른 문제라서 부동산 전문변호사를 소개해 줄테니. 그곳으로 전화를 해 보란다. 전화를 하니 상담을 하려면 우선 5만 원의 상담료를 내야 한다며 계좌를 가르쳐 줬다. 5만 원을 입금하고 다시 통화를 하니 계약해지 소송을 할 수 있고 승소하면 계약금을 몰수하고 나머지 돈만 지불하면 소유권을 되찾아 올 수 있단다. 그 말을 듣고 나니 하늘을 나는 기분이었다. 변호사 친구에게 자초지종을 설명하고 사건을 맡아 달라고 하니 말도 안 되는 소리라고 일축한다. 소유권이 이미 넘어갔고. 잔금 500만 원을 받지 못했다고 판사가 그 계약을 해지하라고 판결을 내리지는 않는다는 것이다. 나는 박박 우겼다. 법무법인 한영의 대표변호사와 통화를 했는데 소송을 하면. 이길 수 있다더라. 그런데 친구는 왜 어문소리를 하는거냐. 그랬더니 변호사 친구가 하는 말이 그러면 수임료를 500만 달라고 할 테니. 100만 원만 주고 나머지는 성공보수로 주는 조건으로 계약을 하란다. 미심쩍어 다른 부동산 전문 변호사에게 5만 원 또 내고 상담을 하니 친구가 하는 말과 똑같았다. 하나 더 물어봤다. 서옥이 다운계약서 쓴 것을 약점 잡아 협박을 하고 있다. 어떻게 대처하면 좋겠느냐 하니. 그거 골치 아프다. 걸리면 매도인 매수인 양쪽 다 과태료 500만 원 내야 하고 매도인은 양도세 더 내고 과태료에 연체료까지 내야 하고, 매수인은 취득세 더 내야 하고 세무조사까지 받을 수 있단다. 그럼 나는 어떻게 되냐니까. 영업정지 6개월이고, 경찰에서 조사가 시작되면 형사처벌까지 받을 수 있단다.

벌금이 나오면 자격취소까지 당할 수 있단다. 변호사가 물었다. 다운계약서를 썼냐고. 안 썼다. 그럼 현금보관증을 써 줬냐. 아니다. 매수인이 친구라 믿고 연말에 500만 원 더 받기로 했다. 그럼 걱정할 것 없다. 그런 말한 거 기억이 안 난다고 하면 된다. 나는 거듭 확인하고 전화를 끊었다.

나에게 유리한 말을 들은 것 같은데 개운하지 않다. 나는 임대인 도장을 받아 새로운 임대계약을 하고 보증금 3,000만을 찾아 사무실을 옮기는 게 목적인데 서옥이 도장을 안 찍어 주는 한 방법이 없었다. 참 난감한 일이다.

월세 주는 날 며칠을 남겨두고 서옥에게 전화를 했다. 서로 감정이 상해 욕지거리까지 했다. 점점 꼬여 가고 있었다. 월세를 안주고 버티니 카톡이 왔다. 월세 선불로 준다고 사라고 해 놓고 월세 안 넣으면 법적으로 대응하겠다고. 월세 넣으라고. 내가 부동산 10년에 너 같은 또라이는 처음 본다고 카톡을 보냈다. 부동산 사무실을 마음대로 사고 팔수도 없으면서 월세를 내라고. 월세 못내. 보증금으로 까. 보증금 다 까질 때까지 장사하다가 나갈 테니 그렇게 알아. 도대체 새로 계약을 하면 너한테 손해가 뭐냐. 월세도 그대로고. 보증금도 3,000만 원인데. 월세 내고, 부가세 내고, 네가 받아 간 2억 7,000만 원 외에 받은 돈 토해내면 도장을 찍어줄게. 완전 개또라이네. 남의 상가를 거저먹겠다는 심보네.

돈 없다고 잔금도 다 받지 않고 등기해 달래서 해 주고. 중개수수료도 240만 원인데 92만 원 주더니. 잔금도 500만 원 연말에 준다더니 그것도 안 준다고. 너 내가 그렇게 시설권리금도 못 받고 나가면 네가 세를 놓아먹을 수 있을 것 같아. 어림없어. 이 가게는 크기가 작아서 부동산 사무실 아니면 들어올 업종이 없어. 상가 주인의 방해로 임차인이 시설권리금도 받지 못하고 나갔다고 소문나면 누가 들어오겠니. 잘 알아서 생각해. 남의 상가 거저먹으려다 동티나. 임대차 계약서에 도장 받아주기로 한 날은 바짝바짝 다가오는데 서옥은 꿈쩍을 하지 않았다. 생각다 못해 변호사 친구에게 전화를 걸어 하소연 했다. 어쩌면 좋으냐고. 그랬더니 자기가 중재를 해 보겠단다. 한참 후에 변호사친구는 안되겠다고 전화를 해 왔다. 도장을 찍어 주는 대신 돈을 요구하는 것 같단다. 나보고 500만 원 받을 걸 포기하고 합의를 하라고 종용한다. 나는 억울했다. 친구랍시고 3억은 하는 걸 2억 8,000만 원에 팔았다. 매매대금 2억 8,000만 원에서 대출금 1억 5,000만 원 빼면 1억 3,000만 원 남고. 보증금 3,000만 원 빼면 서옥이 돈은 1억밖에 들어가지 않았다. 오피스텔 계약금 500만 원도 내가 떠안았지. 500만 원은 연말에 주기로 했지. 자기돈 9,000만 원에 취득세 1200만 원 더해도 1억

남짓으로 1달에 80만 원은 남는다. 그러면 수익률이 연 10%가 넘는다. 보증금 3,000만 원에 월세가 120만 원 나오면 무조건 매매대금이 3억은 된다. 그런데도 서옥은 날로 먹으려고 하고 있다. 너도 쓴맛을 봐야 할 것 같다.

그나저나 이게 아닌데. 나는 사무실 빼고 물 좋은 세종시로 가야 하는데. 사무실 자리도 보아 둔 데가 있는데. 무엇보다 운 좋게 새로운 임차인이 나타났는데. 참 미치고 팔딱 뛸 일이다. 애가 탄다. 생각다 못해 서옥이 남편에게 전화를 했다. 서옥이 남편은 한수 더 뜬다. 우리에게 생기는 게 없단다. 부창부수다. 이 문제를 어떻게 해결해야 하나. 잠이 안 온다. 내 부동산 사무실에 들어오려는 사람은 바로 옆에서 부동산 사무실을 운영하는 사람이다. 계약기간 2년이 다 돼서 보증금을 빼가지고 옮기려고 한다.

2달 전부터 사무실을 내놓았지만 보러오는 사람이 없어서 그 가게는 비게 생겼다. 비면 골치 아프다. 월세 안 들어오지. 보증금 빼줘야지. 은행이자 내야지. 관리비 내야지. 전기세도 다달이 나온다. 그야말로 낭패다. 그런 예를 들어가며 서옥을 설득했지만 별 소용이 없었다. 오늘이 지나면 시설권리금 계약금 700만 원에 배액 상환해야지. 장사는 안 돼서 보증금 3,000만 원을 다 까먹어야 나갈 수 있을 것이다. 거기다 그 스트레스라니 상상만으로도 머리가 지끈거린다. 나는 세종시로 가서 집 앞에 차를 주차해 놓고 서옥을 기다리기로 했다. 전화도 안 받는다. 유일한 통로는 카톡 뿐이다.

상가 팔면서 나중에 받기로 한 500만 원을 안 받는 조건으로 어렵게 합의를 보았다. 사무실에 와서는 멀쩡하다. 아무 일도 없었다는 듯. 상가 계약금 300만 원을 받고 계약서에 서명 날인했다. 20일 쯤 후에 가게를 비워 주기로 하고 각자 헤어졌다. 10년 묵은 체증이 싹 내려가는 것 같다. 늘 우거지상으로 나를 보던 새로운 세입자도 웃음을 되찾았다. 나는 속으로 이를 갈았다. 우선 보증금을 받아 내면 중개수수료를 정상적으로 달라고 내용증명을 보내리라. 그 다음은 계약해지 소송을 할 것이고.

부가세 탈세 신고를 하고. 포상금을 타 먹으리라. 월세 다운계약서를 가지고 구청에 가서 신고하면 조사를 시작할 것이다. 명백한 증거가 있다. 새로운 세입자와 월세 계약서를 쓸 때 내 부동산명의는 빼고 당사자가 계약하는 걸로 하고 3장을 작성해서 1장은 내가 가지고 있다. 월세 잔금을 하고 구청에 가서 나는 폐업신고를 하고 새로운 임차인은 등록신고를 해야 한다. 이때 임대차 계약서가 있어야 한다. 새로운 세입자는 분명 보증금 3,000만 원에 월세 50만 원짜리 계약서를 내밀 것이다. 세무서에 가서 부동산중개업 이전신고를 할 때도 똑같이 할 것이다. 상가주인은 종합소득세금을 탈루할 수 있고. 세입자는 부가세 영수증을 안 받는 대신 7만 원을 아낄 수 있어서. 일반과세자가 아닌 간이과세자 부동산은 대부분 그렇게 한다. 불법인 줄 알면서.

그것도 신고를 하고 포상금을 타먹고, 골탕을 먹일 것이다. 입만 열면 법과 질서를 말하는 서옥의 법과 질서로써 바로잡아 주리라. 기다

려라 서옥. 이제는 네 차례다. 내가 당한 만큼 너에게 돌려주마.

오늘 상가를 비워 주는 날이다. 보증금 3,000만 원을 받기가 쉽지 않으리라. 새로운 세입자와 계약을 하면서도 계약금 300만 원을 받으면서 서옥이 그랬다. 오늘과 내일은 휴일이라 안 되고 월요일에 내 통장에 입금 시켜 주겠다고. 그러나 오늘까지 단 한 번의 전화도 변명도 없었다. 세입자에게서 전화가 오기 시작했다. 보증금 입금했으니 키를 달라고 나는 사장님은 입금했을지 몰라도 나는 아직 보증금을 못 받았다. 그러니 키를 줄 수가 없다. 옥신각신이 또 시작되었다. 돈을 먼저 주느냐. 키를 먼저 주느냐. 꼭 닭이 먼저냐. 알이 먼저냐 가지고 싸우는 어린아이들 같았다. 그러나 그 지루한 다툼이 오늘 일의 승패를 좌우한다. 돈 500만 원이 왔다 갔다 하는 싸움의 시작, 내 통장에 돈이 들어오느냐 아니면 못 받느냐. 아니 전쟁의 서막이었다. 나는 거기에 대비하기 위해 많은 준비를 해 왔다.

내 개인 물품은 시설관리비에 포함되지 않기 때문에 중요하다싶은 것들은 1달 전 부터 표시 안 나게 차로 실어 날랐다. 남은 것은 식사를 해결하기 위한 도구와 별 쓸모도 없는 자질구레한 것뿐이다.

아침에 시작된 줄다리기는 오후가 4시가 되어서야 내 통장에 돈이 들어오고서 끝이 났다. 나는 내친김에 지난번에 받지 못한 잔금 500만 원을 달라고 했다. 어차피 네 돈이 아니다. 네가 욕심이 과하다. 그러니 돈 500만 원을 통장에 입금하면 키를 주겠다. 또 한바탕 난리가 날 것이다. 예상대로 노발대발이다. 그러거나 말거나 나는 느긋하다. 전화기를 꺼놓고 온천탕으로 향했다. 뜨거운 온천물에 몸을 담그고 이 여유로움을 즐기고 싶다. 도장을 못 받아서 안달하던 내가 아니다. 보증금을 다 지급했어도 내 사무실 집기가 있는 한 문을 강제로 열고 들어가지는 못할 것이다. 주거침입죄로 형사처벌을 각오해야 할 것이다. 문을 열 수 있는 합법적인 방법은 명도소송을 해서 승소해야 한다. 공시 송달 절차를 거쳐도 수취인이 거부하면 내용증명을 또 보내야 된다. 시간이 많이 걸린다는 말이다. 그런 절차를 거쳐 집달관이 경찰 입회하에 문을 열어야 합법적이다. 그 많은 절차를 거치려면 적어도 6개월은 걸린다. 그러면 보증금과 월세를 낸 세입자가 손해배상 소송을 걸어올 것이다. 그전에 서옥은 손을 들 것이다.

어떻게 결론이 날 것인지 귀추가 주목된다. 사람이 얼마나 사악해질 수 있는지 모를 일이다. 조금 있으면 돈을 주겠다고 연락이 오리라. 나는 쾌재를 불렀다. 이런 방법을 생각해 낸 내가 기특했다. 4시간 쯤지나 전화를 켜니 세종시에 있는 부동산에서 여러 번 전화가 와 있었다. 나는 통화버튼을 눌러 아는 체를 했다. 세종시에 있는 내 명의 분양권을 프리미엄 6,000만 원에 팔란다. 나는 귀를 의심했다. 얼마 전까지만 해도 4,000만 원 이라고 알고 있었는데. 6,000만 원이라니. 그 분양권은 서옥이 한테서 억지로 떠안은 바로 그 아파트분양권이다. 5개월 만에 무려 4,000만 원이 올랐다. 입주가 가까워지면 분양권 값이 최고가에 팔리는 것을 가만하면 내년 10월에 입주할 때 얼마가 될지. 가슴이 벅차다. 부동산 10년에 서옥 같은 개 또라이 손님은 처음이었다. 그런데 그 악마 같은 서옥이 돈을 벌어 주다니. 기가 찰 일이다. 조금 있으려니 변호사 친구한테서 전화가 왔다.

- 너 오늘 상가 잔금 하는 날이라면서.

- 응. 보증금 다 돌려받고 왜 상가를 비워 주지 않느냐고 나무란다.

기분이 상한 나는 매매잔금 500만 원을 받으려고 그런다고 했더니 500만 원을 받지 않기로 해 놓고 이제 와서 그러면 어쩌냐고. 재판을 하면 내가 진단다. 맨 나중에 한말이 최종적으로 효력을 발휘하기 때문이란다.

민법 107조에 의사표시는 표의자가 그 진의가 아닌 것을 알고도 한 때에도 그로 인해 방해받지 않는다. 단. 상대방이 표의자의 진의를 알거나 알 수 있었을 때에는 그 의사표시는 무효로 한다. 는 규정까지 들먹이며 변호사 친구에게 나 나름대로의 논리를 폈다. 어쩔 수 없이 대답을 한 거다. 애초에 연말에 주기로 해 놓고. 도장 하나 찍어 주고 500만 원을 가져간 서옥이는 정상이냐고 전화기에 대고 소리를 질렀다.

친구라서 500만 원을 연말에 받기로 했지. 소유권 이전하면서 잔금을 다 안 받는 사람이 어디 있느냐고. 변호사말이 서운하기야 하겠지만 좋게 해결하란다. 그럼 반반씩 양보해서 250만 원 받고서 키를 넘겨주란다.

나는 거절했다. 이 게임은 절대적으로 내가 유리하다고 자신하면서. 변호사 친구는 네가 알아서 하라고 성질을 버럭 내면서 전화를 끊었다. 성질머리하고는 너도 변호사 해 먹기 어렵겠다. 양쪽 이해당사자의 의견을 취합해서 중재를 하고 합의를 이끌어 내야 할 변호사가. 그렇게 성질 하나 조절하지 못하고, 마음을 들키니.

조금 있으려니 또 전화가 왔다. 300만 원을 연말에 주는 조건으로 합의를 하잔다. 나는 또 거절했다. 애초에 500만 원을 연말에 받기로 해서 이 사단이 났는데 또 연말에 받으라고. 300만을 지금 주면 키를 주겠다고 했다. 그랬더니 더는 연락이 없다. 대신 새로운 세입자에게서 전화가 오기 시작했다. 권리금 700만 원을 받고서 왜 키를 주지 않느는 것이다. 나는 우선 미안하다고 했다. 보증금을 받았는데도 사장님한테 설명했듯이 연말에 받기로 한 500만 원을 사장님과 계약을 지키려고 포기했는데 그걸 떼려고 생각하니 억울해서 잠이 안 온다.

나에게 전화하지 말고 가게 주인을 압박해라. 상가를 쓰지 못하고 있으니 이미 지불한 보증금 3,000만 원하고 월세를 돌려 달라고 해라. 그리고 손해배상도 청구한다고 해라. 그러면 금방 움직일 것이다. 나는 절대로 돈을 안 받고 키를 주지는 않을 것이다. 그 말이 먹혔는지. 서옥에게서 카톡이 오기 시작했다. 남자가 한 입가지고 두 말한다고 생난리다.

너는 입만 열면 법과 질서를 따른다고 다운 계약서도 거절하더니 나하고의 약속은 빨랫줄에 걸어 놓고 말리냐. 도장 하나 찍어 주고 500만 원을 먹으려고 하는 네가 비정상이지. 나보고 나쁜 놈이라고. 서천소가 웃는다.

결론을 내리지 못하고 하루해가 지났다. 나는 급할 게 없다. 사무실에 있는 중요한 물건은 거의 다 옮겨 놨고. 넘기기로 한 물건들은 이미 돈을 다 받아서 내 것이 아니다. 손해배상을 해 준다면 이틀치 월세만 물어 주면 되리라. 새로운 세입자가 내 가게를 탐내서 이 일이 진행되었으니 포기한다고는 하지 않을 것이다. 그저 기다리기만 하면 된다.

그러나 오후가 되어도 전화가 없으니 불안해지기 시작했다. 300만 원에 합의를 볼 걸 그랬나 싶다. 내가 서옥을 믿을 수 없다 하니 변호사 친구가 보증을 선다고 했는데. 아이고 모르겠다. 될 대로 돼라. 세종시 분양권만 해도 4,000만 원을 벌었고. 입주시기가 되면 좀 더 올라. 몇천만 원은 더 먹을지 모르는데 그깟 300만 원이 대수냐. 상가도 분양가 2억 5,000만에 사서 3,000만 남겼으면 됐지. 아 참 500만을 못 받으면 2500만 원 남나. 그동안 장사했지. 그 정도면 훌륭하다. 그런 생각을 하고 있는데. 변호사 친구한테 전화가 왔다. 서옥이한테서 문자가 왔다고. 100만 원은 키를 넘겨주는 즉시 입금해 주고. 매달 25일 날 월세 받으면 100만 원씩 2번 입금한다고. 100만 원은 그렇다 치고 다음에 준나는 걸 믿을 수가 없다고 했다. 자기가 보증을 서겠단다. 알았다. 그러면 그런 내용을 문자로 보내 줘라. 그러면 내가 가서 문을 따주고. 키를 넘기고 내 짐을 빼겠다. 조금 있으니 문자가 왔다.

나는 그러고도 100만 원이 먼저 입금돼야 한다고 못을 박았다. 서옥은 키를 따주면 돈을 준단다. 끝까지 속을 썩인다. 나는 버텼다. 나는 서옥을 믿을 수 없다. 세상이 뒤집어진다고 해도. 이해가 첨예하게 대립돼 봐야 그 사람의 진면목을 알 수가 있다. 나는 지금 서옥과 치킨게임을 하는 것 같다. 누군가 손해를 봐야 끝나는. 서옥이 대단하다는 생각이 들었다. 부동산 사무실을 운영하는 친구를 상대로 이 정도로 버틸 수 있는 사람은 그리 많지 않다. 그동안에 동창모임에서 좋은 모습만 보다가 이 일을 겪고 나니. 만만한 사람은 없다는 생각이 든다. 젊었을 때는 무슨 일을 하고 살았는지 전혀 알 길이 없다. 10년 전쯤 초등학교 동창모임에 나가기 시작하면서 알게 되었을 뿐이다.

밤에 자고 있는데 서옥으로부터 전화가 왔다. 사무실에 남동생하고 와 있으니 나오라는 것이다. 돈을 준다고. 얼마를 주냐니까. 우물쭈물한다. 이슥한 밤에 그것도 남동생과 함께 말이지. 대화를 하다가 수틀리면 폭력을 행사하겠다는 이야기인가.

나는 내일 아침에 만나자고 했다. 지금 당장 나오라고 협박이다. 미칠 것 같다고. 네가 욕심을 너무 부렸어. 권리금 700만 원 받았는데. 500만 원을 가져간다고. 양아치 같은 상가주인도 세입자 권리금은 건들이지 않는 게 불문율이야. 아무리 소리 질러봐야 나는 못가. 내일 돈 줘, 그러면 키 줄게. 그리고 전화를 끊었다. 전화가 또 왔다. 못 받는다는 신호를 보냈다. 그래도 또 온다. 전화기를 꺼버렸다. 집으로 찾아올지도 모른다는 불안감이 엄습했다. 그렇게는 안 하겠지 하면서도 일어나 대문을 살폈다. 문이 잘 잠겼는지.

다음날 변호사 친구에게 전화가 왔다. 400만 원에 하기로 하고 매듭짓자고. 나는 알았다고 했다. 돈은 어떻게 지급하는데. 내가 물었다.

지금 400만 원을 내 통장에 입금한단다. 그럼 나는 탱큐지. 전화를 끊고 조금 있으니 돈이 들어왔다. 사무실에 가서 세입자에게 키를 주고 내 짐을 챙겨왔다. 조금 있으려니 세입자에게서 전화가 왔다. 중개업 폐업신고를 해야 자기가 이전신고를 할 수 있다고.

그러면 전화와 인터넷을 인수하라고. 그러면 해 주겠다고 버텼다. 자기는 필요 없으니 사장님이 알아서 하란다. 그렇게는 안 되겠다. 알아보니 3년 약정을 해서 내가 위약금을 35만 원 물어야 하는데 내가 돌았냐. 사장님이 계약해 놓고 왜 자기보고 인수하라고 하냐며 신경질이다. 자기는 필요 없다는 말만 되풀이 한다. 시설권리금 속에 전화가 포함되냐. 안 되냐. 내가 물으니 된다는 거다. 그럼 군말 말고 가져가라. 그러면 폐업신고를 하겠다고 버텼다. 끝없이 이어지는 이 피곤한 게임이 정말 싫다.

서옥이에게도 그렇게 시달렸는데 아직도 남았다니. 사람이 참 무섭다. 안되겠는지. 타협을 시도해 왔다. 반씩 내잔다. 나는 거절했다. 자기가 쓰고 있는 전화하고 인터넷이 1년 정도 남아 있고. 알아보니 위약금이 17만 원이 나오니 내가 그것만 내주면 내 전화하고 바꿔 쓰겠단다. 뭔 소리냐. 사장님은 그 전화와 인터넷을 사용하다가 다른 사람에게 넘길 것 아니냐. 그러면 몇 년을 약정했더라도 손해 보는 것이 없는데 왜 17만 원을 나보고 내라고 하냐. 헐려면 허고 말려면 말아라. 그러고도 몇 번의 전화통화 끝에 그쪽에서 내 전화를 인수하기로 하고 일을 매듭지었다. 아 하루해가 너무 길다. 구청에 가서 폐업신고를 하고 나오는데 입에서 단내가 났다.

아직도 해결이 안 된 게 있다. 서옥이 오피스텔을 사겠다며 입금시 킨 500만 원을 아직 돌려받지 못했다. 교장친구에게 문자를 보냈다. 계약금 500만 원을 입금시킨 사람이 마음이 변해서 사지 않겠다고 해 서 내가 돌려줬다고. 하면서 계좌번호 하나를 보냈다. 바로 전화가 왔 다. 계약금으로 들어온 돈은 위약금으로 돌려주지 않아도 되는 것이 아니냐. 그런데 왜 네가 돌려주고 나보고 달라고 하냐.

우선 계약서도 쓰지 않았고. 돈만 들어간 건데 돌려주지 않는 건 무 리다. 계약서를 쓰거나 구두계약도 계약이지만 계약금을 위약금으로 하겠다는 문구가 들어가야 계약을 이행하지 못했을 때 계약금을 위약 금으로 봐서 몰수할 수 있다고 설명을 해줬다. 그러나 돌려주려는 마 음이 별로 없어 보였다. 내가 돌려주지 않고 돌려줬다고 하면서 돈을 가로채려고 한다고 오해할 수도 있는 상황이었다.

나는 서옥이가 넣은 오피스텔 계약금을 받아야 잔금이 끝나는데 난 감한 일이다. 서옥이 돌려받아야 할 돈을 내 상가 팔면서 받을 금액으 로 상계하기로 했는데. 못 받으면 또 500만 원을 손해 본다.

- 매수인이 오피스텔을 사려고 계약금으로 돈 500만을 너의 계좌로 입금시키고 돌려달라는 전화 한 통 안 하고 얌전하게 500만 원을 너 먹으세요. 하는 사람은 세상천지에 없어. 나에게 해서 안 되면 너에게 전화를 해서 처음에는 좋게 돌려달라고 하겠지. 그러다가 말이 안 통하면 읍소도 하고 통사정도 하고 그래도 안 되면 공갈

협박까지 하고 그래도 안 되면 네가 교장으로 있는 학교에까지 찾

아와서 행패를 부렸을 거야.

- 500만 원은 그렇게 큰돈이야. 날로 먹기에는.

- 학교에 있는 걸 어떻게 아냐고.

- 나에게 온갖 협박을 다하고 사무실에 찾아와 소리소리 지르고 구

청에 신고하겠다고 하겠지. 계약서를 쓰지 않고 돈 먼저 통장에 들

어가서 매수인이 손해를 보면 공인중개사에게도 손해배상을 청구

할 수 있어. 계약금과 계약서는 동시이행 조건이거든. 이런저런 사

정으로 볼 때 내가 500만 원을 먹었을 리는 없고. 내가 돌려줬다는

걸 매수인에게 물어 보면 금방 알 거 아냐. 전화번호 가르쳐 줄까.

- 아니 그럴 필요까지는 없어.

나는 교장친구가 전화번호를 가르쳐 달랄까 봐 순간 당황했다. 서옥

은 그 전화를 받으면 자기 계좌로 입금시켜 달라고 그럴 것이다. 서옥

이 통장으로 들어가면 새로운 전쟁이 시작되는 것이다. 이제와 이야기

지만 내가 권리금으로 얼마를 받았는지 모를 때에는 계약서에 쓴 매매

대금 말고 들어간 오피스텔 계약금까지 다 달라고 했었다. 임대계약서

에 도장을 찍어 달라는 나의 요구에. 내가 시설권리금으로 700만 원을

받은 사실을 알고는 자기가 연말에 주기로 한 500만 원을 받지 말기를

집요하게 강요했었다. 결국 관철시켰고. 그나저나 교장친구도 호락호

락 돈을 돌려주지 않을 것 같다. 소유권은 그대로 자기에게 있고. 월세

도 자기가 받으면서 45년 친구인 나에게 500만 원의 손해를 강요하고

있다.

돈이 무섭다. 모든 인간관계를 파괴할 수 있는 시한폭탄이다. 부동산 사무실에 앉아 있으면 많은 사람들을 만난다. 이혼을 앞둔 부부가 와서 집을 판돈을 서로 가지려고 난투극을 부리다 공인중개사 사무실 앞 유리가 박살난 기억도 있다. 도덕이라는 뿌연 안개를 조금만 걷어내면 그 사람의 민낯이 드러난다. 그러면 남을 먼저 생각하던 배려도 사라지고 이기심 가득한 가련한 어쩌면 본래의 우리들의 모습인 치부가 적나라하게 드러난다.

경매

부동산을 취득하는 방법엔 여러 가지가 있다. 매매, 상속, 증여, 청약, 신축 등 여러 가지 방법 중 하나가 경매다.

경매는 주로 은행이 주축인 제 1금융권, 보험사나 저축은행이 주축인 제 2금융권에서 돈을 빌려 줄 때 담보로 잡은 부동산을 경매를 통해 매각해 채권을 회수하는 방식이다. 지정된 날짜나 요일에 법원에서 매주 열린다. 방식은 감정가나 유찰된 금액에 제일 높은 금액을 쓴 사람이 낙찰되는 방식이다. 그런데 매매처럼 소유권이전이 순조롭게 이뤄지는 것이 아니다. 권리 관계가 복잡하게 얽힌 물건이 몇 번 유찰되어 감정가보다 훨씬 싸게 경매에 나오기도 한다. 그러면 선순위 저당권을 가진 은행들은 배당을 받지만, 배당을 받지 못하는 세입자나 후순위 점유자들이 배당을 못 받는 일이 생길 수 있다. 그러면 세입자나 점유자가 순순히 비워 주기를 거절할 수 있다. 즉 명도가 어려울 수도 있다는 말이다.

여러 가지 이해관계를 잘 파악하여 금융권에서 빌린 돈을 갚고, 점유자들을 다 내보내고, 나야 비로소 낙찰자가 사용하거나 세를 놓을 수 있다. 이 모든 것을 감내하며 소유권 이전을 하는 방식이라 위험이 따를 수밖에 없다.

위험을 감수하면서 경매에 임하는 이유는 일반 매매보다 조금이라도 싸게 살 수 있다는 장점 때문에 사람들이 경매에 몰려든다. 경매는 일반 매매시장보다 싼 물건을 위험과 맞바꾸는 시장이다. 낙찰가와 시세가 거의 비슷하다면 굳이 경매에 목매달 필요가 없다. 따라서 경매에서는 얼마나 안전하고 싸게 사느냐가 제일 중요하다.

경매에 입찰하려면 경매법정에서 최저 매각가격의 10%를 입찰보증금으로 미리 내야 한다. 낙찰자가 낙찰을 받고도 잔금을 내지 못하면 입찰보증금을 몰수당하기 때문에 입찰에 신중을 기해야 한다. 그러나 매매계약에서도 계약을 하고 잔금을 치루지 않거나 마음이 변하면 계약금을 떼는 경우가 있으니 경매라고 다르지 않다. 몰수된 입찰보증금은 배당재단에 편입되어 채권자들에게 배당된다.

낙찰을 받아놓고도 잔금을 미납하는 경우가 더러 있다. 미납의 유형은 크게 두 가지다. 권리분석을 잘못해서 시세보다 높게 낙찰을 받은 경우다. 그런 경우 잔금 내는 걸 포기하고 입찰보증금을 떼고 마는 경우도 있다. 실수로 잘못 낙찰받았더라도 입찰보증금을 돌려받지는 못한다. 가끔 0하나를 잘못 기입해 1억 원을 10억 원으로 쓰는 사람도 있다. 아무리 실수라고 해도 통하지 않는다. 그렇게 낙찰받을 수밖에. 억울해도 하소연할 데가 없다. 다만 법원에 소를 제기하여 법원의 재판으로 매각 불허가 결정을 받거나 매각이 무효가 되면 낙찰자는 입찰보증금을 돌려받을 수 있다.

대전시 서구에 있는 아파트가 경매에 나왔다. 경배는 이 아파트에 주목했다. 2,000세대가 넘는 대단지였고. 남향에 15층 중 11층이고 관공서와 금융기관이 밀집돼있고. 학군도 대전에서 최고였다. 감정가가 5억 원인데 3번의 유찰을 거쳐 1억 7,000만 원까지 떨어져 있었다. 법적인 문제가 있는 특수물건이었기 때문이다. 경매자료를 살펴보니 대항력 있는 세입자가 있었다. 경매는 이미 낙찰 전력이 있었지만 낙찰자가 잔금을 미납해서 입찰보증금이 몰수된 상태였다. 이럴 경우 법원은 일주일 이내에 재매각 공고를 해서 다시 경매에 나선다. 유찰횟수는 변하지 않는다.

경배는 세입자가 위장 임차인인줄 알고 이 아파트를 낙찰받으려고 했는데, 또 다른 법적인 문제가 있었다. 아파트 소유자로부터 경매신청의 근거가 되는 저당권이 무효라는 말을 들었다.

내막은 이랬다. 소유자 아들이 사업을 하다 돈이 필요해 아버지 소유의 아파트에 아버지 명의로 서류를 위조해 근저당을 허위로 설정해 은행에서 돈을 빌렸다. 뒤늦게 이 사실을 알게 된 아버지가 근저당권자인 은행을 상대로 근저당권 말소소송을 진행 중이란다. 경매신청의 근거가 되는 근저당권이 소송으로 말소되면 경매는 무효가 된다. 이 경우 결국 낙찰자는 잔금을 납부해도 소유권을 얻지 못하게 된다. 직전 낙찰자도 이런 이유로 잔금을 미납한 것이다.

전 낙찰자는 매각 불허가를 받고 싶어 했다. 매각 불허가를 받기 위해서는 매각 물건 명세서 작성에 중대한 하자가 있어야 한다. 서류 위조로 저당권이 무효라면 판결로 확정되지 않아도 무효를 주장할 수 있다. 결국 이 사건은 무효인 저당권에 기해 경매가 이루어졌고 낙찰이 되었으니 경매 자체가 무효인 것이다.

일반적으로 유찰이 잦은 물건은 대항력 있는 임차인이 있거나 등기부에 드러나지 않은 권리가 숨어 있기 마련이다. 특히 상가건물은 유치권 때문에 기피물건이 되는 경우가 많다. 이는 가격을 떨어뜨리는 주원인이다. 고수들은 이런 경매물건일수록 수익을 극대화할 수 있는 물건이라는데 동의한다. 이런 경우 경매에 앞서 눈에 보이지 않는 비용까지 감안해 경제성을 따져야 한다. 예를 들어 유치권 부담 금액, 명도소송비용, 시간, 품, 등이 많이 들어간다. 유치권 해결이 장기화되면 임대수익 감소에 따른 기회손실도 비용에 포함시켜야 한다.

그러나 유치권이 있다고 해서 반드시 법에서 인정되는 것은 아니다. 공사를 한 당사자가 유치권이 있다고 착각해서 유치권을 걸어 놓고 법적으로 유치권을 행사하지 못하는 경우도 종종 있다.

유치권이 있는 물건은 사람들이 최우선적으로 기피하다 보니 여러 번 유찰이 되는 경우가 많다. 어떤 것은 다섯 번, 여섯 번 유찰되어 하한가까지 떨어진 물건도 있다. 이런 물건을 사서 유치권을 무효로 하거나 유치권을 주장하는 금액을 절반 이하로 줄일 수 있다면 그야말로 노다지를 캐는 것이다. 한방에 인생역전도 가능한 것이 유치권이 있는 상가건물이다. 따라서 유치권을 당연히 안고 가야 하는 짐으로 생각하지 말고 다시 한번 심각하게 고민하기 바란다. 의외의 곳에서 답이 찾아지는 경우도 있다.

유치권은 소송을 통해서 대부분 해결되지만 가끔 합의에 의해서도 해결된다. 그렇게 되면 시간과 비용을 아주 적게 들이고도 해결되는 경우가 있다. 그러니 경매물건이 마음에 들면 유치권이 있다 해도 포기하지 말고 도전해 보기 바란다.

경매에서 공부상에 나타나지 않는 권리가 몇 가지 있는데 대표적인 것이 유치권과 법정지상권, 분묘기지권이다.

일반적으로 유치권이 붙은 경매물건은 기피물건이다. 유치권은 무조건 매수인이 인수하는 권리가 아니다. 법원에서 인정해야만 매수인이 부담하는 것으로 유치권을 인정받지 못하면 인수할 이유가 없는 것이다. 유치권은 유치권의 성립 여부가 가장 중요하다. 상가에서 인테리어 비용을 유치권으로 신고하는 경우가 많은데 대부분 성립이 안 된다. 유치권이란 신축 또는 수리한 경우 공사비를 받을 때까지 그 건물을 유치할 수 있는 담보물건이다. 유치권이 성립하기 위해서는 다섯 가지 사항에 부합해야 한다.

첫째, 유치권의 대상은 부동산과 유가증권이다. 둘째, 채권이 유치권의 목적물과 관련해서 발생해야 한다. 즉 그 부동산 신축비용이나 수리비를 못 받았을 때 행사하는 것이다. 채권관계로 유치권을 주장할 수 없다. 셋째, 채권 변제기에 있어야 한다. 돈 받을 때가 도래해야 한다. 공사 중에도 중간정산을 해서 공사비의 일부를 받아야 공사가 진행되는데 정산이 안 될 경우 공사를 중단하고 공사 중인 건물에 유치권을 행사할 수 있다. 넷째, 유치권자가 부동산을 점유하고 있어야 한다. 다섯째, 유치권을 배제하는 법률 또는 계약상의 사유가 없어야 한다.

더 중요한 것은 유치권자가 유치권을 신고한다고 해서 인정되는 것이 아니다. 유치권은 담보가 실제로 들어간 공사비인지 경매물건과 관련이 있는 것인지 여러 가지 사실을 종합하여 법원에서 판단한다. 장사하기 위한 시설비나 영업을 위한 인테리어 비용은 유치권이 성립될 수 없다. 인테리어 비용은 건물의 객관적 가치를 상승시키는 요인이 아니기 때문이다.

법정지상권의 조건. 첫째, 근저당권 설정 당시 토지에 반드시 건물이 있어야 한다. 둘째, 근저당 설정당시 토지와 건물의 소유자가 동일인 이어야 한다. 셋째, 경매로 토지와 건물의 소유자가 달라져야 한다. 위에 나열한 조건을 충족해야 비로소 법정지상권이 성립한다. 법정지상권을 인정하는 이유는 위에 나열한 이유로 땅위에 있는 건물이 경매를 이유로 소유권이 달라졌다고 해서 멀쩡한 건물이 땅주인에 의해서 철거되거나, 사용하지 못한다면 국가나 개인적으로 막대한 손해가 발생할 수 있기 때문이다.

분묘기지권은 땅 위에, 산속에, 밭에 묘지가 있는 경우다. 경매로 낙찰받는 겨우 분묘기지권은 낙찰자가 인수해야 한다. 함부로 옮기거나 훼손해서는 안 된다. 후손이나 종중과 협의하여 이장하거나 관보에 기재하여 6개월이 지나도 소유자나 후손이 나타나지 않은 이전할 수 있다.

가처분은 소유권에 대한 원인무효를 이유로 법원에 가처분 신청을 할 수 있다. 이런 경우는 대부분 어떤 이유에서든 잔금을 못 받고 소유권을 이전해 주는 데서 오는 불협화음이다. 또 어쩐 일로 잔금도 못 받았는데 소유권은 넘어가고 근저당권까지 설정되는 경우도 있다. 그러고 나면 예전 집주인이 3순위 4순위로 가처분을 설정한 것이다. 이런 경우 자칫 소유권 이전이 무효가 되어 매수인이 이 채무를 인수하거나 소유권을 잃어버릴 수 있다. 경매에서 최악의 경우다.

가처분은 부동산의 소유권에 관해 이해관계를 다툴 때 법원에서 판결을 내릴 때까지 부동산의 처분을 금지하는 것이다. 꼼짝 마. 얼음 땡 놀이와 같다고 생각하면 된다. 가처분은 위험하다.

경매에도 공식이 있다. 기준권리는 근저당권. 가압류. 담보가등기. 경매개시결정등기. 이것들 중에 가장 빠른 것이 기준선이다. 기준권리를 중심으로 앞서 있는 권리는 무조건 낙찰자가 인수해야 한다. 기준권리보다 늦은 권리는 무조건 소멸한다. 전세권. 지상권. 지역권. 소유권이전가등기. 가처분. 환매등기의 등기일자가 기준권리보다 뒤에 있으면 소멸한다.

예외도 있다. 기준권리보다 뒤에 나와도 소멸하지 않는 권리. 소유권에 대한 원인무효를 다투는 소유권보존 가처분은 기준권리보다 뒤에 나와도 경매로 소멸되지 않는다. 이 경우가 제일 위험하다. 소멸되지 않는다는 것은 소유권이 원래 주인에게 환원된다는 말이다. 그러면 경매도 취소된다. 기준권리보다 앞서거나 뒤서거나 가처분은 무시하면 환란이 온다. 앞선 가처분은 무조건 인수해야 된다. 기준권리보다 뒤에 있는 가처분도 소유권에 대한 원인무효를 다투는 경우는 경매로 소멸하지 않는다. 그러므로 가처분의 원인을 제대로 알아야 한다.

가등기는 등기부의 갑구에 공시되고, 저당권은 을구에 공시되는데 공교롭게도 같은 날짜에 기재가 되었다면 선후는 접수번호의 빠르고 늦음에 따라 선후를 정한다.

권리 분석이 끝난 물건은 반드시 현장 확인을 해야 한다. 이걸 경매에서는 임장활동이라고 한다. 현장 확인은 아무리 강조해도 무리가 없다. 무조건 현장에서 경매물건을 눈으로 봐야 한다.

경배는 처음 파주에 있는 땅을 살 때 친구의 말만 믿고 샀다가 지금도 팔지도 못하고 집도 짓지 못하고, 농사도 짓지 못하고 잡초만 무성한 땅이 있다. 2-3년 뒤 개발되면 땅 값이 2-3배 뛴다는 말만 믿고 덜컥 계약을 했다가 5년이 넘은 지금도 땅값은 그대로고 팔리지도 않고 묵어 나자빠진 땅만 생각하면 뒷골이 땅하고 가슴이 답답하다. 그 땅을 잘못 산 이유는 단 하나다. 현장에 가서 보지 않았기 때문이다. 가서 봤으면 결코 그 땅을 사지 않았을 것이다. 나중에 가서 보고 땅을 치고 후회해 본들 다 쓸데없는 일이었다.

그 땅으로 들어가는 길이 없었던 것이다. 차 다니는 길에서 족히 100미터는 들어가야 하는데 길이 없었다. 그러니 아무짝에도 쓸모없는 맹지였던 것이다. 그 뒤로 아파트가 아니라 화장실을 하나 사더라도 가 본다. 무조건 가 본다. 안 본 건 절대로 손대지 않는다. 누가 뭐래도, 아들이 권해도 안 산다.

경매물건에 대한 현장조사는 법원에서도 할 수 있다. 경매개시결정이 내려지면 법원은 집행관에게 부동산의 현상, 점유자, 월세, 전세나 월세보증금의 액수 그 밖의 현황에 대해 조사하도록 명령한다. 그러나 조사내용과 실제내용이 다른 경우가 많이 있다. 그렇다고 현장조사가 잘못됐다고 해서 조사관이나 법원이 책임을 지느냐 그것도 아니라는데 문제가 있다. 그 피해는 고스란히 낙찰자가 지도록 돼 있다. 불합리한 것 같지만 하는 수 없다. 싫으면 경매를 안 하면 된다. 그런데 더 황당한 것은 공부상에 나타나지 않은 권리가 더 많다는 사실이다. 그러니 현장 방문을 하지 않고 경매물건을 낙찰받는 것은 소경이 문고리 잡는 격이다. 잘못 낙찰받았다고 어디 가서 하소연할 수도 없다. 그렇다고 다른 부동산으로 바꿔주지도 않는다. 그러므로 반드시 현장을 방문해 현황평가서의 내용과 실제 부동산 현황이 일치하는지 확인해야 한다. 무조건.

땅을 보러 가서 가장 먼저 할 것은 모양을 살피는 것이다. 지적도에 그려져 있는 모양과 실제 땅 모양이 일치하는지, 길이 지적도에 표시된 대로 나 있는지 확인해야 한다. 땅의 경사도도 필히 체크해야 한다. 경사가 15도 이상이면 좋은 땅이 아니다. 경사도가 심하면 인허가 받기가 어렵고 공사비가 많이 들어간다. 심어져 있는 나무의 수령이 30년 이상이면 더 볼 것도 없이 돌아와야 한다. 나무의 수령이 오랠수록 형질변경허가를 받기가 힘들다. 흙의 질이나 자갈, 암반 지역인지도 보아야 한다. 주택을 짓거나 농사를 지을 때 땅을 파거나 작물을 심을 때 손이 많이 가기 때문이다. 강이나 저수지 하천과도 어느 정도 떨어져 있는 땅이 좋다.

아무리 돈이 많다 해도 경매에 대해 아는 것이 많다 해도 절박함이 없으면 성공할 수 없다.

경배는 경매물건을 검색하다가 대전 유성구에 있는 7층짜리 건물에 주목했다. 감정가가 40억 원인데, 세 번이나 유찰되어 13억 6,000만 원에 낙찰기일이 다가오고 있었다. 550㎡의 땅에 2019년 지어진 건물은 1층에 커피숍이 있었고, 2, 3층은 사무실로, 4, 5, 6층은 원룸으로 임대하고 있었다. 맨 위 7층은 주인세대가 살고 있었다. 건물 바닥 면적이 178㎡이니까 4, 5, 6 세 개 층의 원룸이 20개 정도 될 것이다. 20개면 방 하나에 보증금 500만 원이면 1억이고, 월세가 개당 40만 원이면 월세 합이 800만 원, 2층과 3층은 각각 보증금 5,000만 원 250만 원이면 보증금이 1억이고 월세가 500만 원 정도 나오고 1층은 반은 필로티 구조로 주차장이 있고, 나머지에 커피숍이 있다. 커피숍은 보증금 5,000만 원에 월세 200만 원 정도 될 것이다. 보증금 총액이 2억 5,000만 원에 월세가 1,500만 원 정도 나온다. 7층 주인세대가 월세로 치면 얼마나 될까. 건물 바닥면적을 보면 아파트 34평보다 훨씬 크다. 전세 2억은 가리라.

지도를 검색하니 주변에 공장이 밀집되어 있었다. 건물이 들어서 있는 땅도 토지이용계획 확인원을 떼어 보니 준 공업지역으로 되어 있었다. 공장이 있다는 말은 젊은 사람들이 많다는 말이고, 원룸의 임대수요가 그만큼 많다는 말이다. 대덕연구단지가 바로 옆에 있어서 스타트업 사무실도 수요가 많을 것 같았다. 주변에 도시형 공장이 많고, 학군도 좋다. 근처에 국제중학교도 있고 아울렛도 들어왔다. 첨단산업단지에 근무하는 젊은 근로자들이 많아 상권도 활성화되어 있었다.

경배는 대전 서구에 있는 또 다른 경매물건에 관심이 생겼다. 다 쓰러져 가는 외관이 엉망인 모텔이 경매로 나온 것을 알았다. 모텔이 얼마나 낡았는지 허물어지지 않고 버티고 있는 게 이상할 정도였다. 그런데 가서 보니 의외로 뼈대가 튼튼했다. 저 건물을 낙찰받아서 용도변경을 하면 어떨까. 주변에는 대학도 있었고, 상가도 많았다. 원룸이나 투룸으로 개조하면 임대가 잘 될 것 같았다.

그의 수중에는 아파트를 판 돈과 주식을 판 돈 10억여 원이 있었다. 감정가 10억 5,000만 원인데 3번 유찰되어 5억 3,760만 원에 나와 있었다. 경매에 나온 물건들은 대략 6개월 전에 감정평가를 받고 나온 물건이라는 것을 염두에 둬야 한다. 그 사이의 시세변동을 감안해야 한다. 가격이 정점을 찍었을 때 감정평가를 받은 물건은 유찰되기를 기다리는 게 좋다. 5억 5,000만 원에 낙찰받아서 수리를 하면 수익이 얼마나 나오는지 계산을 해야 하고 무엇보다 원투룸으로 용도변경이 가능한지 구청에 가서 확인하는 게 제일 중요했다.

경배는 차를 몰아 대전으로 향했다. 경부고속도를 타고 달리는 내내 온산에 단풍이 절정이었다. 경배는 화장실에 가고 싶은 것도 참고 단숨에 북 대전 톨게이트에 도착했다. 고속도로를 나와 10분도 안 돼서 현장에 도착했다. 건물 바로 옆에 상업지구가 있었고, 주변에 아파트가 많았다. 물론 공장도 즐비했다.

건물을 대충보고 점심을 먹었다. 소화도 시킬 겸 산책삼아 건물 주변을 돌아보았다. 차 한잔을 마시고 또 가 봤다. 저녁을 먹고 또 가 봤다. 낮에는 한산하던 동네가 밤이 되자 사람들로 붐볐다. 식당과 술집에는 손님들로 넘쳐났다. 식당에서 저녁 먹으면서 본 손님들은 대부분 직장 회식손님들이었다. 작업복을 입거나 회사 로고가 새겨진 점퍼를 입고 있었다. 점점 경매물건에 확신이 생겼다.

건물이 임대만 문제가 안 된다면 다소 비싸게 낙찰을 받아도 전혀 문제가 없었다. 이런 경우 지금보다 미래가치가 훨씬 컸다. 몇 년 만 가지고 있으면 임대료도 오르고, 건물가격도 올라 시세차익도 쏠쏠하게 챙길 수 있으리라는 확신이 섰다. 운전 때문에 술은 마시지 않았지만 오랜만에 좋은 물건을 만난 거 같아 기분이 좋았다. 경배는 밤 11시가 넘어 서울로 가는 고속도로에 진입했다.

다음날 경배는 새벽부터 대전에 있는 물건 분석에 몰두했다. 등기부를 살펴보니 은행에서 24억 원을 대출받았고, 이자가 밀렸거나 원금이 회수되지 않아 은행에서 저당권을 행사해서 경매에 나왔다.

기준권리, 소멸되는 권리의 기준이 되는 권리. 그 권리 밑으로는 다 소멸되는 권리. 매수인이 인수하지 않아도 하나도 문제가 없는 권리. 우선 제일 많은 게 저당권이다. 은행에서 돈을 빌려 주고 채권을 보존하기 위해 부동산 등기부에 채권금액과 변제기일, 이자, 등을 기입해서 누구나 알 수 있게 표기된 권리. 근저당권. 압류. 가압류. 담보가등기. 경매결정개시등기. 여기서 등기일자가 가장 빠른 것이 기준권리가 된다. 지역권 지상권 가등기 가처분 환매등기. 이러한 등기는 기준권리보다 앞서면 인수해야 되고 기준권리보다 늦으면 소멸된다.

이 건물의 등기부등본을 보면 24억짜리 근저당권이 1순위로 설정되어 있었다. 그 뒤로 여러 가지 근저당권, 카드 대금 못 갚아서 붙은 가압류까지 여러 건의 압류, 가압류, 근저당권이 있었지만 다 소멸되는 권리이기 때문에 하나도 문제가 되지 않았다. 그러나 원룸에 사는 20여 명의 세입자와 2, 3층의 사무실 임차인. 커피숍을 하는 사업자 등이 문제다. 그 모든 세입자가 대항력과 우선변제권이 없지만 그들은 모두 원룸에 살고 있거나 사업을 하면서 그 건물을 점유하고 있었다. 그 모든 세입자의 보증금은 전 주인이 다 받았다. 월세는 낙찰된 이후는 낙찰자가 받겠지만 보증금을 다시 받기는 어려울 것이다. 기존 보증금이 월세를 내지 않아 잠식되기 전까지는 월세도 받기 어려울 것이다. 그래 봐야 1년이면 보증금이 월세로 다 사라지고 재계약을 하면 된다. 1, 2, 3층의 세입자가 문제인데 그 사람들은 인도명령을 법원에 신청하면 된다.

경매에서 가장 골치 아픈 권리를 가진 사람들이 세입자다. 전입신고와 확정일자를 받아놓은 대항력 있는 세입자가 당연히 배당요구를 해야 함에도 불구하고 하지 않은 경우가 골치 아프다. 이런 경우 전세보증금이나 월세 보증금을 매수인이 물어줘야 한다. 배당요구를 했으면 배당금에서 당연히 지급될 것인데, 어떤 이유에서건 배당요구를 하지 않아 배당금을 받을 수 없다. 그래서 배당요구를 했는지도 중요하다. 보증금의 일부를 배당받은 경우도 매수인이 나머지 전세보증금을 지급해야 한다. 고약한 경우다. 대항력을 갖춘 세입자가 배당요구를 했는지를 세밀히 살펴야 한다. 대항력 없는 세입자들에게는 인도명령을 신청해야 한다. 이들은 전세보증금을 떼었기 때문에 순순히 나갈 리가 없다. 이럴 경우 법의 힘을 빌리는 것보다 세입들을 만나 그들의 이야기를 들어 주고 협상을 하는 수밖에 없다. 이사비용정도 주고 원만하게 내보내는 게 좋다. 개중에는 터무니없는 이사비용을 요구하는 세입자도 있다. 이런 사람들도 시간을 가지고 끈질기게 설득하면 적당한 선에서 합의가 이뤄진다.

집주인이 건물을 잡히고 은행에서 돈을 빌릴 때 담보가 부족했는지 대전 서구에 있는 아파트도 공동담보로 등기되어 있었다. 이 공동등기된 아파트가 감정가가 6억 원이 넘는데 저당권보다 앞선 세입자가 있었다. 전세인지 월세인지는 모르지만 동사무소에 가서 확인하니 근저당권보다 훨씬 앞선 주민등록이 되어 있었다. 확정일자가 있는지 없는지 모르지만, 배당신청도 하지 않은 세입자 때문에 건물이 계속 유찰되었던 것이다.

1. 기준권리보다 먼저 전입신고만 되어 있는 경우. 확정일자가 없어 배당요구를 할 수 없기 때문에 매수인이 온전히 전세보증금을 인수해야 경우다.

2. 기준권리보다 먼저 전입신고를 마쳤지만 확정일자가 기준권리보다 늦은 경우다. 배당요구를 할 수 있지만 배당순위에서 1순위 근저당권에 뒤처진다. 이런 경우 전세보증금을 전부 또는 일부를 배당받을 수 없는 경우가 있다. 매수인이 보증금의 일부 또는 전부를 인수해야

한다.

3. 기준권리보다 먼저 전입신고를 하고 확정일자를 받아 두었지만 배당요구 종기일까지 배당요구를 하지 않은 경우다. 이런 경우도 배당 받을 수 있는 조건을 갖췄지만 배당 요구를 하지 않았기 때문에 배당을 받지 못한다. 매수인이 보증금을 부담해야 한다.

세입자가 나가지 않고 버티면 속수무책일 때가 많다. 이런 때 낙찰 금액을 법원에 다 내고 6개월 이내에 인도명령을 신청할 수 있다. 인도명령은 법원이 대항력 없는 세입자나 건물 지배자에게 강제로 나가라고 하는 것이다. 그래야 낙찰받은 사람들이 재산권을 행사할 것 아닌가. 법원은 아파트 점유자에게 아파트를 매수인에게 돌려주라고 명령할 수 있다. 인도명령에 대한 결정이 내려지면 점유자는 나가야 한다. 안 나가면 명도를 집행한다.

인도 명령의 신청은 지방법원에 서면으로 한다. 현황조사서에 대항력이 없는 세입자나 점유자를 상대로 인도명령을 신청하는 경우에는 증빙서류를 제출하지 않아도 된다.

가짜 세입자를 찾아내는 것도 중요하다. 대항력 있는 즉 기준권리보다 먼저 전입신고가 되어 있는 경우다. 이런 경우 가짜 세입자일 경우가 많다. 왜냐면 은행이나 금융권에서는 돈을 빌려 줄 때 1순위 저당권이 아니면 돈을 빌려 주지 않는다. 즉 세입자가 있는 집은 꺼린다. 왜냐하면 월세를 살든 전세를 살든 세입자가 있으면 그 만큼 채권확보가 어렵기 때문이다. 그래도 있는 경우는 가짜 세입자로 의심을 해 봐야 한다. 집주인과 짜고 전입신고를 할 수도 있고 무상거주자인데 대항력이 있는 것처럼 행세하는 경우도 있다.

임차권은 경매로 당연히 소멸되는 권리이다. 그러나 대항력이 있는 세입자는 임대차가 종료된 후에도 보증금을 돌려받지 못하는 경우 세입자는 소유자의 동의 없이 임차주택의 주소지 관할법원에 임차권 등기를 할 수 있다. 그러면 대항력 있는 세입자의 지위를 얻음과 동시에 우선변제권을 유지할 수 있다.

그러면 주택을 점유하지 않고도 주민등록을 옮길 수 있고, 종전의 대항력과 우선변제권이 유지된다. 이사는 가야되고 이사 가야 하는 집으로 주민등록을 옮기고 확정일자를 받아야 이사 간 집의 대항력과 우선변제권이 생기는데, 전에 살던 집 때문에 이사가 자유롭지 않아서야 되겠는가. 그러니 임차권의 소멸 시점은 세입자가 전세보증금 전액을 배당받은 때이다. 따라서 임차권이 설정된 주택으로 경매 대출을 받기가 어렵다. 그러나 세입자가 임차권 등기를 해 놓고 다른 곳으로 이사를 간 상태이기 때문에 세입자 명도에 문제가 없고, 임차권 등기를 한 세입자가 전세금을 전액 배당받으면 문제가 해결되므로 매수인이 그 금액을 부담하면 끝이다. 대항력 있는 세입자가 임차권 등기를 했어도 낙찰대금 내에서 배당을 받으면 경매 대출을 받는데 문제가 없다. 여기서 임차권의 소멸 시점은 전세보증금을 전액 배당받은 후다.

낙찰자는 점유이전가처분을 법원에 신청할 수 있다. 명도소송 중에 세입자가 이사를 가고 다른 사람이 세입자로 들어와서 부동산을 점유하는 일이 벌어질 수 있기 때문이다. 이 경우 처음부터 명도소송을 다시 해야 한다. 똑같은 일을 또 해야 한다면 번거롭고 시간과 비용이 많이 든다. 이걸 막으려면 점유이전금지 가처분을 해야 한다. 인도명령은 대금납부와 동시에 하는 게 좋다. 합의를 보더라도 인도명령은 필요하다. 대항력이 없는 세입자에게 인도 명령은 점유를 자유롭지 못하게 하는 압박수단이 된다. 그래도 나가지 않으면 집행관에게 집행을 위임해 부동산을 인도받으면 된다. 인도명령은 대금납부 후 6개월 이내에 해야 한다. 그렇지 않으면 명도소송을 해야 한다.

명도소송은 시간이 오래 걸리고 비용도 많이 든다. 부동산을 낙찰받아놓고 사용하지도 못 하면 기회비용이 날아간다. 될 수 있으면 소송까지 가지 말아야 한다.

경배는 은행에 찾아가서 번호표를 뽑고 기다리다 만나 본 대부계 직원은 무상거주자인지 확인해 줄 수 없다고 했다. 요즘은 개인정보보호법 때문에 타인의 일체의 금융행위에 대해 알려 줄 수 없다고 했다. 선순위 세입자가 있는데 은행에서 대출을 해 주었다는 게 이해가 가지 않는다고 했더니 미루어서 판단하라고 한다. 동사무소에 가서 주민등록을 열람해 보니 거주자는 20년도 더 전에 벌써 전입신고를 하고 한 번도 주소를 이전하지 않고 살고 있었다.

무상임차권자는 친척이나 친한 사람이 집을 빌려 주어 무상으로 거주하는 경우다. 아버지가 아들에게 살라고 빌려 줄 수도 있다. 매수인으로 봐서는 전혀 꺼릴 것이 없는데 무상임차권자가 대항력을 주장하는 경우다. 대부분 기준권리인 저당권보다 먼저 전입신고가 되어 있는 경우다. 은행에서 근저당권을 설정할 때 임차인이 있으면 돈을 빌려 주지 않는다. 왜냐하면 1순위 저당권자가 아니면 채권을 전부 회수할 수 없을뿐더러 전세금이면 그 금액이 몇 억이 될 수도 있기 때문이다. 그런데도 불구하고 저당권이 설정됐다면 세입자에게 무상거주확인서를 받아두었을 것이다. 그러므로 선순위 세입자는 대항력이 없는 경우가 대부분이다. 주민등록은 되어 있는데 확정일자가 없으면 대부분 무상 거주자라 보면 된다. 임차계약서가 없으니 확정일자를 받을 수가 없다.

경배는 우선 세입자를 만나봐야겠다는 생각이 들었다. 등기부에 나와 있는 주소로 찾아갔으나 세입자는 만나주지 않았다. 서울에서 대전까지 세 번을 왕복한 다음 네 번째 갔을 때 세입자를 만날 수 있었다.

- 이 집이 경매로 나온 사실은 알고 계시죠.

- 예.

- 며칠 있으면 경매기일인데 제가 낙찰을 받으려고 하거든요. 사실 테크노벨리에 있는 건물을 낙찰받으려고 하는데 이 아파트가 공동 담보로 잡혀 있어서 찾아왔거든요.

- 예. 귀찮을 정도로 많은 사람들이 초인종을 누르고 나를 만나려고 해서 노이로제에 걸릴 지경이거든요. 그래도 선생님같이 네 번 이상 찾아오는 사람은 없었어요.

- 저는 꼭 그 건물을 낙찰받고 싶거든요. 제가 궁금한 건 이 아파트가 무상임대인지. 전세면 전세금이 얼마인지 궁금해서요.

- 그건 말씀드릴 수가 없는데요. 왜냐면 제가 여기서 나가면 아이들하고 갈 데가 없어요. 하루라도 더 살아야 되거든요. 결혼을 늦게 해서 작은 아이가 바로 옆에 있는 고등학교 2학년이거든요. 1년만 더 다니면 졸업인데. 욕심 같아서는 애가 졸업할 때까지 살았으면 싶네요. 경매가 더 유찰되어 오래오래 낙찰이 안됐으면 좋겠어요.
- 그렇다고 남의 집에 그렇게 돈도 안내고 눌러 앉아있을 수는 없지 않나요.
- 그건 당신이 상관할 일이 아닌 거 같은데요.

아차, 싶었다. 그렇게 말하면 왜 공짜냐고 할 줄 알았는데. 전세금이 있다면 말이다. 그런데 그렇게 비켜갔다. 그게 문제가 아니고 어렵게 만났는데 뭔가 알아낸다는 것은 물 건너 간 거 같았다. 털고 일어나려는데 대학생쯤 되는 여자아이가 차를 내왔다. 저 아이를 통해서도 알 수 있지 않을까 하다가 고개를 흔들었다. 아무리 내가 급하다고 학생에게 상처를 줄 수는 없잖은가.

- 그러면 건물은 선생님이 받으시고, 이 아파트는 내가 받을 수도 있나요.
- 그건 잘 모르겠는데요. 공동담보이기 때문에 그렇게는 어려울 거예요.
- 세입자나 관계있는 사람이 경매 우선권이 있지 않은가요.
- 땅 같은 경우 공유지분이 있는 사람한테 우선매수권이 인정되기는 해요.

- 유찰이 몇 번 되어서 하한가까지 떨어져서 대출금만 가지고도 집을 살 수 있을 것 같아서요.

아파트에서 나와 근처에 있는 모텔을 다시 한번 가 보았다. 상가주택 때문에 신경을 못 써서 그렇지 이 물건도 탐이 났다. 용도변경만 된다면 좋은 물건이다. 그 길로 구청에 가서 모텔 용도변경에 대해서 담당자에게 문의하니 용도변경은 문제가 없다고 했다. 바로 인테리어 업자를 찾아 나섰다. 건물 전체를 뜯어고치고 원룸으로 개조하는 비용을 산출해 줄 것을 부탁했다. 벽체를 보강하고 건물외관도 최신 외장재를 사용해 심플하게 치장하는 비용을 첨가하라고 일렀다.

지하실도 웬만한 헬스클럽 못지않은 운동기구를 넣어서 예산을 뽑으라고 주문했다. 그야말로 눈에 보이는 모든 것을 바꾸는데 드는 비용을 산출하라고 말했다. 제일 좋은 건축자재를 쓰고 고급스런 세간살이를 들여놓고 임대가 잘되어야 수익률이 나온다. 수익이 많이 나야 건물가치도 올라간다. 건물 외관도 중요하다. 사람들 눈에 띄어야 입소문이 난다. 학생이나 혼자 사는 사람들을 겨냥하기 때문에 살기가 편리해야 한다. 그 값에 낙찰받으면 다시 팔아도 건물인테리어 비용을 다 제하고도 이익을 남길 수 있을 것 같았다.

경배는 낙찰을 받기 위해 대전지방법원에 도착해서 경매법정으로 들어가면서도 어떤 걸 낙찰받을지 결정하지 못했다. 두 개의 물건이 다 탐이 났다. 경매시간이 다르니 하나가 떨어지면 다른 하나를 낙찰받으면 그만이었다. 아무 부동산이나 손대면 안 된다. 반드시 돈이 되는 물건을 정확하고 철저하게 따져 본 후 투자해야 한다.

경매는 입찰금액을 고칠 수 없다. 이유 여하를 막론하고 정정할 수 없다. 정정날인을 해도 소용없다. 입찰금액을 잘못 기재했을 경우 새로운 용지에 다시 작성해야 한다. 간혹 실수로 0하나를 더 써서 낭패를 보는 경우도 있다. 그럴 경우도 예외는 없다. 입찰 보증금을 떼던지 아니면 낙찰받아야 한다. 1억을 쓴다는 것이 0하나를 더하면 10억이 된다. 방법이 없다. 입찰보증금 1,000만 원을 날릴 수밖에. 확인하고 또 확인해야 한다. 흥분하지 말고.

매수신청은 임의 대리인도 가능하다. 대리권을 증명할 수 있는 서면을 집행관에게 제출하면 된다. 대리권의 증명은 본인의 위임장과 인증증명을 입찰표에 첨부하면 된다.

경매부동산을 다른 사람과 공동명의로 할 수도 있다. 각자의 지분을 분명히 표기해야 한다. 그래야 분쟁이 없기 때문이다. 공동입찰자중 한사람이 입찰보증금을 내지 않으면 전부에 대해 재매각을 실시한다.

경배는 아직 어떤 물건을 낙찰받을지 결정하지 못했다. 7층짜리 건물이냐 아니면 둔산동에 있는 모텔 건물이냐. 두 개의 물건 모두 매력적이다. 한쪽은 지은 지 1년 밖에 안 된 신축 건물이고, 다른 건 다 쓰러져가는 물건이지만 용도변경하고 수리한다면 훌륭한 수익원이 될 것이다.

내가 살고 싶은 집

그냥 시골에 조그만 집을 하나 갖고 싶었다. 귀농이니 귀촌이니 하는 거창한 담론 말고 조그만 컨테이너라도 하나 가져다 놓고 주말에 내려와 머물고 싶었다. 주변 산세가 좋고 바다가 보이거나 강이 흐르면 좋겠다고 생각했다. 컨테이너라도 하나 갖다 놓으려면 우선 땅이 있어야 했다. 밭이든 논이든 상관없이 양지바른 곳이면 되었다. 주말에 결혼식이나 모임이 없으면 내가 사는 도시에서 가까운 농어촌마을로 놀이 삼아 땅 보는 여행을 가곤 했다. 그러다가 마음에 드는 마을이 있으면 부동산 사무실이나 동네 노인들에게 물어 보고 다녔다. 집을 짓기 적당한 땅이 있으면 소개해달라고. 2년 동안 참 많은 땅을 보았다.

땅이 마음에 들면 길이 없었다. 길을 내려면 돈이 많이 들었다. 또 어떤 땅은 방향이 마음에 들지 않았다. 집을 북쪽을 향해 지어야했다. 또 어떤 땅은 모양이 이상해서 집을 안칠 수가 없었다. 어떤 땅은 다 좋은데 너무 외졌다. 거기다 집을 지으면 무서워서 못 살 것 같았다. 간혹 마음에 드는 땅을 만나기도 했지만, 마음에 드는 땅은 예외 없이 비쌌다. 내가 사는 도시의 집값보다 비싸지 않아야 한다는 내 나름대로의 상한선이 있었다. 2년 동안 수없이 많은 부동산 사무실을 드나들었고, 무수히 많은 땅을 보았다. 그러나 참 어려운 일이었다. 그러다가 고향에 갈일이 있어 갔다가 이 땅을 만났다. 약방집 논이다.

야트막한 산으로 둘러싸인 집이 한 채있고 그 아래 밭이다. 3칸으로 층층이 나누어진 그 땅은 족히 200평은 되어 보였다. 윗집에 있는 사랑채 옆으로는 대나무가 무성하게 자라고 있었다. 남향이고 그 땅에

잇대어 시내가 흐르고 있었다.

등기부등본을 떼어 보니 약방 집은 어디론가 사라지고 서울 영등포에 사는 땅주인은 3년 전에 그 땅을 사서 소유하고 있었다. 서울에 살면서 이 시골에 무슨 연고가 있어 이 땅을 샀을까 싶다. 30년 전에 살던 고향 마을은 길 하나, 나무 하나 변한 것이 없었다. 개발이나 그런 것 하고는 전혀 상관이 없을 것 같은, 변화라고는 집에 사는 사람들만 나이가 들어 늙어 있었다. 나는 등기부 등본에 나와 있는 이름을 가지고 서울에서 김 서방 찾기에 나섰다.

114에 전화를 걸어 등기부등본에 나와 있는 소유자의 이름을 대고 서울 영등포에 사는 아무개의 전화번호를 물어봤지만 그런 이름으로 등록돼 있는 전화번호가 없다고 했다.

이 사람은 부인 이름이나 아이들 이름으로 전화를 신청했거나 있는 전화를 필요가 없어서 없애 버렸을 수도 있을 것이다. 요즘 휴대전화가 한 사람 당 한 대씩 있는 세상이다 보니 집전화가 필요가 없어졌다. 나도 몇 년 전에 집 전화를 없애 버렸다.

나는 생각다 못해 역으로 가 영등포 가는 기차를 탔다. 등기부등본에 적혀있는 주소로 찾아갈 생각이었다. 3년 전에 산 땅이라면 아직 땅 주인이 그 주소에 살 확률이 높았다. 영등포역에 내려 여의도 가는 지하철을 타고 땅주인이 사는 아파트에 도착해 초인종을 눌렀다.

- 누구세요. 안에서 누군가 대답이 들렸다.

- 여기가 누구씨 댁인가요.

- 네 맞는데요. 아버님은 아직 퇴근 전인데요.

- 그러면 전화번호를 알 수 있을까요. 시골에 있는 땅을 파시면 제가 살려고 이렇게 왔거든요.

- 잠깐 들어오세요, 아버지한테 전화 드려 볼게요.

중산층이 사는 아파트다운 크기였다. 나는 소파에 가서 앉았다. 부인인 듯한 사람이 차 한 잔을 내왔다.

- 그 땅을 사서 뭐하려고 그러세요.

- 집 지으려고 합니다. 그 땅에 집을 지으면 좋을 거 같아서요.

- 나도 한번 애 아빠를 따라서 그곳에 가본 적이 있는데, 남향이라 햇빛 잘 들고 그 땅 앞으로 시내가 흐르는 게 여간 마음에 들지 않았어요.

- 네. 그래서 이렇게 찾아뵙게 되었습니다. 고향이기도 해서 그 땅에 집을 지으려고요.

- 아버님이 조금 있으면 오신답니다.

조금 있으려니 욕심 많게 생긴 중늙은이 하나가 문을 열고 들어 왔다. 그는 다짜고짜 얼마에 사려고 하느냐고 물었다. 오늘은 사기 틀렸구나. 전화번호나 들고 가서 흥정을 해야겠구나 생각하면서 그 집을 나왔다.

그래도 전화번호를 알게 됐고, 팔려고 하는 의사를 확인했으니 이만하면 처음 온 것치고는 상당한 소득이 있는 것이다. 아니 다 된 밥이나 마찬가지이었다. 값만 맞으면 판다는 말이렸다. 그리고 등기부등본에 거래금액이 나와 있으니 그보다 싸게 살 수는 없겠고, 산 가격에 취득세 부동산중개수수료와 등기비용을 더하고 약간의 이득을 더하면 살 수 있을 것이다. 내가 아니면 누구도 살 사람이 없을 지도 모른다. 그러면 조금 실갱이하면 내가 원하는 가격에 살 수 있을 것 같았다.

서울 사는 김 서방네 땅에 집을 지으려고 건축사무실에 들러 설계를 의뢰하려고 했더니 건축사무소 사무장이 번지를 물었다. 지적도와 토지이용계획 확인서를 떼더니 여기다 집을 지으려면 여러 가지로 복잡하고 시간도 오래 걸리니 다른 땅을 알아보라는 것이다. 땅을 아직 사지 않아서 문제는 없었지만 지난 2년 동안 내가 사는 도시 근교는 거의 다 가 봤는데 마음에 드는 땅이 없었다. 참으로 벅찬 순간이었다. 남향한 집터에 시내가 흐르다니 참 좋다. 그런데 건축사 사무장은 집을 짓기가 어렵다고 말하고 있다.

토지대장에는 지목과 정확한 면적, 개별공시지가가 나와 있다. 지적도에는 땅 모양이 나와 있다. 농지취득자격증명을 면사무소에 가서 신청하면 된다. 주말 체험농장에다 동그라미를 치고 신청을 하면 4일 이내에 나온다.

토지이용계획 확인서에는 국토의 계획 및 이용에 관한 법률에 따른 지역 지구 이를테면 계획 관리지역이라든지, 농지보존지구라든지 이런 말들이 써 있는데 절대농지만 빼고 거의 모든 지역에 집을 지을 수 있다.

다만 다른 법인 가축사육제한 구역 하수처리구역 같은 경우는 집을 짓기가 어렵다. 도로와 답, 대 번지마다 지목이 정해져 있어서 집을 짓거나 하려면 토지이용 확인원을 떼서 확인을 해야 낭패를 보지 않는다. 어떤 땅은 집을 새로 짓거나 고치는 게 금지된 지역도 있다. 이런 땅에 새집을 지으려고 토지를 구입할 수는 없잖은가.

사무장은 농지를 사서 집을 지을 때 필요한 서류와 절차를 설명했다. 1. 경계측량 실시 지적공사 2. 개발행위허가 신청 3. 농지전용부담금 4. 지역개발 공채 5. 개발행위 이행보증금 6. 면허세 7. 개발행위 허가증 발급 8. 성토 절토 시행 9. 건축허가 신청 농지전용허가는 토목측량 사무소에서 대행한단다. 군청직원이 나와서 실사를 한다.

건축인허가는 건축 설계사무소에서 대행한단다. 결정적으로 차 다니는 길이 없어서 그 집으로 들어가기 위해서는 시내를 가로지르는 다리를 놓아야 하는데, 다리 놓는 비용이 만만치 않다는 것이다.

다리를 놓지 않고도 마당까지 차를 들이는 방법은 주지 딸네 집을 사서 헐고 길을 내는 방법밖에 없었다. 그 집은 집터가 30평 밖에 안 되는 집이었지만 주지 딸 전에 살던 농장 댁네는 할머니에 엄마 아빠 아들 셋까지 대가족이 사는 집이었다. 지금 생각하면 방 2개 부엌 하나 딸린 초가삼간에서 그 많은 식구가 어떻게 살았나 싶다. 그리고 보니 그 집 식구들은 여름이면 냇가를 복구한 동네 타작마당에 나와 온 식구가 밤늦도록 멍석을 펴 놓고 앉아 있었다. 냇가라 바람이 불어서 시원한 맛에 나와 있는 줄 알았는데 그것이 아니라 좁은 방을 피해 그렇게 여름을 나고 있었구나 싶다.

주지 딸 연락처를 동네 형들에게 수소문했지만 주지 딸 근황을 아는 사람은 없었다. 서울 어딘가로 아들이 취직이 되어 나갔고 몇 년 전에 남편이 죽자 그 부인인 주지 딸이 아들네 집으로 옮겨 갔다고 했다. 아무리 애를 써도 서울 가서 김 서방 찾기로 막연했다.

내가 고향에 살 때는 농장 네가 약방 집으로 이사 가고 공식이네가 살았었다. 공식이 어머니를 찾으면 주지 딸 소식을 알 수 있을 것 같았지만 공식이 어머니도 그 동네에서 사라지고 없었다.

서울에 사는 땅 주인에게 전화가 왔다. 적당한 값이면 팔겠다는 것이다. 나는 그 땅이 필요하다. 집을 짓지 못하더라도 그 윗집 농장 댁을 사면 텃밭으로 유용하게 쓰임새가 있었다.

군청에서 만나 가격을 정하고 계약서를 쓰고 실거래가 신고를 하고 일사천리로 부동산 등기까지 마쳤다. 소유권이전등기를 마치고 나는 물었다.

- 그 땅에 농사를 짓는 사람이 여러 가지 채소를 심어놨던데 누가 짓나요. 집을 지으려면 이제부터는 작물을 심으면 안 되는데. 그 동네 사람들이 그러겠지요.
- 나는 모르는데요. 바로 옆집 벌 키우는 사람이 농사를 짓는 걸로 알고 있어요.

나는 군청에서 나와 그 양봉업자를 찾아갔다.

- 그 땅을 내가 샀고요. 내년 봄에 집을 지으려고요. 이제부터는 그 땅에 아무것도 심지 마세요.

- 자네가 그 땅을 샀다고. 내가 살려고 했는데 한 발 늦었구먼. 내가 그 땅을 사려고 아는 사람에게 말해서 흥정을 하고 있었는데.
- 어쨌거나 내가 샀으니 이제부터는 뭘 심으면 안 됩니다. 만약에 그러면 다 뽑아버리겠습니다.
- 뭐라고. 다 뽑아버린다고.
- 그럼요 남의 땅에다가 허락도 없이 자기 마음대로 작물을 심으면 안 되지요.

나는 뒤도 안 돌아보고 그 집을 나왔다.

그 사람은 남의 땅을 경작하며 온갖 작물을 다 심어 놓고 채전 밭으로 이용하고 있었다. 심지어는 집 마당에도 콩을 심어 놨다. 물론 나에게 일언반구 말 한마디 없이 허락은 고사하고 당연하다는 듯 자기 땅인 양 너무도 당당히 몇 년 동안 뭔가를 심어 처먹었다.

냇가에 10년 넘은 백일홍나무 10그루를 사와서 심었다. 그러고 나니 내 땅 같아졌다. 냇가에 연못도 하나 만들리라. 시냇물이 휘돌아나가게 못을 만들고 그곳에 토종 물고기들을 들여야지. 나머지 땅에 과수를 심었다. 내가 알고 있는 모든 나무를 다 사왔다. 종류별로 2그루씩 샀다. 열매보다는 꽃이 예쁜 걸 우선 샀다. 철따라 꽃이 피기를 바라는 마음으로 열매는 별 볼일 없어도 꽃이 예쁜 나무로. 나무를 심을 때 사과나무는 즉 흙이 떨어져 나가지 않게 묶어 놓은 비닐봉지를 풀지 말고 심어야 한다. 다른 과수나무는 비닐봉지를 벗기고 심어야 한다. 자두나무와 은행나무는 두 그루를 같이 심어야 열매가 열린다. 즉 은행나무는 암컷과 수컷을 자두나무는 왕자두나무와 대석자두나무를 같이 심어야 열매가 열린다. 나무를 심을 때 가장 중요한 것은 뿌리를 너무 깊이 묻으면 죽는다는 사실이다.

나무를 실은 트럭이 몇 번 들랑날랑하는 사이 아랫집 사는 양봉업자하고 싸움이 붙었다. 나를 보자마자 소리를 지르기 시작했다.

- 먼지가 나니까 물을 뿌려가면서 일을 하라고.
- 차 몇 대 다니는데 먼지가 얼마나 난다고 이 야단이세요.
- 촌에서 산다고 시방 날 무시하는 거야.
- 누가 아저씨를 무시해요. 다만 양해를 구하는 거지.
- 관에서 일을 할 때도 한 사람이 서서 물을 뿌리고 비로 쓸고 하는 데 왜 안 해.
- 집 짓는 동안 물만 뿌리다 말겠네요. 물은 어디서 구한대요.
- 내 알바 아니고 먼지가 나서 못살겠으니. 물 안 뿌리면 군 환경과에 신고할라네.
- 아이 시 더러워서 집 못 짓겠네.
- 너 지금 말 다했어.
- 말 다했어요. 왜요. 집 짓다 살인나겠네,

그는 웃옷부터 벗기 시작해 팬티만 남기고 다 벗어 부쳤다. 집안에는 부인은 물론 주말에 놀러온 딸과 사위도 있었지만 팬티바람으로 소리를 지르고 있었다. 동네 사람들이 하나둘 모여들기 시작했다. 같이 간 친구가 난감한 표정으로 나를 돌아보았다.

　나는 호스를 구해 와서 그 아저씨 집의 수돗물을 틀었다. 동네 사람들이 한마디씩 했다.

　- 고향사람이 몇십 년 만에 고향으로 돌아와 살겠다고 집을 짓겠다
　　는데 왜 이 난리여.

　- 젊은 사람이 와서 살면 여러모로 좋겠구만 왜 그런냐.

　집을 짓겠다고 면사무소에 이야기를 하니 차가 드나들 수 있게 도로를 내 주고 포장까지 해 주겠다는데 주지 딸집을 아직도 못 샀으니 언제 할지 기약도 할 수 없었다.

　그래도 다행인 것은 주지 딸 연락처를 알게 되었다. 그 동네에 주지 딸이 살 때 젊은 삼총사라는 말을 듣던 아주머니한테서 연락처를 받았다. 전화를 하자마자 나를 알아보고 집을 팔겠다고 해서 일사천리로 진행되었다. 며칠 후 군청에서 만나 값을 물어 보니 쌀 10가마 값만 달라고 해서 그 자리에서 계약서를 쓰고 소유권 이전을 했다. 나는 그 집에 살림살이가 그대로 있던데 그건 어떻게 하느냐고 물었더니 네가 알아서 하라고 해서 그 날로 철거업체에 연락을 해서 다음날부터 철거작업이 시작되고 사흘 만에 길이 만들어졌다.

　집을 새로 짓는다면 온돌방은 반듯이 있어야 한다. 돌과 불이 결합한 온돌방은 스트레스 해소에 좋다. 아궁이에서 장작 타는 냄새를 맡고, 아궁이 속의 장작불을 쳐다보면 근심이 녹는다. 차를 마시는 다실도 만들고 싶다. 차를 우리는 차호, 찻잔, 물 끓이는 검은색 무쇠 주전

자에다가 소나무로 만든 다탁만 하나 있으면 된다. 이 다실에 앉아서 보글보글 물을 끓이고 있으면 마음이 가라앉는다. 누마루도 있어야 한다. 더운 여름날 나무 바닥으로 된 누마루에 누워있으면 몸에 와 닿는 촉감이 그렇게 좋을 수가 없다. 누마루는 방도 아니고 거실도 아닌 것이 한옥의 독특한 공간이라서 독특한 느낌을 준다. 강릉 선교장. 오죽헌. 허난설헌. 허균 남매의 집에도 누마루가 있었다.

집터는 그리 높지 않은 야산 자락에 자리 잡았으면 좋겠다. 그래야 산에서 내려오는 땅의 기운을 받는다. 집 뒤에 대숲이나 소나무 숲이 있으면 금상첨화다. 아침에 일어나 새벽안개 낀 숲속을 거니는 것이야 말로 최고의 호사이다. 아침에는 대숲의 소쇄향이 좋고 저녁에는 소나무 향이 좋다. 길을 따라 걷다 보면 포강이 나오고 더 걸어가면 대조사에 닿는다. 더 걸으면 성흥산 꼭대기에 닿는다.

프로스트의 시 〈담을 고치며〉에 좋은 담이 좋은 이웃을 만든다는 구절이 나온다. 담을 만들기 전에 자신에게 묻고 있다. 무엇을 담 안에 넣고 무엇을 담 밖에 두려는지. 누구를 막아 내려고 담을 치는지. 담을 좋아하지 않는 무언가가 있다며 끊임없이 담을 무너뜨리려는 자연의 힘을 묘사했다.

취미란 마음의 밭을 가는 일이다. 좋아하는 일을 할 수 있는 자유다. 아무것도 안하는 휴식과 다르다.

농어촌주택을 취득해 3년 이상 보유하고 농어촌주택 취득 전에 보유하던 일반주택을 추후 매도하면 과세당국은 해당 농어촌주택을 소유 주택으로 보지 않는다. 일반주택과 농어촌주택을 동시에 소유했다 하더라도 1가구 1주택 요건을 충족한 것으로 본다. 따라서 기존의 일반주택을 3년 이상 보유했고 고가주택에 해당되지만 않으면 일반주택을 매도하면서 양도세 비과세 혜택을 받을 수 있다. 농어촌주택을 구입한 시점이 일반주택보다 반드시 나중이어야 한다는 조건이다.

농어촌주택을 정의할 때 유상 개념을 군이 구분하지 않는다. 즉 농어촌주택을 취득할 때 증여나 상속인지 매매를 통한 것이거나 직접 신축한 것인지 따지지 않는다. 농어촌주택은 수도권 이외 지역이어야 하고 도시지역 및 허가지역에도 해당되지 않아야 한다. 취득하는 농어촌주택과 보유하고 있던 일반주택이 행정구역상 같은 읍 면 또는 인근의 읍면에 소재해도 과세특례를 적용받을 수 있다.

농어촌주택의 규모와 가격 면에서도 제한이 있다. 대지면적이 660㎡이내여야 하고 주택 연면적이 150㎡ (공동주택은 116㎡) 이내여야 한다. 주택 및 부수 토지의 합계가액은 취득시 국세청 기준시가 2억원 이하로 제한된다.

과세특례를 적용받기 위해서는 양도소득세 신고 기한 내에 일반주택 및 농어촌주택의 토지대장 건축물대장을 첨부한 과세특례적용신고서를 제출해야 한다.

백일홍 나무를 심은 땅 위의 농장 댁이 1년 전에는 경매로 나왔었다. 직장에 다니는 큰아들이 돈을 빌려 썼고, 갚지 못해서 집이 경매에 붙여겼다. 다 쓰러져가는 안채에 비해 사랑채는 멀쩡했다. 농장 댁이 멀쩡한 사랑채에서 홀로 그곳에 살고 있었다. 나는 나를 알아보지 못하는 농장 댁에게 집이 경매로 나온 줄 아느냐고 묻자. 농약 통을 등에 진 농장 댁은 내 눈에 흙이 들어가기 전에는 집을 비워 줄 수 없다며 눈을 부라렸다.

어차피 그 집은 등기가 안 되어 있어서 경매목록에서 빠져 있었다. 대지 120평만 소유권이 이전되리라. 농장 댁을 낙찰받으면 아래 위 합쳐 320평이 된다. 집을 하나 짓고 텃밭을 만들고 나무를 심기에 적당한 땅이었다. 뒤로는 최씨네 종중산이 있고 앞으로 내가 흐르는 배산임수에 남향이다.

남향한 집은 3채의 슬레이트집으로 구성돼 있었다. 안채는 세월을 이기지 못하고 반은 무너져 내리고 있었다. 허드레 것들을 두는 조그만 헛간도 다 무너져 내리고 있었다. 사랑채는 농장 댁이 살고 있었다. 농장 댁이 살고 있어서 당연히 농장 댁 자녀나 남편 이름으로 소유권이 된 줄 알았는데 빚에 몰려 경매가 이루어졌고 엉뚱한 여자가 주인으로 등재돼 있었다. 그 집에서 멀지 않은 곳에 주소가 있어 찾아갔으나 만나지 못하고 명함과 메모지만 남겨 놓고 왔다. 그리고도 몇 번을 찾아갔지만 허탕이었다.

어느 날은 찾아가니 문이 열리며 외국인 노동자들이 나왔다. 세를 얻어서 산다는 것이다. 그 주변에 마을회관에 가서 수소문을 하니 집 주인 여자가 여기 사람이 아니고 어디서 들어온 외지인이고, 지금 살고 있는 집도 동네 소유라고 했다.

강가 어디 가서 하우스농사를 짓는다는 것이다. 경매로 물건을 산지 얼마 되지 않아서 찾기가 쉬울 거라는 예상은 보기 좋게 빗나갔다. 차를 끌고 무작정 금강가로 갔다. 그래서 수소문을 시작했다. 몇 번을 오고가고 한 끝에 그 여자를 만날 수 있었다. 그러나 경매로 받은 그 집을 팔 생각이 없다고 딱 잘라 말했다. 하는 수 없이 명함을 남기고 돌아왔다. 생각이 바뀌면 연락을 달라고. 그로부터 몇 달이 지나지 않아 그 여자한테 연락이 왔다. 경매로 받은 집을 팔겠다고. 다음날 만나서 계약서를 쓰고 잔금까지 해서 소유권이전까지 마쳤다. 생각한 것보다 얼마간 더 주고 샀지만 나는 만족했다. 몇 년을 기다렸는데 그깟 돈 몇 푼이 문제인가. 그 사이 농장 댁도 저세상으로 가고 그 집은 비어 있었다.

농장 댁 아들이 연락이 와서 만났다. 등기 안 된 집값을 쳐달라는 것이었다. 그 집은 등기는 안 되었어도 그것까지 포함해서 경매 받은 사람한테 샀다했더니 말도 안 된다고 펄쩍 뛰었다. 그러지 말고 250만 원만 내고 가져가라는 것이다. 농장 댁이 살아있다면 그 집에서 사니까 내 땅을 사용하는 대가로 얼마간 도지를 받겠지만 빈집이니 그럴 수는 없고, 몇 십 년을 점유하고 살아온 사람에게 권리가 있는 건 자명한 사실이고, 해서 그 자리서 합의를 보고 250만 원짜리 계약서를 쓰고 돈을 이체했다. 등기가 되어 있지 않기 때문에 다른 서류절차는 할 필요가 없었다. 그렇지만 좀 억울했다. 내가 사용할 것도 아니고 헐고 새

집을 지을 건데 돈까지 주고 사다니. 조금 버티면서 내 땅위에 지은 집을 사용료도 내지 않고 살았으니 필요 없으면 철거하고 원상복구 하라고 하고 싶었지만 그러려면 몇 년이 걸릴지도 몰랐다.

천편일률적인 아파트를 벗어나 나만의 공간에서 살기를 많은 이들이 꿈꾼다. 그러나 다른 꿈들과 마찬가지로 내 집 짓는 걸 포기하는 가장 큰 이유는 돈이다. 공사비를 낮추기 위해 가장 중요한 것은 집의 뼈대를 무엇으로 하느냐다.

주택유형은 경량목조주택. 중량목조주택. 스틸하우스 경량기포콘크리트 주택. 스틸하우스로 구분할 수 있다. 제일 저렴하게 집을 지을 수 있는 것이 경량 목조주택이다. 두께 2인치 폭 4인치의 가벼운 목재를 조립해 집을 짓는다. 공사기간이 짧아 인건비를 아낄 수 있을 것 같다. 건물 형태가 단순할수록 마감재가 덜 들어가고 비가 새는 등의 문제가 발생할 가능성이 줄어든다. 제한된 비용으로 집을 지을 때는 건축자재를 최대한 검증된 제품을 사용하는 것이 좋다. 오래전 출시돼 널리 사용된 제품들은 안전하고 검증이 되어서 실패할 확률을 낮춘다.

군에서 집행하는 농어촌주택개량사업이 있다하여 도시계획과에 가서 알아본 바 귀농 귀촌하는 사람들에게 여러 가지 혜택이 돌아간다는 것을 알았다. 땅이 있으면 건축비용도 저리로 융자해 주고, 건축 설계비도 군내에서 하는 조건으로 100만 원을 지원해 주고 이사하면 주민들과 싸우지 말고 잘 살라고 잔치비용으로 40만 원도 면에서 지원해 준단다. 무엇보다 다 쓰러져가는 슬래트 집을 철거하는 게 가장 큰 골 칫거리이고, 돈이 많이 드는데, 면에서 선정해서 무료로 철거해 준다는 것이다. 귀농 귀촌을 하는 사람도 혜택을 볼 수 있다고 해서 면사무소에 가서 신청을 했다.

군청에서 가까운 건축 설계사무소에 가서 설계를 의뢰했다. 건축사는 없고 실장이라는 자가 이것저것 묻는데 도통 답을 할 수가 없다. 지붕은 무엇으로 할 거냐. 아스팔트 싱글로 하면 뭐가 어떻고, 창호는 LG하우시스 2중창으로 하면 추위와 더위를 막을 수 있고, 화장실은 2개 만들고, 거실 크기는 집 전체 면적의 4분의 1로 한단다. 방은 3개로 하고 다락방을 만들고 대략적으로 설명을 하는 설계사무소 사무장에게 다시 오겠다고 하며 사무실을 나왔다.

나는 집을 지을 준비가 되어 있지 않았다. 그저 막연하게 주말에 와서 쉴 집이 하나 있었으면 하는 마음으로 시작한 일이 이렇게 커져버렸다. 어떤 일을 할 때 의도치 않게 일이 커져버리는 일이 있다.

처음엔 아주 조그맣게 시작된 일이 걷잡을 수 없이 커져 버려 내 힘으로는 감당하기 어려운 일이 되어 버리듯, 집 짓는 일도 그저 컨테이너 하나만 갖다 놓을 땅만 있으면 되었는데, 지금은 땅만 해도 3필지 450평이나 사들였다. 농장네 사랑채만 빼고 집을 3채나 헐었으며 논에 나무를 많이 심었다. 이제 새 집을 지으려고 한다. 내가 이 집을 지어서 들어갈 수 있을까. 나는 아무런 준비가 안 되었는데. 이대로 계속 집을 지어야 하나 아니면 여기서 멈추고 사랑채를 수리해서 주말 주택으로 만족해야 하는가.

농장 댁은 집터가 120평이니 30평짜리 집을 짓고도 커다란 마당을 만들 수 있을 것 같았다. 마당을 나서 한가하게 길을 나서면 텃밭과 연못이 기다리고 물고기들도 춤을 추겠지.

나는 이 집이 지어진 뒤로 이웃집에서 담장 위의 쇠창살을 없애고, 담장도 새로 칠하는 등 주변에 작은 변화가 있었으면 좋겠다고 생각했다. 담장도 낮추고, 일부 벽은 투명한 소재를 써 담장 밖에서도 집이 잘 보이도록 하기로 할 것이다. 좋은 건축은 주변에 영향을 미치고 나아가 지역을 변화시킬 것이다.

시원한 창은 보기만 좋을 뿐 거주자를 괴롭힌다. 제로에너지하우스로 지을 것이다. 한국처럼 여름에 긴팔입고 겨울에 반팔 입는 나라는 없다. 디자인을 앞세워 건물 외관을 온통 유리로 장식해 단열과 동떨어진 건물을 짓고 싶지는 않다.

사는 사람의 생각과 느낌이 묻어나는 집 나는 그런 집을 짓고 싶다. 느낌이란 바람 사이로 스미는 향기 같은 것. 택호는 임천(林泉)이라고 지을 것이다. 숨은 선비가 사는 곳. 논어에 나오는 말이다. 이 얼마나 아름다운 이름인가. 10년 전인가 그보다 오래전인가 미얀마 여행에서 양곤을 거쳐 껠르라는 조그만 소읍에 갔을 때 허리가 아파서 동행한 문우들과 관광을 못하고 모텔에 혼자 누워 있다가 둘러본 시장에서 나중에 혹시 집을 지으면 대문에 달면 좋을 것 같은 도깨비 문양의 손잡이를 산 적이 있었다. 어렵게 집 여기저기를 뒤져 찾아낸 그것은 황동으로 만들어진 무엇이었다. 새 집을 짓고 그것을 대문에 달면 무서워서 아무도 감히 범접할 수 없는 금단의 집이 될 것 같은 그런 손잡이.

일반적인 주택보다 훨씬 두껍게 벽을 만들고 최고 품질의 단열재를 쓰리라. 마당이 있는 집. 나무들 사이로 아이들이 뜀박질하는 집. 그런 집을 짓고 싶다.

철거업체에 부탁해서 안채와 행랑채를 헐기로 했다. 사랑채는 얼마 전까지 사람이 살았던 곳이라 아직 멀쩡하고, 집을 짓는 동안 인부들이 화장실도 가고 밥도 해먹고, 비를 피하기에 좋은 곳이기에 헐지 않기로 했다. 또 사람 일은 모르는 일이다. 혹여 집을 짓지 못하는 일이 생기면 그저 사랑채만 써도 충분했다. 식구 모두 이사 오는 것도 아니고 당분간 나 혼자 주말에나 한 번씩 들러 쉬었다가기에는 사랑채만 있어도 충분했다. 재정적으로도 훨씬 수월하게 주말 주택을 마련할 수 있는 것이다. 그리고 내가 필요한 것은 예쁜 정원과 텃밭이지 좋은 집은 아니었다.

인부들에게 부탁했다. 일을 하면서 집 주변에 있는 대나무와 각종 나무들은 다치지 않게 해달라고. 이 집을 사게 된 큰 동기가 대나무가 있다는 것이었다.

며칠 후 공사는 시작되었다. 그러나 하루가 가기 전에 문제가 생겼다. 아랫집에 사는 남자가 쫓아와서 작업을 방해한다고 연락이 왔다.

현장소장이 자기 힘으로 어쩔 수 없으니 와보시라는 것이다.

차로 한 시간을 달려 현장에 도착하니 공사현장은 멈춰있었다. 아랫집에 들어가니 남자가 식식거리며 나를 맞이했다.

- 공사를 하려면 남의 집에 피해를 주지 말고 해야지 않습니까.

- 무슨 피해가 갑니까.

- 포크레인과 트럭들이 드나들면서 먼지를 일으켜 밥을 먹을 수가 없고 빨래가 이게 뭡니까. 물을 뿌리고 하라고 해도 말을 듣지 않아요. 그래서 공사를 중지시켰어요.

- 공사를 하면서 어떻게 먼지를 안내고 공사를 합니까. 옛집을 철거하면 당연히 소음이 나고 먼지도 나고 냄새도 나는 거지 그걸 가지고 이렇게 공사를 방해하시면 어쩝니까.

- 그건 내 알바 아니고 먼지 안 나게 물을 뿌려가면서 공사를 하면 되지 않습니까. 다른 데는 다 그렇게 하는데 당신은 왜 그렇게 못합니까.

- 도시도 아니고 시골에서 공사하면서 먼지 걱정해야 한다는 게 기가 찹니다.

- 이 아저씨가 촌구석이라고 무시하네. 군청 환경과에 전화 한번 해볼까.

- 그러지 마시고 3일만 참아주십시오. 그리고 오늘만 지나면 지붕이 날아가고 먼지날 일도 많지 않습니다. 저하고 막걸리나 한잔 하러 가시죠.

- 누굴 개호구로 아나 막걸리 한잔으로 때울 거야. 이게 지금.
- 동네에 사람들도 별로 없는데 새로운 이웃이 생기면 말동무도 되고 술동무도 되고 또 제가 도시를 오가고 하니 필요한 것이 있으면 사다 드릴 수도 있고 여러 가지로 제가 이사 오면 좋지 않겠습니까. 그만 노여움을 푸시고 공사를 하게 해 주십시오.
- 이 양반이 말귀를 못 알아먹네 시벌.

그는 옷을 훌훌 벗어 던지고 팬티 바람으로 드잡이라도 할 기세였다. 옆에는 사위도 있었고, 동네 사람들도 기웃대기 시작했지만, 아랑곳하지 않았다. 그가 키우는 수백만 마리의 벌떼도 나를 공격하려고 윙윙거리는 것 같았다. 나는 현장소장에게 물차를 오라고 하고 사람을 하나 더 사서 물을 뿌려가며 공사를 하라고 일렀다. 이거 집을 짓기가 만만치 않을 것 같아 고민이 많아졌다. 설령 집을 짓는다고 해도 저 사람하고 아침저녁으로 얼굴을 맞대고 살아야 한다는 게 벌써 짜증이 나기 시작했다.

면사무소에서는 집도 짓기도 전에 집으로 이어지는 진입로를 만들어 주었다. 우리 동네로 이사 온다고 1,000만 원 들여 길을 내서 포장해 주고, 동네 잔치하라고 금일봉도 준다는데, 동네 사람과 벌써부터 말다툼을 했으니 참으로 슬픈 일이다. 이러다가 집을 지을 수나 있을지 모를 일이었다.

20만 원을 주고 물차를 부르고 공사는 시작되었다. 그날 물차 값만

100만 원이 넘게 들었다. 차를 타고 도시로 향하면서 뭔가 잘못된 건 아닌가 하는 생각이 머리를 떠나지 않았다.

사랑채만 남기고 새로 지을 집터가 정리되었다. 맡긴지 한 달이 넘는 건축 설계도가 아직 완성이 안됐다. 건축사무소에 찾아가 독촉을 하니 건축설계도라고 주는 것이 종이 한 장에 연필로 방과 거실 부엌이 그려진 평면도를 주면서 이게 설계도란다. 아니 이게 설계도라뇨. 나는 어이가 없었다. 군청에서 지원해 주는 설계비로는 이렇게 밖에 설계를 할 수 없다는 것이다. 그러면 어떻게 하란 말이냐 도대체. 그랬더니 건축사 사무장 왈. 그걸 갖다가 건축업자에게 주면 다 알아서 한다는 것이다. 기가 막힐 노릇이었다. 내가 생각한 건축설계를 몇 시간에 걸쳐 입이 부르트도록 설명을 했건만 이게 다 뭔가. 내일부터 인부들이 집을 짓기 위해 출근할 것인데 말이다. 대학교 다닐 때 알았던 건축과 교수에게 전화를 걸어 사정이야기를 하니 설계비를 그 정도 주니 그럴 수밖에 없단다.

- 집을 지을 때는 땅의 정체성과 풍광을 고려해 주변과 조화를 이루지 못하고 찍어 낸 듯한 도심형 농가주택을 지어서야 되겠는가.
- 그러면 선생님한테 맡기면 얼마인데요.

군청에서 지원받는 것보다 무려 15배나 돈이 더 들었다.

교수는 집을 지을 때 가장 중요한 것이 일이 중단되지 않고 바로바로 연결되는 것이라고 했다. 집 짓는 것이 딜레이 될수록 인건비가 늘어난다는 것이다. 이 공정이 끝나면 저 공정으로 옮겨가야 하는데 그러기 위해서는 기초공사를 하기 위해 땅을 파기 전에 집이 완공되기까지의 플랜이 있어야 한다고 충고했다.

- 눈품. 기존 집들 견학. 발품 자재, 직접 구매. 손품, 인터넷 자료 검사. 그렇게 노력하면 공사비 절반 줄어요.

- 우선 남의 집부터 많이 보세요. 그래야 내가 정말 좋아하는 스타일이 철근 구조인지, 목조주택인지, 벽돌집인지 알게 돼요. 무턱대고 집을 지을 수는 없잖아요.

- 집을 짓는 일은 글 쓰는 일과 비슷해요. 글을 잘 쓰려면 남의 좋은 글을 많이 봐야 하듯이 좋은 집을 지으려면 남의 집을 많이 봐야 돼요. 전체적인 색깔이나 내장재는 어떤 것을 쓸 것인지 자연스럽게 알 수 있어요. 건축가인 나도 전원주택이 많은 경기도 양평. 하남 일산까지 두루 돌아다니면서 요즘 많이 지어지는 주택이 어떤 것인지를 파악해요. 그렇다고 설계업체에 너무 내 주장만 고집하면 곤란해요. 나는 내 집을 지으면서 수납공간이 적고 마당에 앉을 곳을 마련하지 못한 시행착오를 겪었거든요. 공정이 늦어지는 것을 방지하기 위해서는 철저한 사전 준비가 필수적이에요. 특히 벽지, 세면기, 마루, 타일 같은 자재들은 도시에 있는 도매상 등을 돌아다니며 미리 계약을 해 놓아야 차질이 생기지 않아요.

건축과 교수의 설명을 듣고 나니, 나는 전혀 집 지을 준비가 안 되어 있었다. 여기서 멈추고 다시 생각해 봐야겠다. 새 집이 꼭 필요한가.

사랑채를 리모델링해서 침대나 하나 들이고 간단한 세간살이를 장만하여 주말에 와서 밥이나 끓여먹고 하루저녁 쉬었다 가면 그것으로 족한 것 아닌가 싶다.

심심하면 정원이나 가꾸고 텃밭이나 일구면서 유유자적해야겠다. 논에 심은 나무는 하나도 죽지 않고 잎사귀가 나고 새순이 올라오고 있었다. 조그만 연못엔 드디어 물고기가 입주를 했고, 분수도 하나 만들었다. 헐지 않은 사랑채에 우선 물을 연결하고 라면을 끓여먹고 잠을 청했다. 바람에 대나무 움직이는 소리가 서걱서걱 들려온다. 방바닥이 서늘한 게 내일은 아궁이에 무쇠 솥을 하나 사서 걸어야겠다.

뒷산에 가서 죽은 나무를 베다가 장작을 패서 헛간에 갈무리해 둬야겠다. 나는 여기서 행복할 것이다. 아직 정년퇴직을 하지 않아 도시에 남아야겠지만 주말에는 임천이라는 택호를 붙인 이 집에서 하나하나 행복을 찾아 나설 것이다. 조금 욕심을 낸다면 방 하나를 개조해서 차 마시는 방으로 만들고 한쪽엔 힘 좋은 파워 앰프를 하나 사고, 질 좋은 프리 앰프도 하나 사서 탄노이 스피커에 물려놓고 모차르트나 바흐를 들을 수 있다면 금상첨화일 것이다.

좋아하는 책이나 보면서 목마르면 막걸리나 한잔 걸치고 그냥 하루를 쉬었다 갈 것이다. 여기 머무는 동안은 아무 생각도 말고 고민이나 그런 것들은 들이지 말고 그저 계절의 변화나 감지하면서 봄이면 씨앗 뿌리고, 여름엔 잡초를 뽑고, 가을엔 벌레에게, 산짐승들이 먹고 남은 푸성귀나 고구마 등을 고마운 마음으로 갈무리하리라. 겨울이면 아궁이에 군불을 때고 느긋하게 구들에 배를 대고 누워 눈 내린 대숲을 보리라.

새집을 짓는 건 당분간 미뤄야겠다. 아랫집 벌 키우는 사람하고 싸우는 것도 지겹고 사랑채에 충분한 공간이 있다. 가끔 친구들이 찾아와서 머물다 갈 방도 하나있다. 각시가 아이들과 들러도 별로 불편하지 않을 것이다.

헐지 않고 남겨 놓은 사랑채는 방 두 개에 거실과 주방을 만들 수 있을 만큼 여유가 있었다. 그거면 충분하지 않은가. 돈 4,000만 원 들여서 이런 호젓한 내 공간을 가질 수 있다는 게 꿈만 같다. 꼭 몇 억을 들여서 언덕위에 하얀 집을 지어야 하는 건 아니지 않은가. 아프지 말고 행복하자.

제일 친한 친구

1.

휴대폰이 울린다. 모르는 번호다. 전화벨이 울림과 동시에 목소리가
나온다.

- 국제전화, 국제전화, 국제전화,

나한테 외국에서 국제전화가 올 일은 별로 없다. 친구 중에 누가 해
외여행중인가? 내가 알기로 가족 중에는 해외여행이나 유학을 간 사
람들이 없는데 이상하다. 혹시 보이스 피싱인가? 요즘은 외국에서 국
제전화로 유인해서 돈을 갈취하는 보이스 피싱이 기승을 부린다는데.
무시하고 하던 일을 계속했는데, 또 전화가 온다. 전화를 받았다. 잡음
이 많이 섞인 여자 목소리가 들렸다.

- 내용증명을 두 번이나 보냈는데, 부재중으로 우편이 돌아왔다. 불이
   익을 받을 수 있으니. 전화를 끊지 말고 상담을 받으시기 바랍니다.

나는 상담을 받기 보다는 전화를 끊어 버리고, 100번으로 전화해서
009-3276-37997 번호를 알려 주고 어느 나라에서 걸려온 전화인지 알
려달라고 했다. 그 상담원은 프랑스라고 했다.

프랑스는 지난봄에 다녀온 여행지였다. 파리의 오르세 미술관, 루브
르 박물관, 모네의 수련이 걸려있는 미술관에 갔었다. 호텔을 이용하
지 않고 우리나라 교민이 운영하는 민박집에 10일간 머물렀다. 미술

관이나 박물관 위주로 간 여행은 아침에 민박집을 나서 밤에 돌아오는 출근하는 여행이었다. 별다른 문제도 없었고, 아하, 그곳에서 여자 하나를 만났었다. 미술사학과 대학원에 다닌다는 그 여자. 파리여행 3일째 되는 날 만나서 여행이 끝날 때까지 같이 다닌 여자가 있었다. 뭐 별일이 없었는데. 낯선 곳에서 동포를 만나 하룻밤 같이 보냈기로서니 그게 무슨 큰일도 아닐 테고 그 여자가 아직도 파리에 있을라고?

내가 긴장한 것은 내용증명을 두 번이나 보냈는데 부재중으로 돌아왔다는 대목이다. 어느 날 출근했다 돌아오니 문에 우편배달부가 다녀간 흔적이 있었다. 우편물 종류에 내용증명이라고 체크돼있었고, 보낸 사람은 서울에 있는 법률사무소였다. 이게 뭐지. 내가 무슨 잘못을 했나. 부동산중개업을 하는 나는 사소한 분쟁에 늘 시달려왔다. 그 중에 재판까지 간 사안은 그리 많지 않았다. 매도인과 매수인이 서로 옳다고 승강이를 하다가 안 되면 공인중개사인 나를 물고 들어갔다. 서로가 주장하는 의견이 돈과 결부되어 있어 아무도 물러서지 않는 경우가 비일비재하다. 중개라는 것은 결과물보다는 타협의 산물이라는 것이 나의 지론이다. 자기주장만 하고 상대방의 말을 들으려고 하지 않는 사람이 이 세상엔 얼마나 많은가.

그 쪽지에는 우편배달부가 우편물을 가지고 내일 오전 11시에 다시 오겠다고 적혀있었다. 그런데 나는 그 시간에 사무실에 출근해야 하고 집에는 아무도 없다. 이혼하고 혼자 사는 나는 아이들까지 전 부인이 데리고 살아서 강아지 한 마리와 함께 살고 있다.

머칠이 지나자 또 우편배달부가 왔다갔다는 쪽지가 문에 붙어 있었다. 택배는 문에 쪽지가 붙어 있으면 볼 것도 없이 경비실에 가면 물품이 배달되어 있는데.

　그러나 등기우편은 우편배달부가 본인에게만 전달하게 되어 있는 모양이다. 본인이 수령했다는 사인도 받아간다. 이번에도 받지 못하고 그냥 넘어갔다. 찜찜해서 쪽지에 적혀있는 전화번호로 우편배달부에게 전화를 걸어 내게 온 우편물을 지금 가져다줄 수는 없느냐고 물어봤다. 근무시간이 지나서 안 된다고 했다. 내일 비슷한 시간에 다시 한번 가 보고 안계시면 반송한다고 한다. 그러면 누가 보냈나 좀 봐 달라고 했다.

　- 서울에 있는 변호사인데요.

　처음 올 때와는 변호사 이름이 달라져 있었다. 전화를 끊고 나는 인터넷을 검색해 법률사무소 이름과 전화번호를 적었다. 인물사전에 들어가 변호사 이름을 검색하니 부동산 전문 변호사였다. 꽤 이름이 알려진 유명한 변호사였다. 그런데 말이다. 내가 요즘 중개한 물건 중에는 송사에 걸린 일이 없는데 이상하다. 그리고 파리에 있는 사람이 국제전화까지 해서 알려 줘야 하는 정도로 중요한 일이라면 내용증명을 한 번 더 보내든지. 전화번호를 알고 있다면 변호사사무실에서 전화를 하지 않고 왜 파리에서 했을까? 이해할 수 없는 일이 한 두 가지가 아니다.

예전에 연애하던 여자 친구가 나 몰래 아이를 낳아 키우다가 장성한 아들인가 딸이 아버지를 찾아서 친자확인소송을 걸었나 싶기도 하고, 부동산에 투자한다고 해서 투자를 했는데 손해를 끼친 일이 몇 번 있었는데 그 중에 한명이 뒤늦게 본전 생각이 나서 내용증명을 보냈나 싶기도 하다.

내가 지금까지 나이 50이 넘도록 살면서 죄를 지은 것이 한두 가지이겠는가. 대문 밖이 저승이라는데. 음주운전을 30센티하다가 음주단속에 걸려 벌금 200만 원에 처해졌다는 기사를 오늘 아침신문에서 봤다. 친구들과 술을 마신 그 사람은 대리기사를 불러 집에 왔다. 그런데 대리기사가 남의 가게 앞에 차를 세웠다. 가게주인이 차를 조금만 옮겨 달라했는데도 대리기사는 그냥 가 버렸다. 그러자 술 취한 차 주인이 30센티를 옮기다가 음주단속에 걸렸다.

그리고 약식재판에서 판사는 음주운전혐의로 차 주인에게 벌금 200만을 선고했다. 선고이유가 다급히 운전을 해야 할 이유가 없었다는 것이다. 걸리지만 않았으면 아무것도 아닐 일이 걸리니 유죄가 되고 벌금을 내고 전과자가 된다.

공무원이었으면 파면사유가 되고 아나운서면 모든 하고 있는 일에서 하차이유가 된다. 대문 밖이 범법자가 되는 세상이다. 누가 요리조리 잘 피해 가느냐가 문제다. 재수가 없으면 걸리고 걸리면 재판까지 가고 처벌받는다.

보이스 피싱 조직이라면 내가 등기우편물을 2번이나 수취인불명으로 반송되었다는 걸 어떻게 알았을까? 내용증명이라는 것도 알고 로펌에서 보냈다는 사실을 알고 있는 건 아닐까. 그렇다면 내가 궁금해하는 그 등기우편의 내용도 알고 있는 것은 아닐까.

파리에서 더 이상 전화는 없었다. 왜 전화가 오지 않을까? 그토록 중요한 일을 한번 중간에 끊었다고 또 하지 않는 이유는 무엇일까? 녹음해 놓은 멘트였나? 그렇다면 나도 녹음을 해 놓을 걸 그랬다. 핸드폰에 통화녹음버튼만 누르면 되었을 것을.

그 우편물은 무슨 내용을 담고 있을까. 부동산거래를 하다가 뭐 실수라도 했는가. 그 로펌은 부동산 전문 변호사사무실이라고 인터넷에 소개하고 있었다. 대표변호사인 아무개 이름으로 되어 있다가 두 번째는 여자 변호사이름으로 보낸 사람이 되어 있었다.

2.

대학에 다닐 때 옆방에 재수생이 하나 있었다. 통기타로 아람브라궁전을 아주 잘 연주하는 여학생이었다. 재수를 하는 학생이라 아침 일찍 나갔다가 저녁 늦게 들어오는 날이 많아 얼굴도 잘 모르는 여학생이 하루는 술을 잔뜩 먹고 와서 내가 자취하는 방에 노크를 했다. 무슨 일인지 의아해하는 나를 밀치고 들어와 술주정을 했다. 뭐가 그렇게 잘나서 인사를 해도 받지를 않고 뻣뻣하냐. 오해는 이런 사소한 데서 시작되었을 때 가장 가슴 아프다.

경찰서에서 전화가 왔다. 자신을 고소인 조사관이라고 말한 형사는 나에게 이름을 물었다. 내가 대답하자 누군가를 아느냐고 물었다. 안다고 하니 그 사람이 나를 사기죄로 고발했다고 한다. 고발한 그 사람이 지금 조사받고 있고, 며칠이 지나면 나도 피의자 신분으로 조사를 받아야 한다고 말했다. 투자를 하겠다고 돈을 가져가서 돌려주지 않는다는 것과 엘리베이터 수리비용으로 가져간 2,000만 원을 돌려주지 않는다고 고소를 했단다.

6년 전인가 내가 하고 있는 부동산이 잘된다고 생각했는지 부동산 사무실을 하나 내고 싶다고 그 사람이 연락을 해 왔다. 자격증도 없고 부동산에 대해 잘 알지도 못하면서 공인중개사 사무실을 차린다는 게 쉬운 일은 아니다. 어찌 어찌 마음이 맞아 새로 들어서는 아파트단지에 상가를 하나 얻어 사무실을 내기로 하고 단지 내 상가 하나를 계약했다.

보증금 5,000만 원에 월세 280만 원. 부동산 사무실로는 월세가 상당히 높은 편이었지만 1,800세대나 되고 중형이상의 아파트라서 수수료 수입도 좋을 것 같아서 한번 해 볼 수 있을 것 같았다. 계약금을 500만 원 들여 계약을 하고나서 고민에 빠졌다. 가게를 맡아서 할 공인중개사가 구해지지 않는 것이었다. 그렇다고 잘되는 지금의 가게를 처분하고 내가 그곳으로 가기는 싫었다. 그래서 그 친구에게 계약금을 떼고 그만 사업을 접자고 말했다. 그러나 들인 돈이 아까운 그 친구는 그냥 밀어붙였다.

우여곡절 끝에 부동산 사무실을 오픈했다. 도배를 하고 책상을 들이고 인터넷을 연결하고 간판을 마지막으로 가게를 오픈했다. 그러나 가게는 잘 되지 않았다. 한 달 내내 계약을 하나도 못했다. 처음 입주하는 아파트는 한 서너 달 벌어서 1년을 먹고 살아야 한다. 왜냐하면 입주기간이 끝나면 거래절벽이 오기 때문이다. 몇 억을 주고 사거나 세를 들어온 사람들이 1년도 안돼서 이사 가는 일은 거의 없기 때문이다.

첫 달에 하나도 계약서를 못 썼다는 것은 사무실이 망했다는 것이다. 옆 사무실도 어렵기는 마찬가지였다. 단지 내 상가 1층에 6개의 공인중개사사무실이 입주했는데 반은 분양 받아서 장사를 시작했고, 나하고 나머지 가게는 세 들어 왔는데 세를 들어온 사무실은 전부 다 월세를 하나도 내지 못하고 시간이 흘러 계약기간이 끝나 보증금 5,000만 원을 다 날리고 떠나갔다.

보증금 5,000만 원과 시설비 1500만 원을 다 날렸으니 참으로 난감한 일이었다. 나도 장사가 안 되니 생활비로 1년 6개월 동안 보증금과 시설비를 합친 것만큼 돈을 없앴다. 서로 비슷하게 돈을 없앴어도 친구가 훨씬 억울했으리라. 그런데 이상한 것은 6년이 지난 지금에야 고소를 해 왔다는 것이다. 보증금과 시설비를 다 날렸다고 친구에게 말했을 때는 할 말이 없어서 그랬나 별말이 없다가 이제 와서 고소를 해 온 것이다.

나는 예전에 작성한 계약서와 시설비 내역이 적혀 있는 파일을 찾아 다시 살펴보았다. 문제는 내 통장으로 돈을 받아 내 이름으로 가게를 계약하고 시설비를 내가 다 지출했다는 것이다. 돈을 빌린 것도 아니고 그렇다고 이자를 준 것도 아니어서 하나도 문제가 없다는 변호사도 있고, 내가 내 이름으로 계약을 해서 문제가 될 수도 있다는 변호사도 있었다. 그리고 투자는 공소시효가 5년이라고 하니 5년이 지났으니 소를 제기할 거리도 아닌 것도 같다. 돈을 빌려줬다면 이자를 한번이라도 받아야 효력이 있다고 했다. 내일 모래 경찰서에 가서 진술해 보면 알 것이다.

엘리베이터를 고친다고 가져간 2,000만 원은 수고비다. 2015년 5월 나는 도안동 404-5번지 친구 소유의 건물을 7억 5,000만 원에 팔았다. 1년 동안 개인적으로 교차로에 광고를 내서 매수자를 찾아 내가 친구의 대리인으로 계약을 체결했다.

물론 계약을 하고 친구에게 계약금으로 넘어갈 때 고장 난 엘리베이터를 고쳐 줘야 한다고 말해서 돈을 받은 건 사실이다. 계약할 때 엘리베이터가 고장 나있었고, 매수인은 엘리베이터를 고쳐 줘야 계약을 하겠다고 했다. 그래서 계약서를 쓰고 잔금하기 전에 엘리베이터를 고쳐 주기로 했다.

나는 오티스 엘리베이터와 현대 엘리베이터에 전화를 해 기술자를 불러 고칠 수 있는지 물어 보고 견적을 받았다. 대략 2,000만 원에서 2,500만 원이 들어간다고 했다. 나는 그 때는 공인중개사무실을 하고 있었지만, 매도인인 것처럼 행세했다.

친구에게서 전권을 위임받았고 인감도장과 신분증도 갖고 있었다. 광고료도 부동산이 개인보다 싸지만 나는 개인으로 광고를 냈다. 그렇게 매수인을 구했고 계약을 할 때도 본인 인 것처럼 행세하다가 들통이 나기도 했다. 뭔가 이상한 것을 눈치 챈 매수인과 부동산 대표는 나보고 필요하지도 않은 주민등록등본을 떼러 가자고 했다. 여기서 물러설 수는 없어서 동사무소에 가서 매도인의 주민등록증을 제시하고 등본을 떼 달라고 하니 동사무소 직원은 아무 의심 없이 등본을 떼 줬다.

그러고도 믿음이 가지 않는지 임대사업자등록증을 보여 달라고 했다. 나는 알았다고 하고 아내에게 전화하는 것처럼 하고 친구에게 전화해 임대사업자 사본을 팩스로 받았다. 그래도 의심을 지울 수가 없는지 매수인은 계약서에 도장 찍는걸 망설였다. 중개사와 매수인이 나를 사무실에 앉혀 놓고 밖으로 나가 담배를 피우며 한참동안 심각하게 고민했다.

나는 긴장을 늦출 수가 없었다. 이 계약을 놓치면 언제 또 기회가 올지 몰랐다. 사기를 치려고 하는 게 아니라. 나에겐 파는 게 중요했다.

처음 친구에게 소개해 살 때는 지하 1층에 4층 건물이 임대가 다 나가 대출금 이자를 내고도 몇백만 원이 남았다. 그러나 2년이 지난 지금 임대가 된 층은 3층과 지하 1층만 남았다. 임대료를 받아 대출금 이자도 못 내고 적자를 보고 있었다. 경기가 어려워 아무리 애를 써도 임차인을 구할 수 없었다. 친구는 네가 사라고 해서 샀는데 한 달에 몇백만 원씩 손해를 본다고 하루가 멀다 하고 재촉을 해 왔다. 그게 벌써 1년 가까이나 되었다.

지하 1층에 지상 4층짜리 건물이 땅은 120평이나 되고 대로변에 있지, 임대가 된다면 500만 원 가까이 임대료가 나온다면 누구나 혹한다. 그러나 그 건물에는 치명적인 약점이 있었다. 그 건물은 다른 사람과 공유였다. 애초에 땅 240평에 건물을 지어 땅주인과 건물을 지은 건축업자가 2분의 1씩 나누어서 등기를 했다.

소유권을 주장하는데 아무런 제약이 없고, 심지어 친구의 건물 지분엔 4억 원이나 되는 대출이 실행되어 있었다. 그러나 건물을 사러 온 사람들은 한결같이 공유로 된 건물을 사려고 하지 않았다. 분쟁이 생겼을 때 문제가 될 수도 있고, 관리의 어려움도 강조했다.

그러나 건물을 마주보고 오른쪽은 A의 상가건물, 왼쪽은 B의 소유로 20년 넘게 소유권을 행사하고 대출도 받고 임대사업도 해오고 있고, 사고팔고도 여러 번 진행된 물건이었다. 그래서 시가 보다 훨씬 저렴한 물건이라고 아무리 설명을 해도 모든 사람들이 등을 돌렸다. 그래서 어느 시점부터는 전화 상담에서 이 건물은 공유라서 한 건물에 주인이 2명이고 왼쪽, 오른쪽으로 나눠 소유권을 행사하고 있다. 그러니 그런 줄 알고 보러가자고 말한다. 그런데도 대부분의 사람들이 보기를 원했다. 가격에 비해 땅도 크고 건물도 크고 무엇보다 임대료가 많이 나와 수익률이 좋기 때문이다.

1년 동안 수없이 많은 사람들이 그 건물을 보고 갔다. 결정적으로 어떤 의사가 병원을 한다고 계약서까지 써 놓고 깨진 적도 있었다. 위치도 좋고, 건물면적도 적당해서 병원을 신설하기에 좋다면서 계약을 하려고 부동산사무실에서 만나 계약조건을 조율하다 공유자인 옆 건물부터 계약을 진행하자고 해서 옆 건물 주인인 고등학교 선생을 사무실에 오게 했다. 그런데 이 선생이라는 작자가 쓸데없는 말을 하기 시작했다. 아무리 눈짓을 하고 발짓을 해도 그 작자는 건물의 단점에 대해 말을 그치지 않고 주절이 주절이 말을 계속했다. 나중에는 내가 지친게 아니라 의사와 같이 온 의사부인이 지쳐 나자빠졌다. 그리고는 깨져버렸다.

그 뒤로 아쉬움에 그 의사에게 전화를 걸어 여러 번 설득을 했지만 한번 흘러간 물이었다. 10년 이상 부동산중개업을 해 본 나는 지론이 있다. 건물이든 땅이든 살 사람은 딱 한명이라는 사실이다. 어찌된 일인지 그 사람을 놓치면 다음 기회는 좀처럼 오지 않았다. 그 기회를 놓치고 후회하는 사람을 한두 번 본 게 아니다.

계약이 이루어지지 못하는 가장 큰 이유는 가격절충에 실패하는 경우가 대부분이다. 매도인이야 물론 한 푼이라도 더 받으려고 하는 것은 인지상정이다. 매수인도 매 한가지다. 조금이라도 싸게 사야 한다. 이건 동서고금 변할 수 없는 진리다. 계약서를 쓰기 위해서 중개업자가 필요한 게 아니라 절충하라고 중개업자가 있는 것 같다. 가격이 합의되면 나머지는 자동적으로 정리된다. 그래서 공인중개사가 필요하다. 절충점을 찾아 계약을 성사시켜야 하는.

그러나 어떤 사람은 자기가 정한 금액에서 한 치도 물러서지 않는 사람이 있다. 그런 사람의 건물이나 집을 팔기가 가장 어렵다. 그리고 가장 손해를 보는 사람도 그런 사람들이다. 집을 파는 사람들은 판돈으로 뭔가 다른 용도로 돈을 쓰기 위해서다. 그러나 한 번 지나간 손님은 이상하게 좀처럼 나타나지 않는다. 그러다가 시한이 다가오고 급해진 매도인이 전에 보다 값을 내려도 좀체 매수자가 나타나지 않는다. 집은 수없이 보고 간다. 그러나 어쩐 일인지 계약은 성사되지 않는다.

지금 저들을 놓치면 안 되었다. 끝까지 내가 주인이라고 우겨야할 상황이었다. 그렇다고 사기를 칠 생각은 전혀 없다. 눈곱만큼도. 그저 대리인으로 심부름이나 해 주고 일이 잘되면 구전이나 먹으면 그만이었다.

밖에 나갔던 사람들이 들어와서 아직도 믿지 못하는 표정으로 내 앞에 앉았다. 매도인이 말했다. 나는 이 건물이 꼭 필요한 사람이다. 학교급식 식자재를 납품하는 사람인데 학하동에 건물을 지으려고 땅을 사서 터파기를 했는데, 주변 집주인들이 시끄럽다고 공사금지 가처분 신청을 내서 공사가 중단됐다. 내가 공사 중단으로 인한 손해배상소송을 내자, 주변사람들이 그 땅을 공동으로 다 사버려서 식자재 공장을 지어 옮기려던 계획이 틀어져버렸다. 사장님 건물이 마음에 들고 비어 있어서 당장 들어올 수 있어서 더 마음에 든다. 그런데 뭔가 찜찜하다. 그걸 떨쳐 버릴 수 없다.

나는 더 이상 팔려는 마음을 접어 버리고 커밍아웃을 했다. 나는 지갑에서 내 신분증을 꺼내 매도인 신분증 옆에 놓았다. 나는 실은 건물주의 대리인이다. 그 친구가 울산에 살아서 매번 올 수가 없어 내가 대리한다. 통장도 그 친구 거고, 도장도 그 친구 인감도장이다. 임대사업자 사본도 그 친구가 보내 준 것이다. 전화번호를 가르쳐 줄테니 확인해 봐라. 나에게 대리권이 있는지 없는지. 없다면 경찰에 신고해라. 그랬더니. 동사무소도 참 문제가 많네. 어떻게 신분증이 가짜가 아니라고, 의심도 없이 주민등록등본을 떼어 줄 수가 있지. 한참을 망설이던 매수인은 계약서에 도장을 찍었다. 그리고 친구 통장으로 계약금을 보냈다. 그래서 계약은 성사됐다.

나는 도안동 404-5번지 지옥에서 해방됐다. 계약서를 쓰고도 매수인은 나를 끝없이 괴롭혔다. 대표적인 케이스가 대출을 받으려고 은행에 갔는데 땅 지분이 옆에 사람보다 30㎡ 작다고 대출을 안 해 준다는 것이었다. 그러니 그걸 해결해 달라는 것이었다.

지적도를 보니 정말로 30㎡가 작았다. 옆에 지분을 가진 건물 주인을 수소문해서 그가 근무하는 학교에 가서 만나 사정이야기를 하고 이걸 시정해달라고 하니 1,000만 원을 달란다. 건물을 팔아서 얼마 남지도 않는데 1,000만 원을 떼 주고 나면 또 큰일이다. 몇 번 그 선생을 찾아갔다가 안돼서 포기했다. 잔금 날짜는 다가오고 매수인은 해결하라고 하루가 멀다 하고 전화가 오고, 울산에 있는 건물주 친구는 나 몰라라 하고. 친구에게 이게 해결이 안 된다면 계약이 깨질 수도 있다. 500만 원만 주고 해결하자 해도 울산에 있는 친구는 들은 체도 않는다.

30㎡가 더 공유자에게 가게 된 경위는 정화조가 다른 쪽 주인 지분 쪽에 있어서 그렇게 할 수밖에 없었다는 결론이다. 지분의 경계를 바로잡기 위해 공유자를 여러 번 학교로 찾아갔지만 1,000만 원이나 달라고 해서 협상은 결렬됐다. 은행에서는 그 문제가 해결돼야 대출금 접수를 한다고 하지. 그렇다고 기존 대출을 승계하라고 해도 주거래은행이 따로 있다고 매수인은 거절했다. 주인은 울산에 있지. 잔금 할 때까지 해결이 나지 않아 결국 잔금 날에 매수인에게 매매대금에서 500만 원을 제하고 돈을 받았다.

잔금 날에 법무사사무실에서 소유권이전을 해 준 것도 나다. 등기권리증 등을 우편으로 매도인으로부터 받아 소유권 이전을 해 주었다. 결국 구획정리가 안 되어서 새로운 대출은 받을 수 없었고, 기존 대출을 매도인이 그대로 유지하고 소유권만 넘겨주기로 하고 대신 매수인이 이자를 납입하기로 하고 소유권을 넘기고 잔금을 받았다.

매수인이 이자를 제 때 내지 않으면 매도인이 불이익을 받을 수 있고 계속 연체하면 독촉을 해도 안 갚으면 매도인이 강제할 수단이 없다고 느껴져 매도인에게 설명하고 5,000만 원짜리 근저당을 매도인 앞으로 설정하기로 합의 했다.

그러나 잔금 일에 매수인이 이의를 제기하여 옥신각신하다가 3,000만 원짜리 근저당으로 설정했다. 소유권 이전을 하고 양도세를 내야 하는데 양도세가 2,500만 원 나오겠다고 매도인에게 전화가 왔다. 내가 계산해 보니 1,200만 원 정도만 내면 되게 생겨서 1,200만 원을 통장으로 받아서 양도세를 기한 안에 신고 납부해줬다. 그런데도 나를 사기죄로 고소했다. 엘리베이터를 고친다고 거짓말하고 돈을 받아가서 돌려주지 않는다는 것이다.

매도인은 나를 사기죄로 고발했다. 엘리베이터 비용을 착복했다고. 공인중개사법에 의한 법정수수료도 매매가 7억 5,000만 원이면 수수료만 6백 75만 원 정도 된다. 양쪽에서 받으면 1350만 원 정도 된다. 그런데도 2,000만 원이 사기라면 나는 일을 해 주고 한 푼도 받아서는 안 된다는 말이냐.

부동산 중개업법을 적용하면 수수료 초과 징수로 불법이다. 처벌은 1년 이하의 징역이나 1,000만 원 이하의 벌금형이다. 돈을 돌려받기 위해 고발을 했다면 이 법 조항을 의미가 없다. 왜냐하면 나는 처벌받고 초과분에 대해서는 돌려주라고 판결한 대법원판례가 있어서다. 돌려받으려면 또 민사소송을 해야 한다.

중개업법 위반은 차후에 논의하기로 하고 사기죄에서 벗어날 수 있느냐가 문제다. 사기가 아니면 구속되는 일은 없잖은가.

중개업법 위반은 중개업자든 일반인이든 중개를 했을 때 처벌받는 조항이다. 그러나 나는 중개를 한 게 아니라 매도인을 대리해서 대리행위를 했으니 결국 대리인의 행위는 곧 본인의 행위로 본다는 민법 조항에 따라, 본인이 본인 것을 팔았는데 그걸 처벌한다. 말이 안 되지 않은가.

대리행위가 성립되지 않으면 중개업법의 무등록중개업자의 중개행위 처벌조항에 저촉돼 3년 이하의 징역이나 2,000만 원 이하의 벌금에 처할 수 있다. 그 경우도 중개행위를 했을 때 말이지 대리행위에 대한 처벌은 아니다. 다만 대리행위를 하고 금품을 수수하는 게 법위반이냐 아니냐다.

3.

경찰조사를 받았다. 사기죄로 고소당한 피의자 신분으로. 먼저 고소 인을 조사한 조서를 바탕으로 심문을 했다. 먼저 이름, 생년월일, 가족 관계, 군대, 학력, 재산, 전과기록까지, 본인임을 확인한 다음, 상가에 부동산사무실을 개설하면서 왜 고소인 이름으로 계약서를 작성하지 않고 피의자이름으로 계약서를 작성하지 않았느냐고 물었다.

상가를 계약하면서 친구의 이름으로 하지 않고 내 이름으로 한 게 사기라고 고발을 한 모양이었다. 그러면 그때 한번이라도 이의를 제기 하던지, 내 이름으로 하면 안 한다고 했으면 일이 이 지경에 이르지 않 았을 것이다. 왜냐하면 나는 그때 잘되는 부동산사무실을 운영하고 있 었기 때문이다. 실장을 두고 바쁘게 일할 만큼 사무실이 잘되었다. 굳 이 그곳으로 가 모험을 할 필요가 없었다. 처음에는 누군가 공인중개사를 고용해 사무실을 오픈하려고 했었다. 그러나 사람을 구하기가 어려웠다. 내가 데리고 있던 실장보고 가라고 했으나 거절당했다. 백방으로 수소문해 찾았으나 결국 찾지 못했고, 결국 잘되는 사무실을 실장에게 팔아넘기고 그 다음날 친구가 투자한 사무실로 가게 되었다.

쟁점은 그것인데 그걸로 끝났다. 보증금을 받아서 계약을 체결한 계약서가 있고, 시설을 한 시설비 내역서가 있었다. 날짜별로 지출된 그 시설비 내역서는 친구에게도 영수증까지 첨부해 보내 주고 내가 가지고 있던 것이었다. 그것을 보관하지 않았다면 1,500만 원에 대한 지출 명세서가 없어서 곤란할 뻔 했다.

그 건은 사업적인 투자였지. 돈을 빌린 것도 아니고 횡령한 것도 아니라고 강조했다. 돈을 빌렸다면 5,000만 원짜리 계약서와 시설비지출 내역을 그 친구에게 보낼 이유가 없지 않은가. 그리고 돈을 빌렸다면 돈을 빌려줬다는 문서 하나라도 써주거나 고소인이 가지고 있어야 하지 않는가. 그렇다면 이자를 한번이라도 달라고 하던지 준 기록이 있어야 한다. 그 건은 그걸로 끝났다. 최소한 사기는 아니다. 투자는 소멸시효가 5년이다. 2011년 11월이니 벌써 6년 가까이 된 사건이다.

또 하나의 사건은 도안동 404-5번지 지하 1층 지상 4층 건물을 팔아 주고 2,000만 원을 받은 사건이다. 그 건도 사기죄로 고소당했다. 매수인이 거래를 하면서 가격을 다 정하고 건물의 상태로 그대로 인수하기로 구두계약을 하고 계약서를 쓰기로 약속한 날을 며칠 앞두고, 고장난 엘리베이터 문제를 들고 나왔다. 자기네는 엘리베이터가 없으면 일하기가 곤란하다. 그러니 그걸 고쳐달라고 했다.

그래서 수리해 주겠다고 하고 엘리베이터 수리업체 두 곳에 견적을 내니 한곳은 2,000원 또 다른 곳은 2,500만 원을 요구했다. 그래서 매도인에게 사정을 설명하고 엘리베이터를 수리해 주기로 했다. 계약을 하는데 이랬다저랬다. 자기들이 유리한 조건으로 계속 요구조건을 바꾸었다. 지쳐갈 무렵 합의가 되어 계약서를 썼고, 친구가 계약금을 받았기에 엘리베이터 수리비용을 입금시키라고 해서 내 통장으로 받았다.

1주일 후 매수인이 마음이 변해 자기들이 수리를 하겠다고 했다. 매도인에게 즉시 전화를 걸어 엘리베이터 수리는 저쪽에서 하기로 했으니 수리비를 수수료로 하자, 하니 무슨 수수료를 벌써 받느냐고 했다. 그래서 내가 일을 시켜놓고 수수료도 안 주려고 했느냐고 했더니 아무 소리 못했다. 그리고는 그걸로 끝이었다. 더 받았으니 돌려달라고도 하지 않았고, 수수료를 따로 입금하고 그 돈 2,000만 원을 돌려 달라고 하던지 뭐라고 말을 않다가 이제 와서 사기라고 고소를 했다.

애초에 빨리 팔아달라고 해서 그때는 임대가 안돼서 이자를 물어내기도 어려운 상황이었다. 하루에도 몇 번씩 팔아달라는 성화에 시달렸다. 그렇게 1년이 지난 다음 매수자가 나타나 계약을 하게 됐다. 계약을 하기까지 1년 가까이 얼마나 많은 사람들에게 보여 주고 상담을 해 주고 했던지. 못돼도 50명에게 건물을 보여 줬을 것이다. 대로변에 있는 터가 넓은 그 건물은 임대하거나 사용하기에 편리하고 싼 건물이었다. 가격에 비해 덩치도 크고 임대료 수입도 많아 수익률이 높은 건물이다.

엘리베이터 수리비용을 수수료로 전환했을 뿐 사기는 아니다. 그 사안은 그걸로 끝이 아닐 것이다. 부동산중개업법에 수수료 초과는 1년 이하의 징역이나 1,000만 원 이하의 벌금에 처하도록 되어 있다. 대부분 벌금형으로 끝나지만, 300만 원 이상의 벌금형을 선고받은 중개업자는 영업이 취소가 된다.

부동산 중개업법에 의해 영업이 취소된 자는 3년 동안 공인중개사 사무실을 신규로 사무실을 개설등록 할 수 없다. 이게 문제다. 나는 그동안 생업을 포기해야 한다. 그리고 현금영수증을 발행하지 않아 과태료가 50퍼센트 나올 것이고, 중개업자는 중개를 하면 의무적으로 계약서를 작성 5년 동안 보관할 의무가 있는데 위반했다. 이상 3가지 항목으로 기소될 것이고 수수료 초과분이 너무 많아 벌금액이 300만 원을 초과하리라. 그러면 그 날부터 3년 동안 부동산중개사무실을 개설등록하지 못한다. 나는 무얼 먹고 사나.

4.

도안동 404-5번지 건물을 매매할 당시 나는 부동산중개업자가 아니었다. 부동산 중개업법에 규정된 수수료 초과로 처벌받을 수 없다. 그

렇다면 1년 이하의 징역이나 1,000만 원 이하의 벌금에 처해질 법적근
거가 사라진다. 현금영수증을 발행할 의무도 없다. 과태료는 안내도
되고, 계약서를 작성해야 하는 의무에서도 자유롭다. 중개 사무실이
등록취소될 이유도 없다.

그런데 더 무거운 3년 이하의 징역이나 2,000만 원 이하의 벌금에 처
하게 되어 있는 무등록중개업자에 해당한다.

그런데. 그런데 말이다. 그 당시 나는 이 규정을 알고 피하려고 철저
하게 본인행세를 했다. 교차로에 광고를 낼 때도 중개업자가 아닌 개
인자격으로 광고료를 더 내면서까지 개인 명의로 광고를 내서 매수인
을 찾았다.

계약을 할 때도 건물주 본인행세를 하다가 들통이 나서 계약이 무산
될 위기에 놓이기도 했다. 계약이 파기될 위기에서 가까스로 정리가
되어 대리인으로 계약을 체결했다. 그 다음부터 중도금수령이나 거래
에 관련된 모든 행위를 매도인을 대리해 일을 처리했다. 근저당설정도
주도했고, 법무사무실에 가서 매도인을 대리해 소유권이전까지 다 해
주었다.

심지어는 매도인이 양도세가 2,500만 원 나온다고 찡찡대는 소리를
듣고, 세무서에 가서 양도세를 1,200만으로 계산해서 신고납부까지
해 주었다. 그런데도 그 친구는 나를 사기죄로 고소했다. 빌어먹을 놈
이. 오늘 처음 경찰서에 가서 조사를 받았으니, 앞으로 얼마나 많은 시
간 시달려야 할까. 대질심문을 한다고 며칠 후 또 오란다. 그리고는 조

서가 마무리될 테고, 검찰에 송치되겠지. 재판날짜가 잡히고, 1심선고가 내려지고 어쩌고, 끝도 없는 이 싸움을 해야 한다. 무등록중개업자로 해서 처벌을 받으면 3년 이하의 징역이나 2,000만 원 이하의 벌금에 처해진다. 그러나 대리로 모든 것을 처리했다면 이야기가 달라질라나. 매도인을 대리해 계약서를 쓰고 소유권이전을 하고 양도세를 신고 납부해줬다. 그런데, 그런데 말이다. 대리로 광고를 내고 대리로 중개를 할 수 있는가. 대리로 광고를 내고 대리로 중계를 했다면 무등록중개업자가 아닌 걸로 되는가. 그게 가능하다면 대리행위를 하고 수수료를 받는 건 문제가 되지 않는다는 말인가.

대리로 중개행위를 하는 것을 무등록중개업자라고 볼 수는 없지 않은가. 그렇다면 모든 혐의에서 자유로워질 텐데. 부동산 중개업소 신설 건은 투자니까 끝났고, 엘리베이터 건은 수수료 받은 건데 뭘. 아무것도 아니지. 무등록중개업자로 처벌받는다고 하면 벌금이 많아질 뿐, 중개업자에 대한 처벌은 하지 못하는데. 즉 중개업이 취소되거나 하지는 않는다는 말이다. 벌금이 많아질 뿐. 그렇게 하는 것이 좋은가. 우선 사기혐의부터 벗고 볼일이다. 사기는 금액의 많고 적음에 따라 형량이 결정되는 모양이다.

5.

오후 2시에 경찰서에 들어섰다. 1층 현관에서 방문인 인적사항을 적고 비표를 받았다. 인적사항을 쭉 훑어보니 친구는 아직 오지 않았다. 며칠 전부터 대질심문을 한다고 조사관의 연락이 올 때부터 고소인인 친구는 어떤 얼굴을 하고 나타날까 내심 궁금했었다. 5층 대기실에서 차 한잔 하고 있는데 친구가 왔다. 서로 쳐다보고 아무 말이 없었다. 악수도 물론 하지 않았다. 잠깐 스쳐간 얼굴 사이로 여러 가지 감정이 뒤섞였다. 한때는 제일 친하게 지내는 사이였다. 부동산 거래를 할 때도 그 친구는 내 통장으로 계약금과 잔금을 모두 입금시키며 모든 거래를 나에게 일임했었다. 부동산 사무실이 어찌 되었든, 누구의 잘못이든 망하고 나서 우리는 서먹서먹한 사이가 되었다.

친구의 아버지는 친구의 친구들을 못 미더워했고, 친구들도 친구의 아버지를 무서워했다. 그러나 어찌된 일인지 나는 친구의 아버지가 좋았고, 친구의 아버지도 나를 그다지 미워하지 않아서 그 친구 집을 마음 놓고 드나들 수 있었다.

조사실에 들어서 조사관 앞에 나란히 앉아 조사관의 질문에 서로의 주장이 옳다고 침을 튀겨가며 조사관을 설득해야 한다. 지금부터.

첫 번째 질문은 공인중개사사무실을 오픈하게 된 계기에 대해 말들이 오갔다. 나는 계약금을 치루고 공인중개사를 구하기 어려우니 그만 계약금을 떼고 사무실을 오픈하는 것을 접자고 했다. 그러나 친구가 들인 돈이 아까우니 그냥 하자고 잔금을 보내 와 내키지 않지만 잔금을 치루고 가게를 열었다고 말했다.

친구도 그 부분은 인정했다. 내가 그만 계약금을 포기하고 투자를 접자고 말한 것은 인정했다. 그러면 끝난 것이다. 그 건은 투자고 내가 말리는데도 친구가 밀어붙여 일을 하게 되었고 그 결과로 망했다면 그건 다툴 거리도 아니다. 본전이 생각나거나 누군가가 부추겨서 여기까지 오지 않았나 의심이 갈 정도였다.

친구는 왜 고소를 했을까, 설마 그 돈 7,000만 원을 도로 찾을 수 있다고 믿은 걸까. 내가 괘씸해서 벌금이든 징역살이를 시키려고 그랬는가. 의도가 무엇일까. 투자해 놓고 망했다고 돈을 물어 줘야 한다면 그런 리스크를 짊어지고 장사를 하거나 사업을 동업하는 사람이 있을까. 그건 그걸로 끝났다.

엘리베이터 건이 문제다. 어제 대질심문에서는 조사관이 작심한 듯 엘리베이터 수리비가 내가 횡령 내지 착복했다고 사기로 돈을 받아먹었다고 단정적으로 한쪽으로 편파적으로 몰아갔다. 수수료로 받았다는 내 주장은 조서 어디에도 한마디도 들어가지 못하게 철저하게 봉쇄됐다. 질문 자체가 그랬다. 엘리베이터 수리 같은 조건은 계약서에 명시되나요. 당연히 명시된다. 그러나 그 계약서에는 그런 조항이 없다.

내가 기억하기로는. 그러니까 내가 사기를 쳤다는 것이다. 그런데 나는 누가 뭐래도 수수료로 받았다. 수수료로.

그러면 나는 일을 해 주고 매수인에게도 돈 한 푼도 안 받고, 매도인에게도 수수료 한 푼도 못 받고, 그럼 나는 뭐한다고 광고비를 들여 광고를 하고, 수십 명의 매수 후보자들에게 건물을 보여 주고 설명을 하고 계약을 시키려고 노력하는가 말이다. 아무리 생각해도 말이 안 되지 않는가. 조사관의 질문 내용이 엘리베이터 수리비로 받은 돈 2,000만 원이 불법이라는 사실에만 국한되어 수수료가 끼어들 자리가 없었다. 엘리베이터 수리비로 돈을 받은 건 사실이다. 하지만 며칠 후 매수인이 고친다고 하니 이건 수수료로 하자 해서 친구에게 동의를 얻었고, 그렇게 2년 반이 지난 지금 와서 엘리베이터 수리비로 가져간 돈은 사기다. 그러면 수수료를 따로 줬느냐. 안 줬다. 중개업자가 중개를 하면 수수료를 주는 건 당연한 것 아니냐. 그런데 왜 안 줬냐 대답이 궁할 수밖에.

검찰조사에서는 진술을 바꿔야할 것 같다. 저쪽에서는 엘리베이터 수리비로 가져갔다고 하는데 나는 수수료로 받았다고. 말을 해야겠다. 왜 경찰에서 진술한 내용과 배치 되냐 그러면 그때는 사기죄로 벌금형을 받으려고 했다. 왜냐하면 중개업법의 수수료 초과로 법을 위반하면 1년 이하의 징역이나 1,000만 원 이하의 벌금에 처하게 되어 있는데 만약 300만 원 이상의 벌금형을 선고받으면 당장 사무실의 영업이 취소된다. 그뿐만 아니라 3년간 중개업 개설등록을 못한다. 그러면 나는 무엇을 해서 먹고사는가. 유일한 생계수단인데. 그래서 차라리 잘됐다. 사기로 벌을 받으면 중개업은 계속하겠지 하는 마음으로 그렇게 했던 것이다.

엘리베이터 수리비용으로 내가 착복했다는 친구의 주장은 무슨 근거가 있는 것이 아니다. 증거나 통화내용이 있는 것도 아니고 친구의 한낱 주장일 뿐이다. 이건 누가 봐도 수수료로 받은 돈이다. 그런데 어제 대질심문에서 친구가 중요한 사실을 고백했다. 상가건물을 팔 때뿐 아니라 살 때도 수수료를 주지 않았다고.

그러면 매매가 7억 3,000만 원이니까 수수료 650만 원. 매수인 수수료 650만 원. 그 건물을 살 때 500만 원. 부동산 사무실 상가 계약도 자기 이름으로 했다면 수수료를 내야 한다. 내 이름으로 했다고 해서 고소를 했으니 그 상가 임대차 계약도 수수료가 250만 원이다. 그걸 다 합치면 2,050만 원이 되므로 수수료 초과도 아니다.

검찰조사에서는 이렇게 밀어붙여야 할 것 같다. 내 전략적 기조가 흔들렸다. 애초에 처음부터 중개사무실 설치는 투자요. 2,000만 원은 수수료다. 이게 내 원칙이었는데 다시 바로잡을 수 있을지 모르겠다. 아무튼 건투를 빈다.

6.

검찰조사를 기다리고 있는 나에게 벌금 500만 원짜리 통지서가 날아왔다. 판사가 약식명령으로 벌금 500만 원을 선고했으니 검찰사이트에 들어가서 벌금 500만을 내든지 7일 이내에 지방법원에 정식재판을 청구하라는 내용이었다. 엘리베이트 건에 대해 벌금 500만 원에 처해진 것이 의외였다. 부동산 중개사무실 건은 예상대로 무혐의 처리되었다.

방

사람이 살면서 사람답게 삶을 영위하는 데 있어서 의식주, 직장 등 여러 가지가 있겠지만 그 중에 가장 중요한 것이 방이 아닌가 싶다. 월세 빙이든, 전셋집이든, 지기 집이든 어떤 형태로든 방이 있어야 한다. 그래야 밥을 먹을 수 있고, 잠을 잘 수가 있고, 옷을 갈아입을 수 있고, 씻을 수 있고, 휴식도 취할 수 있고, 음악도 들을 수 있고, 모든 인간생활의 대부분은 아침에 일어나서 저녁에 돌아와 잠을 자면서 하루를 보낸다.

방이 없어 서울역에서 노숙을 하는 사람들을 보라, 이불을 가지고 다닐 수가 없어서 신문지 한 장을 깔고 잠을 청한다. 한겨울이 아니더라도 추워서 잠을 제대로 잘 수 있겠는가. 집이 있으면 당연히 있는 화장실도 공중화장실을 이용해야 한다. 온갖 오가는 사람들이 들르는 화장실은 얼마나 지저분한가.

방이 있는 사람들은 아침에 일어나면 볼일을 보고 샤워를 하거나, 머리를 감고, 출근 준비를 한다. 노숙자들은 그냥 아무것도 할 필요가 없는 것이 아니라 할 수가 없다. 방에는 있는 드라이기를 갖고 다니는 노숙자가 몇 명이나 되려나. 방이 없어서 씻지도 못하고 먹을 것도 구걸하면서 하루가 그렇게 가고, 1년도 그렇게 간다. 집이 있는 사람들은 평생을 이 방에서 시작해서 방으로 끝난다.

나는 이 방이 없는 설움을 뼈저리게 느꼈다. 그것도 하루 이틀이 아니고, 1년 2년도 아니다. 수십 년간이나. 낮에도, 밤에도 들어가 쉴 방이 없어서 하루에 2편씩 보여 주는 영화관에 가서 죽치고 시간을 보내도 시간은 더디 가고, 친구들과 당구를 치다가도 어느 순간 친구들은 집으로 돌아간다. 들국화의 노래 〈사랑한 후에〉가 내 가슴을 때린다. 긴 하루 지나고 언덕 저편에 빨간 석양이 물들어 가면 놀던 아이들은 아무 걱정 없이 집으로 하나둘씩 돌아가는데 나는 왜 여기 서있나 저 석양은 나를 깨우고 밤이 나한데 다시 다가오는데 이젠 잊어야만 하는 내 아픈 기억이 반짝이며 나를 흔드네. 저기 저 철길 위를 달리는 오늘 밤에 수많은 별이 기억들이 내 앞에 다시 춤을 추는데.

그런데 이 한 몸 누일 방이 없어서 고민할 때가 한두 번이 아니었다. 사글세방도 얻을 돈이 없어 이 집 저 집 친구 집을 전전하다 대학교 동아리방에서도 자 봤고, 교지 편집실에서 자곤 했다. 그것도 여의치 않으면 여동생 집에도 가 봤지만, 신혼인 그 집에서 나를 반길 리가 만무하다. 아침밥을 얻어먹지도 못하고 대문을 나서면 또 갈 데가 없다.

추석이나 설 명절에는 더 서럽다. 엄마가 집이 없으니 형제들 집도 다 남의 집이나 마찬가지다. 그들은 그들대로 가족이 있고, 시집식구들도 있어서 내가 낄 자리는 없었다. 그런 날이면 더 갈 데가 없고, 놀 친구도 없었다. 여관이나 여인숙도 있지만 돈이 없어 사글세방도 못 얻는 가난한 대학생에게 여관이나 하숙집은 그림의 떡이다.

토끼도 자기가 사는 굴이 있고, 새들도 둥지가 있어 비를 피하는데 방 한 칸 없는 나는 그 시절 왜 그리 가난했을까. 그런데도 웃기는 것은 아르바이트나 과외를 해서 돈을 벌 생각은 꿈에도 하지 않았으니 누구를 탓할까.

오늘은 이사하는 날이다. 영세민들이 사는 13평짜리 영구임대아파트에서 대전에서 제일 비싸고 살기 좋은 아파트로 이사를 하려고 준비하고 있다. 임대아파트에서 31평짜리 몫 좋은 아파트로 이사하는 것은 좋은 일이었으나 나는 왠지 우울하다 못해 죽고 싶은 심정이다.

초등학생이나 중학생을 둔 학부모들은 아이들 좋은 학교 보내려고 무리를 해가면서까지 이사를 오고 싶어 하는 곳으로 이사하면서도 내 기분은 영 개운하지가 않다. 이삿짐센터에서 인부들이 와서 짐을 포장하는데도 이사가 실감이 나지 않았다.

지금 살고 있는 13평 영구임대아파트는 작은 방 두 개로 된 거실도 주방도 따로 없는 원룸 같은 아파트다. 전에 살던 아파트에 비해 턱없이 작고 비좁아서 살기에 여간만 불편한 게 아니었다. 분양을 받고 보니 1층 맨 끝집이라서 어마무지하게 추웠다. 특히 엄마가 쓰는 방은 북쪽 사면에 있는 방이고, 복도식 아파트 맨 끝에 있는 방이라 겨울엔 환기를 위해 떠다놓은 물이 깡깡 얼어서 하루가 지나도 녹지 않고, 원형을 유지하는 경우도 있었다. 여름에는 그 반비례해서 말 그대로 한증막이었다.

제삿날이나 명절에 동생들과 아이들이 오면 앉을 데가 없어서, 서 있기도 불편해서 밖으로 나돌다가 제사만 지내고 돌아가기 일쑤였다. 제삿날은 여동생들은 일찍 와서 음식도 장만하고 엄마하고 시장도 가고 별 불편한대로 지내지만, 매제들이나 남동생이 오면 앉을 곳은 고사하고 서 있기도 비좁은 그 아파트는 조카들도 와서 법석을 떨어 대면 정말 대책 없이 비좁아서 아파트가 터져나갈 것 같이 위태위태하다. 아이들 네다섯 명이 뛰어다니고, 좌충우돌하면 부치던 전 그릇이 날아다니고, 물그릇이 엎어지고, 어른들은 소리를 지르고 난리 굿판이 따로 없었다. 그도 그럴 것이 작은 방과 건넌방 사이 좁은 통로는 어른 둘이 비켜가기가 버거울 정도로 비좁았다. 거기가다 책을 놓을 곳이 마땅치 않아 그 비좁은 통로에 책꽂이와 냉장고가 있으니 말해 무엇하겠는가.

어머니는 뇌출혈로 쓰러져 3개월 만에 의식이 깨어나서 재활치료를 받고 있었는데 그 열악한 환경에서 생활한다는 것은 누가 보기에도 무리였다. 하지만 뾰족한 수가 있을 리 없다.

전에 살던 태평동 21평 아파트 전셋집을 빼서 영구임대아파트 보증금을 내고, 남은 돈으로 제적당한 학교에 등록금을 내고 대학교를 다녔다. 방이 3개있는 그 방은 내가 전에 살던 집에 비하면 참으로 좋았다. 비록 연탄아궁이였지만 어머니와 살기에 손색이 없었다. 고향 떠난 지 20년 만에 느껴보는 안온함이었다. 그러나 거기는 우리 식구와 맞지 않았는지. 신이 시샘을 했는지, 나는 밤마다 악몽에 시달렸고, 엄마는 그 집에서 뇌출혈로 쓰러졌다.

엄마가 쓰러진 날 짐승울음소리 같은 이상한 소리가 들려 화장실로 달려갔다. 화장실 바닥에 널브러져 버름적거리는 엄마를 안고 나왔다. 쓰러진 엄마의 손에는 내 여자 친구의 알몸사진이 들려 있었다. 그 충격으로 뇌동맥류가 터져서 실신했는지도 모른다. 빨래를 하다가 화장실에서 쓰러진 것이다. 엄마는 의식이 없었다. 동생에게 전화해 병원에 도착했는데 의식이 돌아오지 않았다. 그로부터 무려 3개월이나 의식이 없이 중환자실에 있었다.

엄마가 쓰러진 그 아파트 앞집에는 또라이가 하나 살고 있었다. 매일 밤마다 부인과 아이들을 윽박지르며 푸닥거리를 했다. 여자의 비명 소리가 들리고, 아이들의 자지러지는 울음소리가 들리고 나면 어김없이 우리 집 초인종이 울린다.

남편한테 얻어맞은 피투성이 여인네가 우리집으로 피난을 오는 것이었다. 언제부터 그 일이 시작되었는지 모르지만, 언제부터 피난을 오기 시작했는지 잊어버렸지만, 당연하다는 듯이 우리 집 문을 두드리는 여인의 울음 섞인 목소리가 들리면 엄마는 이걸 어쩔꼬하면서 지레 떨기만 했다. 이걸 열어줘야 하나 말아야 하나 열어 주면 아줌마만 오는 게 아니라 그 망나니도 따라 들어오는 건 아닌지 내심 불안해했다. 아줌마는 가정폭력에 시달려 얼굴이 항상 붓기가 있었고 애들은 풀이 죽어 있었다.

내가 악몽에 시달리는 것도 그 집 남자 때문이라는 생각이 머리에서 떠나지 않았다. 그 집에 사는 동안 나는 매일 악몽에 시달리고 깨어나면 잠을 자지 못해서 뜬 눈으로 밤을 새우기 일쑤였다.

오늘 이사 가는 집은 여동생 남편이 새로 사서 수리까지 끝낸 아파트였다. 31평 그 아파트는 대전에서 돈 꽤나 있는 사람들이 산다는 서울 강남 같은 동네에 있었다.

입지도 좋고 시청이 옮겨오면서 새로 조성되는 신시가지에 있었다. 그러다 보니 학군도 좋아지고, 대전에서 내로라하는 학원들도 밀집되어 있고, 은행이나 법원 검찰청도 있는 명실상부한 대전의 중심지였다. 그런 동네 아파트를 비싼 돈을 들여 집을 사서 수리까지 해서 나에게 살라고 준단다. 그렇다고 전세도 월세도 낼 여유가 없는 나에게 그저 관리비나 내고 살라는 것이었다.

그런데 참 이상한 것은 우리에게 사준 집이 여동생이 사는 정림동 집보다 두 배는 비싸다는 것이었다. 우리가 새로 이사할 아파트는 주변 환경도 좋고 대전에서 학군이 좋기로 소문난 지역에 있는 아파트를 우리보고 살라고 하는 게 이해가 가지 않았다. 여동생의 아이들이 초등학교에 다니고 있어서 더 이해가 안 갔다. 서울에 8학군처럼 아이들 교육을 위해 자기가 살던 정든 동네를 떠나 빚을 내가면서까지 이사를 오는 대전의 중심축인 둔산동에 31평 아파트를 마련해 놓고, 장가도 가지 않아 아이도 없는 우리더러 살라고 하는 게 이해가 가지 않았다.

백번 양보해서 집을 사주고 싶으면 변두리에 있는 자기 집을 둔산동으로 이사하고 나보고 그곳으로 들어오라고 하는 게 맞지 않은가. 이해가 가지 않았다. 처음에는 이사 가지 않겠다고 버티다가 엄마만이라도 이사를 하게 하겠다고 여동생이 으름장을 놓는 통에 하는 수없이 이사를 결정했다.

태평동 아파트에서 지금 살고 있는 임대아파트로 이사 오면서 엄마하고 마찰도 심했다. 이사는 작은 평수에서 큰 평수로 이사하는 건 쉬워도 큰 평수에서 작은 평수로 이사하는 건 쉬운 일이 아니다. 집을 넓혀간다는 것은 아이가 커나거나 아이가 한 명 더 태어나 이사를 하기 때문에 커튼부터 온갖 집기류를 다 바꾸어야 한다. 그건 참 행복한 일이다. 부부방도 침대를 큰 것으로 바꿀 수 있고, 아이 방도 새로 꾸미면서 한껏 행복할 수 있기 때문이다.

그러나 큰 집에서 작은 집으로의 이사는 참으로 난감하다. 큰 집에서 쓰던 가구를 들여놓을 수 없을뿐더러 냉장고도 제자리를 찾지 못해 이리 치이고 저리 치이다가 결국에는 고물상으로 실려 간다. 큰 집에서 쓰던 모든 세간살이가 작은 집과 어울리지 못한다. 화려했던 커튼도 쓸모가 없어지고 거실을 차지하고 있던 소파도 자리를 찾지 못해 지하 창고로 향한다. 큰 집에서 쓰던 온갖 것들이 다 쓸모가 없어서 집 밖으로 나간다. 또 큰 집에서 살다 작은 집으로 이사 오는 경우는 아이들이 결혼해서 독립하고 부부만 사는 경우는 큰 집이 부담스러워 작은 집으로 옮기는 경우이지만 대부분 경제적으로 사정이 안 좋아져 살던 집을 팔거나 경매로 넘어가 이사 오는 경우가 대부분이라 이사하는 사람들의 표정도 어둡고 침울하다.

우리도 태평동아파트에서 임대아파트 작은 집으로 이사 오며 많은 것을 버려야 했다. 어머니가 40년 전에 시집올 때 해온 비단 옷들도 다 버렸다. 김장할 때마다 쓰는 큰 대야도 여러 개 버렸다. 그 외 온갖 잡동사니가 다 버려졌다. 그럴 때마다 엄마는 울음을 터트렸다. 심지어는 내가 쓰레기봉투만 들고 나가도 그것을 빼앗아 풀어헤치고 살펴보는

지경에 이르렀다. 엄마가 얼마나 스트레스가 심했으면 하루에 한번 씩 동네 쓰레기통 근처를 배회하시는 것이었다. 가슴이 아프지만 어쩔 수 없었다. 13평 영구임대아파트는 그만큼 비좁고 무엇을 수납한다는 건 사치였다. 그래도 대학에 다닐 때 보다는 너무 좋은 주거환경이었다.

내가 대학에 입학하기 위해 마산을 떠나 대전에 올라와서부터 그야 말로 드난살이의 연속이었다. 1년을 채우지 못하고 이사를 하는 일이 잦아졌다. 대학교 다닐 때는 사글세방을 전전했고, 졸업을 하고도 좀처럼 주거환경이 나이지지 않았다.

학교 다닐 때는 방 얻을 돈이 없어서 친구 집에 한 학기동안 얹혀 살았다. 방세도 내지 않고 먹는 것도 얻어먹으면서 사는 건 참으로 슬픈 일이었다. 그 작은 방에 빈부의 차가 엄연했고, 돈을 낼 수 없으니 몸으로 때워야 했다. 나중에는 내가 친구가 아니라 몸종이 된 듯했다.

멀쩡하게 다니던 직장을 관두고 대학을 가겠다고 나설 때부터 이 어려움은 예견된 일이었다. 소설가가 되고 싶었다. 학교 선생님을 하면서 소설을 써보고 싶었다. 그때까지 어디 백일장이라도 나가서 상을 한 번도 받아보지 못했지만, 책을 읽는 게 좋았다. 5년 넘게 다니던 회사를 호기롭게 그만두고 퇴직금을 받아서 대전에 와 방을 하나 얻고, 입시학원에 등록해 1년을 다니니 대학에 합격했다. 다시 1년 치 사글세방을 얻고 등록금을 내니 5년 일한 퇴직금이 다 사라졌다.

그때부터 내 인생은 슬펐다. 엄마는 용돈이라는 걸 인정하지 않았다. 평생 용돈이라는 개념조차 모르고 사신 게 확실하다. 자취를 하는 데 쌀과 김치, 김과 오징어포만 있으면 되었다. 먹고 살면 되는 거지 용돈이 뭔 용돈이 필요하다냐. 배부른 소리 하고 있네.

대학교에 입학해서 살던 자취방은 1년에 40만 원 정도 했는데 방음이 안 됐다. 대학생 10명 정도가 사는 그 집은 특히 방음이 안 됐다. 과가 제 각각인데 거의 남학생들이었고, 내 옆방만 3학년 여학생이 살았다. 여자 친구라도 데리고 와서 자거나 놀다 갈라치면 방음이 안 돼서 여간 신경이 쓰이는 것이 아니었다. 옆방에서 라디오만 틀어도 공부에 방해가 될 정도였으니 오죽했으랴. 여동생하고 살던 나는 여학생을 데려 오려면 여동생에게 어디서 가서 자고 오라고 했다. 그러면 눈치를 챘는지 얼마나 투덜거리는지 모른다. 그러거나 말거나 혈기왕성한 남자가 그것도 28살이나 먹은 남학생이 여학생 한번 자취방으로 데려오지 못한데서야 말이 되나.

술 한잔 먹고 여자 친구와 오는 날은 방음이 안 된다는 것을 잊어버리고 애정행각을 벌이다가 그 집 전체에서 아는 경우도 있었다. 저쪽 끝에 미술교육학과에 다니는 학생은 매일매일 자기 애인을 데려와 동거하다시피 했는데 졸업반이었고, 졸업하면 바로 결혼을 한다는 그 학생은 하루가 멀다 하고 애인을 데리고 왔는데, 하필 그 옆방엔 소아마비를 앓은 1학년 학생이 살고 있었다. 그 학생은 자기는 모태솔로라며 괴로움을 토로했지만 웃음으로 지나갈 수밖에 없었다.

그 집 여주인이 활달하고 붙임성이 좋아 10명이나 되는 자취생들을 잘 관리했다. 그 집 거실의 냉장고에는 항상 피트 병에 인스턴트커피가 몇 병씩 타서 저장되어 있었다. 누구나 먹을 수 있는 건 아니었지만 가끔 눈치를 봐서 한잔 따라 마시면 여름날 그것처럼 달고 시원할 수가 없었다. 그 집에서는 1년을 살고 방음이 잘 되는 다른 집으로 이사했다. 졸업할 때까지 살고 있는 그 소아마비 친구가 있어서 가끔 들러보면 여전히 저녁을 먹고 나면 남녀학생이 둘러앉아 기타반주에 맞춰 신나게 노래를 부르고 11시가 되면 라디오를 크게 틀어 이문세의 〈별밤〉을 듣고 각자 잠자리에 들곤 했다. 그래도 대학생활 동안 가장 추억이 많은 방이었다.

대학 2학년 1학기를 마치고 여름방학이 되었는데 다음 학기 등록금이 걱정되기 시작했다. 지난 학기 등록금도 엄마가 동네 잘 사는 집에 사정을 해서 돈을 빌려 왔었다. 돈을 빌리러 가니 처음에는 없다고 확 잡아떼더니 내 등록금이 없어서 그런다고 하니 빌려 주더란다. 등록기간이 다 되었는데 등록금을 마련하지 못한 나는 휴학계를 써서 내려고 하는데 자취방으로 전화가 왔다. 여동생이 빨리 집으로 오라고 해서 가니 등록금을 주면서 학비를 내라고 한다. 그래서 한 학기를 더 다닐 수 있었는데 나중에 알게 된 돈의 출처가 기가 막혔다.

하루는 매제가 퇴근해서 들어오더니 여동생더러 결혼반지와 아이들 돌 반지를 다 내놓으라고 하더란다. 무슨 일인데 그걸 달라고 하니 알 거 없다고 달라고 해서 주었더니 돌아와서는 돈을 주면서 오빠 가져다주라고 하더란다. 그렇게 해서 마련된 등록금이었다. 그 등록금을 내고 학교에 다닌 결과가 학사경고였다.

다음 학기는 어떻게 할 수가 없어서 휴학을 했다. 그리고는 매제가 통신회사에서 하청으로 받은 대천현장의 총무로 일을 시작했다. 새벽 6시에 일어나서 시작되는 그 일과는 밤 12시가 되어도 끝나지 않는 경우가 허다했다. 도급제로 일하는 사람들이 일을 무섭게 했다.

전화선로를 매설하는 작업인데, 도급제이기 때문에 하루에 할당된 일을 다 해야 일당을 받고 조금이라도 더 해야 돈이 붙었다. 새벽부터 밤까지 일을 하니 총무인 나도 그 패턴에 맞출 수밖에 없었다. 내가 일을 시작한지 얼마 지나지 않아 엄마가 공사장 함바를 맡아 일을 시작했다.

다른 공사장의 구내식당은 독립채산제로 운영이 되어 함바를 잘만 하면 1년에 몇천만 원도 버는 알짜배기 사업이라는데, 엄마는 그저 최저임금만 받는 종업원이었다. 그러면서도 시장을 다 보고 일하는 아줌마들을 채용하고, 독립채산제보다 더 많은 일을 했다. 사위가 하는 공사에 엄마는 식당 종업원으로 매달리고, 나는 총무로 노무와 돈을 관리하면서 방 하나를 얻어 같은 방을 쓰면서 1년을 살아 냈다.

방 하나를 엄마와 같이 쓴다는 건 여간만 불편한 것이 아니었다. 옷 갈아입기도 불편하고, 잠자리도 그렇게 불편할 수가 없었다. 여동생도 대전에 있는 집을 비워두고 아이 둘을 데리고 매제가 일하는 공사장 현장사무실 근처에 문간방 하나를 얻어 공사장 언저리에서 살기 시작했다. 그야말로 온 식구가 그 공사에 매달리는 형국이었다. 그렇게

6개월이 지나 공사가 다 마무리 될 무렵 태풍 매미가 공사장을 아수라장으로 만들었다.

공사를 거의 다 끝나가는 데 그야말로 물 폭탄이 떨어졌다. 사람의 힘으로 어쩔 수 없는 환란이었다. 공사장에 쌓아놓은 자재는 다 떠내려갔고, 전화선이 들어가야 할 땅을 파고 뚫어 놓은 맨홀은 산에서 내려온 나뭇가지와 온갖 생활쓰레기로 다 막혀버렸다.

그런데 다행이다 못해 행운인 것은 거의 공사가 끝난 상황에서 수해를 당해, 지금까지 한 공사비는 공사비대로 다 받고 수해로 쓸려나간 공사를 다시 수주해서 일을 하게 되었다. 그러니 거기서 매제는 엄청난 돈을 벌었다.

그도 그럴 것이 현장 사무실과 함바는 그대로 쓸 수 있었고, 기존에 인부들과 장비도 바로 공사에 투입할 수 있어서 비용은 반으로 줄었는데, 수익은 전에 공사금액과 똑같으니 그야말로 노가 났다. 공사도 한 번 해 본 일이기 때문에 인부들도 일이 손에 익어 전에 보다 곱절은 공사 진척이 빨랐다. 그러니 공기는 짧아지고, 일의 속도는 더 빨라지니 그야말로 파죽지세였다. 그 공사를 마치고 매제는 하청을 주었던 본사를 인수해 버렸다. 그런데 나는 1년을 일했는데도 한 학기 등록금에서 2만 원이 부족해 등록을 못하고 제적을 당했다.

1년여 간의 공사가 끝나고 현장이 철수하는데 엄마와 나는 갈 곳이 없었다. 그 점을 딱하게 여겼는지 아니면 공사에서 이익이 많이 남아서인지 매제가 타던 픽업트럭을 나에게 넘겨주고 돈 200만 원을 주어서 전세를 얻으러 다녔다. 그 돈으로는 쓸 만한 전세방을 얻기는 애 저녁에 글렀다. 돈이 좀 부족했다. 부엌 하나에 방하나 있는 원룸도 300만 원이 더 들었다. 그렇다고 돈을 더 달라고 하기는 염치가 없어서 그만 그 돈으로 용두동에 방 같지 않은 방을 하나 얻었다.

나는 어릴 때부터 따뜻한 방에 대한 로망이 있었다. 아버지는 옷 장사를 했고 돈이 제법 있었는지 시골에 살면서 나무를 사 땠다. 농사를 조금 짓거나 하는 사람들은 겨울이면 산에 가서 나무를 하는 게 일이었는데, 우리 집은 헛간 가득 질 좋은 소나무가지를 쳐서 말린 솔가지를 사서 겨우내 땠다. 그 나무는 일반 억새풀을 베서 말린 나무보다 불땀이 좋고 화력이 좋았다. 불을 때고 나면 적당히 숯이 생겨 된장찌개나 생선을 굽기에도 적당했다. 그 불땀 좋은 땔감도 돈을 주고 사와서 그런지 마음 놓고 땔 수가 없어서인지, 우리 집은 항상 추웠다. 홑집이라서 그런지 웃풍이 세서 손이 곱았다. 친구네 집에 놀러 가면 아버지가 해온 나무를 양껏 때서 안방과 건넌방까지 펄펄 끓어서 앉을 수가 없었는데 말이다. 그러면 공기까지 따뜻해서 손이 시려 운건 고사하고 입고 간 옷까지 벗게 만들었다. 어렸을 때도 추위에 떨지는 않았지만 집안이 그렇게 따뜻했던 기억은 없다.

300만 원이나 400만 원은 줘야 집다운 집을 얻는데 200만 원을 가지고 방을 얻으려니 참으로 난감했다. 사글세방이나 하나 얻고 휴학한 대학이나 다녔으면 좋으련만 그것도 눈치가 보였다. 공부도 못해서 학사경고나 맞는 주제에 대학 다닌다고 하기에도 민망하고, 돈 200만 원을 들고 이 생각 저 생각 아무리 생각을 해도 방을 하나 구해 우선 엄마와 내가 몸을 누일 방이라도 있어야겠다는 결론이었다. 그래서 어렵게 얻은 그 방은 돈 200만 원 값을 톡톡히 했다. 그 방은 방만 있고, 나머지 사는데 필요한 요소들이 완전히 결여된 방이었다. 그도 그럴 것이, 애초에 방으로 만들어진 것이 아니어서 구들도 없었다. 부엌도 없으니 어디 아궁이나 있겠는가. 차디찬 시멘트 바닥에 장판만 깔려있는 꼴이라니. 추워서 손이 얼었고 발이 시려서 까치발을 집고 다녔다. 이불이나 요를 있는 대로 다 깔고 그 위에 텐트를 쳤다. 텐트를 치고 그 안에 스탠드를 달아매었다. 그나마 안온한 실내가 만들어졌다.

그렇게 시작한 그 집 생활도 1년을 견디지 못했다. 도저히 살 수가 없었다. 엄마는 그 집에 살 수가 없어서 매제 집에 아이들을 봐주며 얹혀살았다. 엄마가 가끔 와서 밥을 해 주시는데 여간만 불편한 것이 아니었다. 왜냐하면 밥을 하려면 수돗물은 없어도 개수대는 있어야 하는데 그것도 없으니, 수돗물을 떠오고 더러워진 물을 버리러 화장실을 들랑거려야 했다. 여간 불편한 것이 아니었다. 화장실은 1층에 있지 방은 2층이지. 참으로 죽을 맛이었다.

거기서 살다가 같은 돈으로 이사한 곳이 오류동 단칸방이었다. 그 집은 연탄을 넣는 아궁이가 있을 뿐 다른 것은 전에 살던 집과 다를 바 없었다. 어머님이 오셔서 밥을 해 줄라치면 주인 눈치를 여간만 봐야 하는 게 아니었다. 그 집 주인 여자는 나 아닌 다른 사람이 오는 것을 극도로 꺼렸다. 그러니 어머니는 초인종 누르는 게 무섭다며 잘 오시지 않으려 했으나 아들이 굶는다는 생각을 하면 안 올 수도 없다 했다.

40살이 다 된 대학생이 졸업하고 갈 데가 없었다. 27살에 들어간 대학을 10년이 넘어 졸업했다. 이유는 단 한 가지 돈이 없어서였다. 돈이 없어서 휴학하고 1년이 지나면 복학해야 하는데 돈이 없어 복학을 못하면 또 다시 휴학은 안 되고 제적을 당했다. 돈이 없어 제적을 당하고 어찌어찌 구제가 되어 다시 한 학기를 다니고 돈이 없어 또 휴학하고 1년이 지나 제적이 되고 하다 보니 입학한지 10년이 훨씬 지나 있었다.

그래도 졸업장은 있어서 글짓기 논술학원에 원서를 냈지만 떨어졌다. 그래서 아파트 상가에다 책 대여점을 차렸다. 그렇게 10개정도의 책 대여점을 차려서 팔고 하면서 생계를 유지했다. 그 사이에 아이들이 태어나고 커서 학교에 다니게 되었다.

그때는 내가 오늘 이사 가는 아파트에서 그렇게 오래 살줄 몰랐다. 그 집에서 살기 시작한 지 얼마 지나지 않아 여자가 들어왔다. 그 여자는 나하고 5년쯤 연애한 여자다. 어느 날 외출했다 돌아오니 그 여자가 이사 온 그 집에 있었다. 너 여기 왠일이냐고 묻는 나에게 그 여자는 말했다. 어머님이 들어오라고 해서 짐 싸들고 왔다고. 그 날부터 살기 시작해서 25년째 살고 있다. 그 여자가 아이 둘을 낳아 키웠다. 지금 그 아이가 대학교 3학년이고, 아들은 고3이다. 이 집에서 앞으로 얼마나 더 살지는 모르나 아주 오래 살 것 같다.

처음 이 집에 이사 올 때는 이렇게 오래 살 줄은 꿈에도 몰랐다. 내가 이 집에서 사는 동안 내 집이 아니라고 느끼는 순간은 1년에 두 번 정도 있다. 7월에 재산세가 나오는 달인데 우리 집 우편함에만 재산세 고지서가 없었다. 재산세 고지서는 집주인의 주소지로 간다. 그리고 가끔 아주 가끔 몇 년에 한 번씩 은행직원이 찾아와 집주인이 대출을 받으려고 하는데 무상거주 확인서에 사인을 해달라고 찾아오는 때 말고는 내 집이 아니라고 생각해 본 적이 없을 만큼 간섭이 없었다. 심지어는 형제간에 만나는 날에도 30년 가까이 공치사 한번 한 적이 없다. 감사하다는 말로는 설명이 안 되는 지난 세월이었다. 거기다가 매제의 사업이 어렵거나 하면 팔아서 쓰거나 부도가 나서 경매에 넘어간다거나 한 일도 한 번 없었다.

그런데도 집으로 큰돈이 들어가면 어김없이 엄마를 통해서 돈이 왔다. 30년 전 처음 입주할 땐 중앙난방이고 기름보일러여서 관리비가 꽤 많이 나왔다. 그런데 언제부터인가 도시 난방이 기름보일러에서 지역난방으로 바뀌면서 개인난방으로 바뀌었다. 지역난방으로 바뀌고 좋은 점은 개별난방이라는 점과 난방비가 기름보일러보다 훨씬 저렴하다는 것이다.

지역난방에서 개별난방으로 바꾸는 공사를 하면서 자주 멈춰서는 엘리베이터도 새로 교체했다. 오래된 아파트라서 그런지 수돗물에서 녹물이 섞여 나오는 경우도 있어서 공사를 하는 김에 상수도 관 교체도 하느라 가구 당 몇백만 원의 부담금을 내라는 고지서가 왔다. 일정한 수입도 없이 취업준비생도 아니고 소설을 쓴다고 날마다 밤을 새우고 낮에 자는 생활을 하는 내게 돈이 있을 리 없었다. 그 때마다 엄마를 통해서 여동생에게서 돈이 왔다. 심지어는 싱크대가 낡아서 새 것으로 교환할 때도 어김없이 돈이 왔다.

집주인 매제에게도 도움이 되는 일은 있다. 6,000만 원에 산 집값이 30년이 몇 년이 지난 지금 무려 10배 가까이 올라 6억 원 정도에 거래되니 말이다.

집은 팔지 않고 그냥 놔두기만 하면 돈이 끝없이 솟아나오는 화수분 같다. 30년의 세월이 빚어낸 무엇과 같다. 무엇을 사 놓더라도 이렇게 불어나는 것은 없을 것이다. 주식도 그 시절에 있던 회사 중에 지금 남아있어서 이익을 내는 회사가 몇 개나 될 것인가. 삼성전자정도가 남았고, 이익을 창출하는 대표적인 회사다.

부동산은 사서 오래 가지고 있어야 한다. 돈 몇천만 원 올랐다고 팔고 하면 큰돈을 못 만진다. 주식 격언에 우량주를 사 놓고 한동안 잊어버리라는 말이 있다. 부동산도 마찬가지다. 그저 잊어버리기만 하면 되는 것이다. 그게 어려워서 그러지.

매제는 전기통신분야에서 일생을 보낸 엔지니어이자 사업에도 탁월한 소질을 가진 입지전적 인물이다. 고등학교를 졸업하고 아버지의 농사를 돕다가 대전으로 올라와 직업훈련소에 입소해서 전화기 수리하는 일을 배웠다. 그러다가 통신선로를 매설하거나 전기 상대에 올라서

서 전화를 가설하고 설치하는 일을 했다.

그러다가 통신회사에서 하청을 받아 전화선 매설을 주도하거나 전선을 매달다가 돈을 만지기 시작해서 하청을 주던 본사를 인수해버렸다.

그 인수자금이 된 대천의 전화광역화작업을 하청받아 공사를 했는데 완공되는 시점에서 수해가 닥쳐 공사한 것이 다 떠내려갔고, 똑같은 곳에 똑같은 금액으로 또 다시 공사를 하면서 돈을 벌었다. 몸담고 있던 통신회사 사장이 연로해서 회사를 팔려고, 하는데 마침 매제가 인수하게 되었다. 실로 천우신조가 아닌가. 통신회사를 인수해서 회사를 키웠고, 테크노벨리에 사옥도 크게 지어서 오늘에 이르게 된 것이다.

통신회사 사주로써도 승승장구 한국 전기통신협회 대전지부장이 되더니 어느새 전국 통신협회장이 되었다.

대천에서 공사를 하청받아 일할 때 처갓집 덕을 보았다. 엄마는 함바를 맡아서 훌륭히 일을 해냈고, 나는 총무를 맡아 일을 했다. 대학등록금이 없어 휴학하고 내려와 방을 하나 얻어 함바를 운영하는 엄마와 잠을 자며 새벽에 일어나 일을 했었다. 그런데 월급이 작아 1년을 일했는데 등록금 50만 원이 안됐다. 엄마는 엄마대로 새벽 5시부터 밤 12시까지 일했다. 여동생은 대전 집을 비워두고 대천에 방을 하나 얻어 아들 둘을 키우며 남편을 충실히 도왔다. 그 대천 일을 계기로 매제는 하는 일에 날개를 달았다. 대흥동 낡은 2층 비좁은 사무실을 떠나 갈마동에 4층짜리 건물을 경매로 사서 사무실을 옮겼고, 거기서 또 다시 탑립동 테크노밸리에 땅 1천 평을 불하받아 사옥을 지어 이사를 했다. 그것도 모자라 시가 40억 원짜리 7층 건물을 사 7층에는 자기들이 살면서 상가와 방은 월세가 2,000만 원이 넘는 건물주가 되었다.

매제도 학력콤플렉스를 극복하기 위해 노력했다. 대입 검정고시를 쳐 대덕대에 입학해서 졸업을 했다. 인간 승리다. 정보통신 협회 홈페이지에 들어가 보면 여당 국회위원들과 악수하며 찍은 사진이 즐비하다. 협회에서 운영하는 대학교 이사장으로도 등재되어 있다. 총장인선에 재단이사장으로 주도적으로 참여해 총장후보를 정하는데도 절대적인 영향력을 행사한다.

대전 바르게살기 운동본부 회장도 맡고 있다. 탑립동에 있는 본사건물도 땅 1천 평이나 3500㎡되는 알짜배기 부동산으로 자리매김했지만, 탑립동 시대를 마무리하고 대전 둔곡지구에 2,300평 대지를 마련해서 옮겨갈 예정이라고 한다. 점점 회사는 번창하고 돈은 많아지고 참으로 자랑스러운 일이다. 쓰다 보니 뭐가 되겠네. 자서전을 쓸까 보다.

공주에 헌 집을 사서 사옥 겸 창고로 사용하다 지금은 주말주택으로 사용하고 있다.

금산에 산 산은 투자용이었다. 그것도 이익을 많이 남겼다.

매제가 살던 아파트는 부자가 되었다는 소문 덕에 아는 사람이 시세보다 비싸게 사주었다.

매제는 부동산의 귀재다. 매제는 부동산을 필요해서 산다. 사는 집

빼고 최초로 산 부동산이 4층짜리 상가건물이다. 회사 규모가 커지고 사업이 팽창하면서 일정규모 이상의 입찰에 참여하려면 사옥이 있어야 한다는 규정 때문에 건물을 사러 다녔다.

늘 그렇듯이 가진 돈은 적고 마음에 드는 건물은 값이 비싸다. 4층짜리 건물은 애초에 건물이 조그맣게 있다가 건축업자와 땅 주인이 이해가 맞아 건물을 지어 반씩 소유권 등기가 된 공유건물이었다. 단독건물이 아닌 공유건물은 사람들이 꺼리는 경우가 많다. 가장 많이 말하는 것이 관리의 어려움이다. 페인트 칠 하나를 하더라도 마음이 맞아야 할 수 있다는 것이다. 그뿐만 아니라 전기세도 나누어야 되고 재산세도 나누어 내야 하고 관리업체 채용도 마음이 맞아야 한다.

매제는 이런 어려움에도 불구하고 과감히 경매에 입찰하여 당당히 낙찰받아 회사를 옮겼다. 그리고는 매제의 회사는 승승장구 사세가 날로 확장되었다. 건물을 담보로 한 대출금으로 경매 잔금을 치를 수 있을 정도로 싸게 낙찰받아 지상 4층과 지하만 사무실로 쓰고 나머지는 세를 주었다. 월세 수입으로 이자를 내고도 남으니 사무실은 공짜로 쓰는 셈이었다.

거기서 4년 정도 있다가 또 다시 좋은 기회가 왔다. 유성 동쪽에 새로 개발된 테크노밸리라는 이름의 공단과 아파트가 들어선다는 말이 돌았다. 대전시에 알아보니 첨단산업단지를 표방하는 테크노밸리는 통신회사 같은 혁신적인 회사에 많은 지원을 해 준다는 것이다. 그때 휴대폰이 나와 세상을 바꾸고 있는 시기에 통신 기지국 공사를 하는 매제 회사는 매출이나 사세확장에서 날개를 달고 있었다.

탑립동에 땅 1,100평을 불하받아 건물을 짓고 회사를 옮겼다. 땅을 계약하는데도 조건이 너무 좋았다. 땅값의 3분의 1은 대전시가 지원해 주고, 3분의 1은 공단을 조성하는 회사에서 부담하고 입주하는 업체는 3분의 1만 부담하는 조건으로 토지를 매입하고 그걸 담보로 대출을 받아 건물을 지어 이사했다.

충청남도 전화국에서 발주하는 일을 하기 위해 충남 부여에 논을 샀다. 도로변에 있는 논을 싼 값에 넉넉히 사들여 사옥을 짓기 위해 형질 변경을 하고 사옥을 지었다. 매제가 하는 일의 특성상 사옥보다 건설 자재를 쌓아 놓기 위한 야적장과 각종 부품을 수납하기 위한 창고가 더 많이 필요했다.

매제가 회사를 인수하고 일을 시작할 때에는 전화 광역화 사업이 한창일 때라 전봇대를 세우는 일이 많았지만, 세월이 지나면서 환경이나 미관상 이유로 전기나 전화선이 땅속으로 들어가게 되었고, 전봇대를 세우는 일보다 도시에 도로를 파헤치고 공사를 하는 관로매설작업이 주를 이루었다. 지금은 세월이 전봇대도 아니고 관로도 묻지 않고 휴대폰 중계기를 설치하는 일이 주가 되었다. 인터넷이 폭발적으로 발전하면서 그에 따른 공사도 하게 되었다.

세월이 흐름에 따라 부여에 있는 사옥과 창고와 야적장도 필요가 없어졌다. 필요 없어진 부여 땅을 팔아 막대한 시세차익을 남겼다.

강원도 고성. 대구에도 사무실이 있고, 광주 서구에도 있고, 전국 각지에 사무실이 있는데 이런 곳에 있는 사무실과 창고도 임대를 하지 않고 매매를 해서 사업을 하고 있다. 나중에 쓸모없어지면 모두 팔아서 차익을 남기고 팔면 되니까 말이다.

만약 지금 살고 있는 집을 내 이름으로 등기를 했다든가, 엄마 이름으로 했다면 벌써 팔아먹었을 것이다. 대출을 많이 받아서 썼던가. 왜냐하면 이 집에서 산 지난 30년 동안 돈이 필요해서 미치기 1보 직전이었던 적이 한두 번이 아니었으니까. 그 때마다 손쉬운 것이 대출을 받거나 집을 팔아 쓰는 일이 얼마나 쉬웠겠는가. 내 성격상 열 번도 더 그랬을 것이다. 너무너무 불을 보듯 뻔하다. 그리고는 또 집이 없어서 떠돌거나 누구네 집 문간방에 세 들어 살았을 것이다.

물론 내 집이 아닌 것이 슬프기는 하지만 다르게 생각하면 내 집이 아니라서 이 집에서 30년 가까이 아이들 키우고 각시와 오순도순 살았는지도 모른다. 다시는 집이 없어서 헤매지 않아도 되는 안정적인 삶을 영위하지 않았나 싶다. 방이 없어서 느끼던 모멸과 인간성이 파괴되던 시절은 이제 다시는 오지 말았으면 좋겠다. 아 생각만 해도 끔찍한 그 기억을 다시는 하고 싶지 않다. 그러나 매제가 이 집에서 나가시오. 한마디면 그날로 난국이다. 그런 날이 오기 전에 집을 한 칸 마련해야할텐데. 주식을 해도 돈을 잃고, 각시가 벌어오는 돈과 내 연금으로 아이들 학교 보내며 겨우 사는 처지에 몇 억이나 하는 집을 마련하는 건 요원한 일이다. 매제의 사업이 나락으로 떨어지지 않고 매 순간 잘 되기를 기원한다. 진심으로. 진정으로.

매제는 사업수완뿐만 아니라 리더십도 있었다. 하루가 다르게 신기술이 나오고 빠르게 발전하는 정보통신업계에서 살아남기도 힘든데 오히려 승승장구하고 있으니 말이다. 우리가 알고 있는 수동식 전화기가 집집마다 있게 된 게 불과 40년 전인데 이제는 5,000만 인구가 거의 다 휴대폰을 들고 다니는 시대가 되었다. 그 사이에 얼마나 많은 기술적 진보가 있었던가. 수많은 시행착오와 기술적 성취가 있는지 헤아릴 수 없을 지경이다.

내가 부동산 중개업을 하면서 매제 소유의 금산 산을 팔 때도, 부여 땅과 건물을 팔 때도, 거리에 프랑 카드를 내 걸었었다. 부동산 거래할 때 흔히 쓰는 방법이 주변에 있는 공인중개사사무실에 물건을 내놓거나 생활정보지에 광고를 낸다. 좀 더 진화한 방법이 네이버나 다음에 광고를 내는 방법이 있다.

요즘엔 각종 부동산 앱에 광고를 하기도 한다. 그러나 읍면지역에 있는 땅을 팔거나 할 때는 땅 주변에 도로를 가로질러 가로수에 거는 플래카드가 효과적일 때가 있다. 광고 가격도 네이버나 생활정보지 광고료보다 저렴하고 효과는 만점이다. 광고문구도 그리 어렵지 않다. 땅 몇 평 팝니다. 눈에 띄게 빨강색으로 크게 쓰고, 검은색으로 전화번호만 더 크게 적으면 된다.

차를 타고 가거나, 걸어 가다가 광고를 보면 땅이 필요하거나 땅이 필요 없다고 하더라도 누구네 땅이, 어디에 있는 땅이 얼마에 나왔는지 궁금해서 전화를 하거나 문자를 보내는 사람도 있다. 그런 사람들이 나중에 땅을 사려는 사람을 데려오는 경우가 더러 있다. 그러니 아무에게 전화가 오더라도 그냥 흘려보내서는 안 된다. 정성을 다해 상담을 하다 보면 멀지 않아 매수자가 나타난다.

그런데 땅을 사려고 거리에 플래카드를 걸은 적은 없었다. 필요한 땅을 사려면 여기저기 많이 다녀보고 해야 하는데 그 때는 부동산 사무실에 알아보는 것이 가장 쉽다. 팔려고 나온 물건 중에 적당한 것을 그냥 사면 된다. 땅을 살 때는 자기 용도에 맞게 그냥 사면 된다. 누구네 땅이 중요한 건 아니다. 땅을 팔려고 내놓으면 땅이 필요한 누군가는 전화가 온다.

간혹 그 동네 부동산에서 전화가 오는 때도 있지만 별로 문제가 되지 않는다. 매수자를 데려오면 매수자에게 수수료를 받으라하고, 나는 매도인에게 수수료를 받으면 되니까. 매제의 땅과 건물을 그런 방법으로 여러 번 팔았다. 광고료도 적게 들고, 전화번호도 땅 주인 전화번호가 아니라 내 전화번호를 남겨 놓기 때문에 중개를 하는데 하등 지장이 없다. 읍면에 있는 땅을 파는 데는 그것보다 효율적인 광고 방법을 나는 알지 못한다.

매제는 자기 부동산을 팔면서 땅이나 건물 값을 고집하지 않는다. 어떤 사람들은 받을 금액을 정하고 그 이하로는 팔려고 하지 않는다.

그런 사람들이 제일 거래하기 곤란한 경우다. 팔려는 금액을 매도자가 제시하면 살려는 사람들은 조금이라도 싸게 살려고 한다. 즉 조금이라도 깎으려고 한다. 몇 억짜리 건물이나 땅을 팔려는 사람이 단 돈 1,000만 원도 안 깎아 주고 그 돈을 채워 줘, 하는 사람이 있다.

요지부동이다. 그러면 거래가 안 된다. 적당한 선에서 절충이 필요한데 자기고집만 세우면 거래는 어렵다. 1년이 가도 안 팔려 그 다음에 팔려면 1,000만 원보다 훨씬 많이 손해 보고 파는 경우를 종종 본다. 땅이든 건물이든 임자가 있다. 임자는 자주 나타나는 게 아니다. 이상하게 그 사람을 놓치면 몇 년이 지나도 안 팔리는 경우가 있다. 적당한 값이면 팔아야 한다.

그런데 매제는 그걸 잘 안다. 살려고 하는 사람이 나타나서 내가 전화를 하면 값을 고집하는 경우를 못 봤다. 그래서 거래하기가 쉽다. 돈이 필요해서 그러는지는 몰라도 1-2천 가지고 고집을 피우지 않는다. 내가 항상 하는 말이, 말이 통해야 부동산 거래도 되는 거라고 항상 뇌까리는 이유다.

부동산 거래에 있어서 대략 다섯 가지 정도를 보는데 첫째는 뭐니 뭐니 해도 가격이다. 아무리 강조해도 중요하다. 가격이 맞아야 거래를 한다. 한 쪽이 고집하면 말짱 도루묵이다. 두 번째가 용도에 맞아야 한다. 땅이든 건물이든 자기가 필요한 용도가 있다. 전원주택을 지으려는 사람에게는 집을 지을 수 있는 땅을 소개해야 한다. 세 번째는 모든 부동산은 방향이 중요하다. 집은 남향이어야 하고 땅은 길에 닿아야 한다. 네 번째는 아파트는 층이 중요하다. 노인들은 1층을 선호하지만 다 그런 것은 아니다. 햇빛을 중요하게 생각하는 사람에게 저층 소개할 수는 없다. 마찬가지로 통풍이나 빨래 말리기는 로열층이 좋다.

매제는 잠깐 정보통신 일을 접고 다른 일을 하고자 자본을 투자해서 회사를 설립한 적이 있었다. 인천에 아남전자에서 하청받아 컴퓨터 파워서플라이를 조립하는 소규모 가내수공업을 하는 공장이었다.

통신회사 전 사주의 사위와 같이 차린 그 회사는 얼마 못가 문을 닫았다. 여동생이 연년생 아이 둘을 키우는데 매제는 현장에 나가 있어서 출장이 잦았고, 지방에서 공사가 진행되는 관계로 집에 들어오지 못하는 날이 많아 부부사이가 원만하지 못했던 모양이다. 그래서 생각해 낸 것이 공장을 하나 차리는 것이었으나 별로 재미를 보지 못했다.

나는 또 거기까지 가서 총무일과 노무를 담당하고 돈을 관리했다. 파워서플라이에 핀을 끼우고 조립하는 일을 아주머니 직원 10명 정도가 일을 했다. 그 사람들을 관리하고 차를 끌고 동네에 가서 일을 주고 일을 다 하면 걷어 와서 아남전자에 납품하는 일까지 했다. 품질관리도 했지만 주된 일은 노무와 돈 관리였다. 하지만 하도 영세하고 적은 매출이라 관리라고 할 것도 없었다. 그러다가 그것도 아남전자에서 나오는 물량이 줄어들면서 종업원들을 내보내고 몇 명이 일을 하다가 그나마 일이 없어 파산하고 말았다. 물론 매제의 부푼 꿈은 물거품이 되었고 본업인 통신업에 매진하는 계기가 되었다.

여동생이 이사 갈 때마다 이삿짐 중 아이들이 커가면서 필요 없어진 장난감이나 키 작은 책상들이 우리 집으로 실려 오곤 했다. 가전제품도 많이 온다. 구식 김치냉장고, 오래된 텔레비전, 철 지난 에어컨, 심지어는 프라이팬, 냄비, 솥단지들까지 온갖 잡동사니들이 다 딸려 온다. 아이들이 쓰던 책상과 걸상, 책꽂이까지 온갖 생활용품들이 우리 집에 와서 자리를 잡는다. 어머님은 옛날 사람이라 버려지는 것이 아까워 당신이 가져가겠다고 말을 하면 누이는 용달차에 실어 보내면서 화물차비용까지 알뜰히 챙겨준다. 여동생 집 아이들이 외할머니 생일이라고 우리 집에 오면 어리둥절할 것이다. 예전에 자기들이 쓰던 책걸상뿐 아니라 낯익은 가전제품까지 온갖 생활용품이 우리 집에 있으니 어리둥절할 밖에 없었을 것이다.

여동생이 31평 아파트에 살다 더 큰 아파트를 구해 이사할 때는 커튼이나 가스레인지까지 우리 집으로 왔다. 그런데 참 중요한 것은 모든 가구나 생활용품 가전제품들이 우리나라에서 만드는 물건 중에 최고의 브랜드 제품들이라는 것이다. 책상이나 책꽂이도 까사미아 제품이고 가전제품도 삼성이나 엘지 제품이었다. 주방용품은 휘슬러나 독일제 냄비 프라이팬 등 고급제품이라 그런지 여동생이 쓰던 중고품이지만 새 제품이나 다를 바 없는 물건들이라는 것이다. 우리 집이 여동생의 쓰레기 하치장이냐고 볼멘소리를 하지만 들여놓으면 생활에 요긴하게 쓰이는 것들이라 별 불편 없이 사용하곤 했다. 내 와이프도 물건들을 살펴보며 하는 말이 광고에서나 보던 물건들이 들어온다고 좋아하니 할 말이 없었다.

  내 인생에서 가장 커다란 빚을 진 상대가 매제이다. 부모보다도 더 많은 신세를 졌다. 매제가 아니었으면 지금의 우리 가정은 없었으리라. 먹고사는 게 어려워서 장가도 가지 못했을 테고 아이들도 없었을 것이다. 지금도 월세를 놓으면 1달에 월세를 100만 원도 넘게 받는 아파트를 공짜로 살고 있으니 설명이 필요 없다. 고맙다. 또 고맙다.

계륵

1.

　재계약은 월 200만 원으로 합시다. 집주인 김 씨 말에 세입자 이 씨는 귀를 의심했다. 원래 월세는 110만 원이었다.

- 아니 무슨 월세를 한 번에 두 배 가까이로 올린다니 이게 말이 됩니까.

집주인이 불만이 가득한 표정으로 말했다.

- 집이라고 해야 제가 사는 집이랑 선생님께 세 드린 집이랑 해서 달랑 두 채 갖고 있는데 올해 종부세가 자그마치 1,200만 원입니다. 작년의 5배가 나왔어요. 집주인 김 씨가 얼굴을 찌푸리며 말한다. 재산세까지 합치면 1년에 1,600만 원이 넘어요. 저도 땅 파서 돈 만드는 것도 아니고 어쩌겠습니까.

세입자 이 씨는 월세를 배로 올리는 것과 재산세, 종부세가 무슨 상관인지 어리둥절하다.

- 아무리 그래도 어떻게 한 번에 월세를 90만 원이나 올립니까.
- 그럼 세금을 한 번에 5배 올리는 건 말이 되고요.

부동산 사장이 끼어들면서 중재를 한다.

- 사장님 지금 재산세나 종부세가 너무 올라서 다른 집들도 다 난리에요. 그나마 살고 계신분이니까 이 정도지. 세입자 바뀌는 집들은

250만 원이 기본이에요.

그러면서 부동산을 앱을 켜서 이 씨의 눈앞에 들이민다. 진짜였다. 기본이 250만 원. 심지어 300만 원까지도 보인다. 확 박차고 나와 버리고 싶지만 막내가 고등학생이라 당장 이사를 갈 수도 없다. 게다가 다른 곳들도 마찬가지일 텐데 어디로 가나 사정은 비슷할 것이다. 사정사정한 끝에 겨우 170만 원으로 깎은 것으로 만족하고 부동산을 나오던 이 씨의 눈에 단골 피자집이 눈에 띄었지만 그냥 돌아선다. 이젠 피자도 사치다. 월세 인상은 뼈아프지만 그래도 집주인이 세금 처 맞는 걸 보니까 속은 좀 시원하긴 하다.

피자 집 여주인 박 씨는 장사가 너무 안 되어 걱정이다. 최근 2년간 매출이 점점 떨어진다 했더니 이제는 매출이 반 토막 났다. 저만치서 단골 이 씨가 들어오려다 그냥 가 버리는 것이 눈에 띄었다.

- 요즘은 왜 잘 안 오세요. 일주일에 한 번씩은 꼭 오시더니.

얼른 달려가 묻자 이 씨가 미안한 듯이 씩 웃었다.

- 월세가 너무 올라서요. 이제 월급날에나 먹어야겠어요. 이 씨를 보내고, 피자 집 여주인 박 씨는 씁쓸한 한편으로 안도의 한숨을 쉬었다. 전, 월세가 난리라더니 정말이구나. 그나마 작은 집 한 채 갖고 있는 게 얼마나 다행인지 몰랐다. 뉴스에서 종부세 폭탄이니, 뭐니 떠드는데 그거야 저기 저 강남 부자들만 내는 세금이니까. 박 씨는 별로 관심이 없다. 비싼 집 가졌으면 내야지 뭐.

집 주인 김 씨는 결혼을 할 때 전셋집도 아니고 사글세 단칸방에서 시작했다. 방 하나에 부엌 하나 있는 조그만 공간이었지만 행복했다. 그러나 월급 타서 월세를 주는 게 얼마나 어려운 일인지 뼈저리게 느꼈다. 사회 초년생 쥐꼬리만큼 작은 월급의 4분의 1이 월세로 나가면 생활비가 빠듯해서 와이프가 집에서 인형에 눈 붙이는 부업을 해야 했다. 좁은 단칸방 한 구석에 인형이 가득했고, 인형에서 나오는 먼지가 항상 집안을 매캐하게 했다. 아이는 감기가 더 잘 걸리는 것 같았다.

그 사글세방에서 2년쯤 살다가 돈이 조금 모여 전세방을 얻어 이사했다. 아이가 둘이 되니 비좁고 답답해서 살 수가 없었다. 대출을 조금 끼고, 아버지가 도와주고 해서 방 두 개짜리 전셋집을 얻었다. 월세방에 비하면 전셋집은 궁전 같았다. 거실이 있는 2층 집이었는데 퇴근하는 발걸음이 빨라졌고, 2층 테라스에서 마시는 맥주 맛도 일품이었다. 무엇보다 좋은 것은 월세가 나가지 않는 것이었다.

시간이 흘러 첫째 아이가 커가고 둘째 아이가 태어나니 살림도 늘어나서 궁전 같던 전셋집도 궁색해졌다. 그즈음 청약저축을 처음 가입했다. 다른 통장에 비해 이자도 높았고, 소득공제도 되었다. 매달 10만 원씩, 10년쯤, 넣었을 때 아내는 청약을 하러 다녔다. 강남으로 어디로 3년 넘게 줄기차게 청약을 하고 다녔지만 잘 안되었다. 그러다가 운 좋게 된 아파트가 지금 살고 있는 집이다.

청약에 당첨되고 계약을 하고, 중도금 대출받아서 6차까지 내고 나서야 잔금을 치를 수 있었다. 거의 3년 동안 우리는 매달 아이들을 데리고 공사현장에 갔었다. 허허벌판에 펜스만 쳐놓고 크레인만 몇 대

설치돼 있는 공사장에 데려가 아이들에게 우리가 살집이라고 하니 큰 아이가 말했다. 여기서 어떻게 사냐고, 아내는 웃으며 말했다. 네가 중학교에 들어갈 즈음 집이 다 완성되어 들어가 살 수 있다고.

처음에는 땅을 파고 지하에서 지상으로 올라오는 시간이 얼마나 길던지. 공사장에 펜스를 치고 중장비들이 오고갔지만 진척이 없었다. 오죽했으면 아내가 건설사 전화번호를 알아가지고 전화를 다 해 봤을까, 대답은 간단했다. 지하층을 파고 있는데 암반이 생각보다 많이 나와서 진척이 더디다고 말했다. 분양된 지 1년이 지나자 건물이 올라가기 시작했다.

거의 1달에 한 번씩 가서 사진을 찍어 전달과 비교하며 말했다. 우리 집이 거의 다 되었다고, 청약하고 3년이 되어 가던 어느 날 입주 통지서가 날아왔다. 2달 안에 입주해야 한다는 것이었다. 전셋집을 내놓고 아이들 전학을 알아보고 어쩌다 보니 입주일이 다가왔다.

다 지어진 집을 처음 가본 날을 잊을 수 없다. 관리사무실에서 신원을 확인하고 키를 받아 현관문을 열었을 때 새집 냄새가 얼마나 강렬하던지, 아이들은 이 방, 저 방 방문을 열어젖히며 이 방은 자기가 쓰겠다고, 뛰어다니며 소리를 질러댔다. 아내는 그저 멍하니 서 있었다. 내 집이라는 것이 믿겨지지 않는 눈치였다. 대출을 받고도 잔금이 모자라 양가 부모님에게 손까지 벌려가며 입주한 아파트는 아이 둘 데리고 중산층이 살기에는 더 없이 좋아 보였다. 입주 첫날 당연히 잠이 오지 않았다.

이사하느라 몸이 곤한데도 이상하게 잠이 안 왔다. 집사람도 마찬가지인 모양이었다. 누워있다가도 벌떡 일어나 거실로 나가 수납장을 다 열어 보고, 돌아와서 누워 있다가 잠이 들랴치면 또 나가서 베란다를 서성거렸다. 그렇게 몇 번을 들랑거리고 나서 겨우 잠을 잘랴히는데 아침이 밝아왔다.

침대 옆구리에서 자던 나도 아내가 들랑거리는 소리에 깨고 또 깨었다. 평소 같으면 버럭 화를 내거나 옆방으로 피신이라도 갔겠지만, 왠지 그러고 싶지 않았다. 그렇게 잠을 못자고 왔다 갔다 하는 아내가 귀엽기까지 했다. 지금 살고 있는 아파트는 여러 가지로 장점이 많았다. 단지 내에 초등학교가 있어서 아이들 학교에 다니기도 쉽고, 저학년 때 아이들을 데려다 주기도 수월했다. 입학한지 얼마 지나지 않아 데려올 필요도 없이 며칠 만에 잘 찾아왔다. 큰길 옆에 있지도 않아서 사고 날 염려도 덜 했고, 학원도 가까이에 많아서 아이들 키우기에 안성맞춤이었다.

중학교, 고등학교도 인근에 가까이에 있어서 교통비도 절약할 수 있었고, 내 직장과도 지하철 두 정거장 거리에 있어서 이사 갈 생각도 안 해 보고 지금까지 30년이 넘도록 살고 있다. 아내가 가끔 우리도 이제 이곳에서 오래 살았으니 새집에서 살아보자고 하다가도 이만한 집이 또 어디 있느냐고 제풀에 생각을 접곤 하다 보니 30년을 넘게 살았다.

처음 이사 올 때 조그맣던 나무가 아름드리로 자라 숲을 이루고 있는 점도 좋았다. 아쉽게도 요즘 들어 재건축 이야기가 부쩍 많이 나온다. 아이들이 대학을 들어가고 군대에 가고 결혼을 하는 동안 그냥 그 집에서 눌러 살았다.

아파트를 처음 분양받아 살기 시작한지 30년이 지난 지금 집값은 분양가의 20배 가까이 올랐다. 부동산(아파트, 땅)은 그저 오래 익혀 두어야 많이 오른다는 교훈을 얻었다. 처음 입주할 때 아이들이 고만고만해서 친하게 지내던 이웃들은 아이들이 커가면서 거개가 다 이사 갔다. 집값이 그 때도 몇억 올랐다고 좋아하면서 웃는 얼굴로 팔던 이웃들의 얼굴이 기억나지만 그때에 비하면 지금은 몇십 배 더 올랐다.

된장과 부동산은 그저 오래 두어야 한다. 그렇다고 쓸모가 없는 것도 아니다. 거의 평생을 살았으니 그게 월세라고 생각해 보라. 생각만 해도 끔찍하지 않은가, 30년 동안 월세를 냈다면 그게 얼마이겠는가. 집은 기왕이면 사야 되고 샀으면 오래 가지고 있어야 한다. 조금 올랐다고 팔고 하면 나중에 가서 후회하게 된다. 직장도 마찬가지다. 그저 한군데 뿌리박고 오래 다녀야 한다. 그래야 연봉도 직급도 오르고 연금도 나오고, 일에도 익숙해지고, 사람들과도 오래 소통할 수 있다. 그 끈끈한 정이라니, 거의 일평생을 다니고 퇴직해 보라. 보람되지 않겠나. 나의 청춘을 다 바친 직장은 그런대로 커다란 의미가 있지 않겠나.

그렇게 좋던 집이 종부세가 나오기 시작하니 계륵이 되었다. 그런데 세상을 오래 살면서 터득한 지혜가 한 가지 있다. 아무리 힘들고 고달 파도 금방이라도 죽을 것 같아도 지나간다는 것이다.

종부세도 정권이 바뀌고 시절이 좋아지면 달라진다는 것이다. 부동산 정책이라는 것이 손바닥 뒤집기보다 더 많이 변한다. 온갖 규제로 닦달하며 못살게 굴다가도 경기가 침체되거나 사람들이 못살겠다고 아우성이면 언제 그랬냐는 듯 원점으로 돌아간다. 즉 부동산 경기를 죽여 놓고는 실물 경기는 부양할 수 없다. 역대 정권이 처한 환경에 따라서 부동산 경기는 냉탕과 온탕을 오고갔다. 지금 냉탕이니 새로운 정권이 들어서면 온탕으로 서서히 바뀔 것이다. 그때까지 팔지 말고 버티면 되는 것이다.

월세주고 있는 집은 와이프가 아버지에게서 받은 상속금으로 샀다. 처갓집이 대전인데 장인이 직장 다니면서 이것저것 사업을 했던 모양이다. 화장품 대리점, 삼립 빵 대리점, 뭐 이런 일을 부업으로 하다가 돈도 못 벌고 끝냈는데, 그즈음 사논 세종시 근처 땅 1,000평이 여러 번 도로로 편입되어 보상을 받았다. 남은 300여 평이 산업단지가 들어서면서 수용당해 보상을 받게 되었다. 와이프 몫으로 꽤 많은 돈이 통장에 들어온 날 조그만 아파트를 하나 사서 월세를 받기 시작했다.

그 월세가 때로는 생활비로 때로는 아이들 과외비로 쏠쏠하게 쓰였다. 흡사 화수분 같았다. 아무리 퍼내도 줄지 않는 샘물 같았다. 매달 월세 받는 날이 되면 말없이 누가 뭐라 하지 않아도 월세는 통장에 들어와 있었다. 그 월세는 생활을 윤택하게 해 주고도 남아 지금은 은퇴한 우리 부부의 생활비로 알뜰하게 쓰이고 있었다.

그런데 그 두 집을 합쳐 종부세가 나오기 시작한 것이다. 작년에 200

만 원이던 종부세가 올해는 1,200만 원이 넘게 나왔다. 올해만 내고 말면 어떻게 빚이라도 얻어서 내고 말겠지만 우리가 집을 가지고 있는 한 매년 올해보다 더 많이 나온다는 것이 절망스럽다. 헌법소원을 내는 사람들도 더러 있는 모양이지만 참가는 하지 않으면서도 위헌판결이 나기를 간절히 바라고 있다.

영국에 햇빛 강도질이라는 말이 있다. 즉 날강도, 터무니없이 비싼 요금이라는 말이다. 누구나 공짜인 태양빛을 빼앗아간다는 말이다. 이런 표현이 생긴 유례가 재밌다. 1696년 영국 왕 윌리엄 3세가 창문세라는 세금을 만들었다. 창문이 많을수록 집이 크다는 뜻이니까 세금을 낼 능력이 있다고 본 것이다. 창문이 6개 이하인 집은 세금을 면제해주고 7개 이상인 집부터 걷었다. 창문이 10개 이상인 집은 세금을 중과했다. 다주택이나 고가주택일수록 비싼 세금을 물리는 것과 같다.

창문세는 누구도 예상하지 못했던 부작용을 낳았다. 이 제도가 유지된 150여 년간 영국 주택 외관이 바뀐 것이다. 돈 있는 사람은 창문을 유지해 재력을 과시하고, 돈 없는 사람들은 벽돌로 창문을 막아버렸다. 아직도 영국에는 이 시대 지어진 창문 없는 건물들이 많다. 특히 월세 사는 서민들이 피해가 컸다. 임대업자들이 세금을 피하려고 창문을 없앴기 때문이다. 그래서 햇빛이 안 드는 어두컴컴한 집안에서 생활해야 했던 서민들을 중심으로 생겨난 표현이 날강도라고 전해진다.

최근 주택시장에서 전세의 월세화가 가속하는 데엔 보유세 부담이 급증한 것이 주요 원인으로 꼽힌다. 연간 재산세와 종부세가 수백만 원에서 수천만 원에 달하면서 집 있다고 나라에 월세 낸다는 불만이 많다. 세입자를 상대로 전세 보증금을 올리는 대신 월세를 받으려는 집주인이 늘었다. 대출로 수억 원대 보증금을 마련하고 매달 월세까지 지출하는 세입자들은 가처분소득이 줄어들 수밖에 없다.

보유세의 가파른 인상은 결국 무주택자인 세입자 피해로 돌아간다. 공급자인 집주인이 우위에 있는 상황에서 집주인은 보유세 부담을 덜어 낼 궁리로 결국 무주택자의 월세 지출만 늘게 될 것이다.

마땅한 소득이 없는 집주인들이 세금을 내기 위해 월세나 반 전세를 내놓는 경우도 많다. 세입자들도 과거에는 무조건 전세를 선호했지만 지금은 전세 값이 너무 비싼데다 대출도 어려워 어쩔 수 없이 월세를 선택하기도 한다. 전세 대출규제 기준이 12억 원으로 정해지면 12억 원만 보증금으로 설정하고 나머지는 월세로 돌리는 식의 협의가 이루어질 것으로 보인다. 종부세나 임대차보호법, 대출규제까지 결과적으로 서민에게 더 고통을 주게 된다.

세금은 납세자의 부담 능력에 맞춰 부과하는 응능 과세라야 한다. 세금을 걷을 때는 납세자의 반응과 수용성도 고려해야 한다. 납세자들이 억울하게 느끼고, 반발하는 세금은 잘못된 것이다. 지금 정부는 반대로 가고 있다. 납세자의 억울한 사정을 살피기는커녕 세금 뜯어 내는데 안달이다. 종부세 논란의 핵심은 폭발적으로 늘어난 세금이다. 올해 국민들에게 부과된 주택 분 종부세액이 5조 7,000억 원으로 지난 10년간 국민들이 낸 종부세 총액을 합친 것보다 많다. 너무 급하게 세금을 올리다 보니 억울한 사례가 빈발한다. 대표적인 것이 투기와 상관없는 일시적 2주택자다. 고위 공무원 출신의 70대 납세자는 새집으로 이사 가는 과정에서 기존 집을 조금 늦게 팔았다는 이유로 2주택자로 몰려 종부세가 400만 원에서 1억 6,000만 원으로 급증했다.

부모님의 시골집을 상속받는 바람에 졸지에 2주택자가 돼서 100배 넘는 세금을 고지 받은 사연도 부지기수다. 정부는 일시적 2주택자가 투기 목적이 아니라는 점을 감안해 양도소득세를 중과하지 않는다. 그런데 유독 종부세는 가혹하다.

명백한 세법간의 불일치인데도 바로잡으려는 노력도 하지 않는다. 오히려 청와대 정책실장은 충분한 기간을 두고 예고했고, 피하려면 얼마든지 피할 수 있었다며 납세자 탓을 한다. 기획재정부는 98퍼센트 국민은 종부세와 무관하다며 납세자 편 가르기에 나섰다. 소비자를 왕처럼 모시는 기업은 아니더라도 최소한 납세자를 봉으로 간주하는 건 안 되는 것 아닌가. 납세자가 기꺼이 협력하는 제도 설계가 중요하다.

11세기 영국 코벤트리 지방의 영주 부인이던 고다마는 주민들의 세금을 줄이기 위해 나체로 말을 타고 마을을 한 바퀴 돌라는 남편의 황당한 제안을 받아들였다. 진정성에 감동한 주민들은 창문 커튼을 내리고 밖을 쳐다보지 않았다고 한다.

모든 세법 1조에는 세금의 목적이 규정돼 있다. 종부세법 1조에는 부동산 보유에 대한 형평성을 제고하고 부동산 가격 안정을 도모한다고 쓰여 있다. 종부세로 형평성이 높아졌나, 부동산 가격이 안정됐나. 두 가지 모두 달성하지 못했다. 상식적인 정부라면 조세 저항성을 우려해 과세표준이 되는 공시가격을 급하게 올리지 않았을 것이다. 정부가 과세표준 현실화라는 목표에 너무 매몰됐다. 공정시장가액비율을 90에서 100퍼센트까지 끌어올린다는 것이 가당키나 한 일인가. 자산 시장도 주식시장처럼 오르내림이 있는데 그걸 실시간으로 반영하는 것은 불가능하다.

종부세를 보면 해당 연도 1월 기준으로 주택의 가치를 측정하고 6월에 누가 보유하고 있는지 파악해서 부과한다. 논리적으로 따져 보면 6월 가치로 세금을 매겨야 하는 것 아닌가.

국민 2퍼센트만 세금을 부담한다고 하는데 갓난아이까지 분모에 넣은 값이다. 가구 수로 따지면 4퍼센트, 주택 가진 수로 계산하면 8퍼센트다. 과연 그 사람들이 부동산 시장에 악영향을 미쳐 그 사람들 때문에 부동산 가격이 급등했나. 그걸 어떻게 알고 세금을 무겁게 매기나.

종부세법 시행령에 따르면 주택 지분율이 20퍼센트 이하이면 보유 주택 수에서 제외해 종부세 중과 대상에서 제외시켜줬다. 그런데 올해부터 달라졌다. 부모가 주택 한 채를 공동으로 가지고 있고, 아버지가 돌아가셨다고 하자, 3형제가 아버지의 주택 지분 50퍼센트를 각각 20퍼센트 15퍼센트, 45퍼센트씩 나눠 상속했다. 그럼 둘째 아들은 주택 전체의 15퍼센트 지분을 가지고 있는 것 아닌가. 작년까지는 15퍼센트니까 보유 주택으로 안 쳤다. 그런데 올해부터는 당신은 아버지 상속 지분 중에서는 30퍼센트를 물려받았다며 20퍼센트가 넘으니 주택 수에 포함된다고 통보했다.

졸지에 2주택자가 된 것이다. 종부세 부담은 그만큼 커졌다. 이런 식이니 앞으로 1주택자라고 자신 있게 말할 사람이 없을 것이다. 이렇게 되면 앞으로 서울 사는 사람들은 시골 부모님 집을 상속받지 못할 것이다. 가장 큰 문제는 집값이 오르지 않아도 종부세는 매년 오른다는 것이다. 양도세는 한번 내면 끝이지만 종부세와 재산세는 매년 내야 한다는 것이다. 매년 말이다.

종부세가 이렇게 오른 이유는 먼저 과세의 기준이 되는 집값이 급등했다. 작년 10월에 비해 20퍼센트 이상 올랐다. 이렇게 집값이 천정부지로 오른 상황에서 올해 종부세 세율이 높아졌다. 투기 우려가 있다고 지목한 조정대상지역 다주택자의 세율은 0.6-3퍼센트에서 1.2-6퍼센트로 2배 높였다. 1주택자나 비 규제지역의 2주택자 세율도 0.5-2.7퍼센트에서 0.6-3퍼센트로 높아졌다.

또 공시가격을 시세에 가깝게 책정하고 공시가격 대비 과세대상금액을 뜻하는 공정시장가액비율도 높이는 방식으로 세금을 매기는 기준이 되는 과세표준을 높였다. 국토교통부는 올해 주택 공시가격을 매기면서 시세대비 공시가격 비율을 뜻하는 공시가격 현실화 율을 69퍼센트에서 70.2퍼센트로 높였고, 공정시장가격비율은 90퍼센트에서 95퍼센트로 강화했다. 여기다 보유세 증가 상한선을 전년 대비 2배에서 3배로 높여서 종부세 세액이 늘어나게 됐다. 정부의 부동산 정책이 실패한 상황에서 종부세 세율을 높이고, 상한선을 높여 중과세하는 정책을 밀어붙였다.

집값 상승분을 만져본 적도 없고, 소득은 그대로인데, 세금 내기 위해 빚이라도 내란 말이냐.

문제는 1주택자의 보유세 부담이 내년 이후에는 더 가파르게 늘어난다는 것이다. 올해 아파트 값이 작년보다 큰 폭으로 올랐고, 정부의 공시가격 현실화 정책 때문에 세제를 건드리지 않더라도 과세기준인 공시가격이 계속 오를 수밖에 없기 때문이다. 한국 부동산원 집계로 올 들어 10월까지 서울 아파트 값은 7.12퍼센트 올랐다. 작년 같은 기간 상승률 2.6퍼센트의 3배에 육박한다. 정부가 시세반영을 충실히 반영해 공시가격 매긴다면 내년 공시가격 상승률은 20퍼센트 보다 더 확대될 것으로 보인다.

보유세는 미 실현 이익에 대한 과세인 데다가 집값이 내린다고 돌려받을 수 있는 돈도 아니다. 1주택자에게까지 과도한 부담을 지우는 것은 징세권 남용이고 위헌 소송 대상이 될 수 있다.

1가구 1주택 은퇴족들의 불만도 만만치 않다. 3년 전 은퇴하고 자신이 보유한 서초구 아파트에 사는 58세 김 모 씨는 올해 재산세로 1,000만 원을 내고, 종부세로 1,100만 원이 나왔다. 그는 서울 성동구 빌라에서 신혼생활을 시작해 10년 넘게 이사다니다가 은퇴 전 강남에 집한 채를 마련한 게 전부라며 국민연금도 받지 못해 수입이 아예 없고 자식들 결혼도 시켜야 하는데 눈앞이 캄캄하다고 말했다. 서울 강남구에서 개업 중인 한 공인중개사는 종부세 놀란 어르신들이 지금 사는 집을 자가에서 전세로 돌리고, 월세 받을 수 있는 작은 집 하나를 장만할 수 있느냐고 문의하는 경우가 많은데 양도세 떼면 수중에 남는 돈이 적어 쉽게 권하지 못한다고 말했다.

수입이 끊긴 부모에게 날아든 종부세 폭탄에 고민 상담을 하는 자녀도 늘었다. 경기도 분당에 사는 주부 정 모 씨는 수입이 없는 부모님이 재산세와 종부세로 1,000만 원 정도 나와서 매달 생활비로 드리는 용돈을 더 올려야 하는지 형제들과 상의하고 있다고 말했다.

올해 급등한 종합부동산세 고지서를 받아든 은퇴 세대와 고령층의 시름이 깊어지고 있다. 고정 수입이 거의 없는 상황에서 재산세와 종부세로 수백에서 수천만 원을 내게 되면서 살길이 막막하다고 하소연하는 사람이 많다. 은퇴 후 월세 수입으로 생활을 하려고 여분의 주택을 장만한 이들은 수천만 원대의 세금 고지서를 확인하고서 임대수입을 몽땅 털어 넣어도 세금을 낼 수가 없다, 은퇴 후 생활 계획이 완전히 어그러졌다며 울상이다. 정부는 고령자 공제로 1주택자는 부담이 크지 않다고 하지만 공제 혜택을 받는 사람들도 집 한 채 있다는 이유로 재산세와 종부세, 건강보험료까지 죄다 올라 생활비로 쓸 돈이 없다고 불만을 터트린다.

같은 자산에 대해 재산세와 종부세가 같이 부과되기 때문에 이중과세, 징벌적 과세라는 인식이 강하고 주택 형태나 지역에 따라 기준이 달라 합리적이라 보기도 어렵다. 관련규정을 최대한 단순 명료하게 바꾸고, 단기간에 세금이 급증하지 않거나 감당할 수 없는 금액이 부과되지 않도록 보완조치를 마련해야 할 것이다.

2006년 종부세 첫 도입 당시 공시가격 9억 원은 일부 고급주택에만 국한된 것이었으나 작년 기준으로 서울 유주택 가구의 약 25퍼센트가 종부세 대상이다. 당초 보유세 목적으로 도입됐던 종부세가 지금은 유주택자 상당수에게 부과되는 보편적인 세금으로 전락했다. 일반적인 직장인의 소득으로 감당할 수 없을 정도로 부과세가 늘어나서는 안 된다. 현금부자만 강남의 아파트를 소유할 수 있다는 것은 형평성에도 어긋난다.

2.

집값이 올랐다고 해서 차익을 모두 손에 넣을 것이라고 생각하면 오산이다. 양도세는 예상했던 것보다 의외로 크기 때문이다. 수익률에 지대한 영향을 미치는 복잡한 세금인 만큼, 충분히 잘 알아보고 전략을 잘 세우는 것이 슬기로운 노후를 준비하는 방법이다.

특히 다주택자의 경우엔 양도세 부담이 만만치 않아 미리 체크해 놔야 할 점들이 많다. 하지만 다주택자라해도 요건을 갖추면 합법적으로 비과세 받을 수 있는 절세 방법이 있다. 대부분 실 거주 목적을 고려한 정책적인 특례인데, 미리 잘 알아두고 효과적으로 전략을 짜서 실행을 하면 도움이 된다.

세법은 1세대가 소유한 1주택을 2년간 보유하면 양도차익에 대해 비과세한다고 규정하고 있다. 비과세 요건에 원칙적으로는 거주 요건도 필요 없지만 조정대상지역으로 지정된 이후 취득한 주택은 비과세 받으려면 2년 거주요건이 추가적으로 필요하다.

그런데 1세대 즉 하나의 세대를 구성하는 것은 원칙적으로 결혼을 해서 배우자가 있어야 인정된다. 결혼 후 이혼하거나 사별하는 경우는 예외다. 또한 해당 거주자의 나이가 30세가 넘거나 20대라고 해도 일정 금액 소득이 있다면 배우자 없이도 1세대로 인정받을 수 있어 별도 세대 분리가 가능하다.

좀 더 쉽게 설명하면 20대는 일정소득이 있어야 하고, 30대는 무조건 별도 세대 구성이 가능하다. 따라서 주택을 이미 소유한 부모와 함께 거주하는 미혼 직장인 또는 소득이 있는 자녀가 본인 명의의 주택을 구입한 이후에는 세대 분리를 하는 것이 좋다. 만약, 세대분리가 안되어 있다면, 최소한 주택 처분 전에 단순히 형식적으로 주민등록등본만 이전하는 것이 아니라 실질적으로 세대분리를 해서 확실하게 비과세 혜택을 챙기는 것이 좋다.

1세대가 일시적으로 2주택이 된 상황도 전략을 잘 짜면 비과세를 받을 수 있다. 세법에서는 원칙적으로 기존주택을 매입한 후 1년 이상 지난 후 신규 주택을 매입하고, 신규 주택을 매입일로부터 3년 이내에 기존 주택을 처분하면 양도소득세 비과세가 가능하다.

이때 일시적 2주택자가 유의할 점은 기존 주택을 처분해야 비과세가 된다는 것이다. 또한 신규주택 매수 계약일 당시, 기존 주택과 신규 주택이 모두 조정대상지역에 해당한다면 일시적 2주택 비과세 가능 기간은 3년이 아니라 1년으로 축소된다는 점에 유의해야 한다.

따라서 둘 다 조정지역에 해당한다면 신규주택 취득일로부터 1년 내에 기존주택을 팔아야 비과세가 가능하며 신규주택으로 세대원 전원이 이사하고 전입신고까지 마쳐야 한다는 조건도 지켜야 한다. 단 신규주택에 기존 임차인이 거주중이어서 임대차 계약 만료가 1년 이상 남은 경우라면 신규주택 취득일로부터 최대 2년을 한도로 비과세 기간을 연장해 준다.

재개발 재건축 조합원은 대체 주택 취득

1주택자가 보유중인 주택이 재개발 재건축 사업에 들어가서 사업 시행 기간에 거주하기 위해 대체 주택을 취득하는 경우가 있다. 이때 추후 완공이 되어 입주하고 요건을 갖춘 대체 주택을 처분할 경우 비과세 혜택을 받을 수 있다. 단 재개발 재건축 시행 인가일 이후 대체 주택을 취득해야 하며 최소한 1년 이상은 거주해야 한다. 향후 재개발 재건축이 완공되고 2년 이내 그 주택으로 세대원 전원이 입주하고, 완공 후 2년 이내 대체 주택을 처분하는 것이 조건이다.

혼인으로 인한 2주택의 비과세 전략

각각 1주택을 소유한 자가 혼인신고 후 2주택이 되더라도 5년 이내 먼저 양도하는 주택은 비과세 받을 수 있다. 주의할 점은 반드시 혼인신고 전에 남녀가 1채씩 취득해야 한다는 점이다. 처분 후 1채 남은 주택은 요건만 갖추면 당연히 비과세된다. 또한 신규주택을 구입해 일시적 2주택 비과세 전략으로 갈아타는 것도 가능하다.

1주택을 소유하고 있는 1세대가 1주택을 보유하고 있는 60세 이상의 직계존속〈배우자의 직계 존속 포함〉과 동거 봉양 목적으로 세대를 합치는 경우도 2주택이 되더라도 10년 이내에 먼저 처분하는 주택은 비과세를 적용받는다. 기간을 제외하고 전반적으로 혼인으로 인한 2주택과 비슷하다.

1주택자는 12억 원이 넘는 고가 주택일지라도 세법에선 특혜를 주어 과세대상 양도차익에 대해 장기보유특별공제를 1년에 8퍼센트씩 10년, 최대 80퍼센트까지 감면해 준다. 그런데 장기보유특별공제율의 경우 작년까지는 보유만 했어도 1년에 8퍼센트씩 늘어났지만 올해 양도부터는 1년간 보유 4퍼센트와 거주 4퍼센트로 구분해서 계산한다. 그만큼 거주 요건이 강화된 것이다. 시세 12억이 넘는 고가주택 1주택자는 10년간 거주하는 것이 최고의 절세법이다.

애당초 이 정부의 부동산 세제는 합리성과는 거리가 멀었다. 보유세 강화가 국제적 추세라는 명분을 내세워 재산세와 종합부동산세를 대폭 올렸으면 거래세는 낮춰야 했는데, 국제 추세와 정반대로 취득세, 양도소득세 등 거래세도 대폭 올렸다. 보유세와 거래세를 동시에 강화하는 징벌 적 과세를 밀어붙여놓고는 조세정의를 실현하는 묘책인 것처럼 포장했다. 서울 등 조정대상지역의 다주택자에게 최대 82.5퍼센트의 양도세를 매기자 퇴로가 차단된 다주택자들은 도리어 매물을 거둬들이고 있다. 매물이 없어 집값은 더 올랐고, 자녀에 대한 주택 증여가 확산하면서 부의 대물림은 심화됐다.

이로 인해 민심이 거칠어지고 부동산 문제가 대선 악재로 등장하자 손바닥 뒤집듯 정책과 입장을 바꾸고 있다. 이미 집을 팔아 무거운 양도세를 낸 사람들의 반발이 예상되자 소급해서 깎아줄 수도 있다는 얘기까지 꺼냈다가 파장이 확산되니 사실이 아니라고 급히 해명했다.

양도세를 낮춰 거래를 정상화하는 것은 부동산 안정을 위해 중요한 일이나 지금처럼 선거용으로 추진해선 안 된다. 1년 한시적으로 깎아줄 테니 표 달라는 것 아닌가. 양도세는 검토를 거쳐 적정한 수준으로 완화하는 방안을 제도적으로 추진해야 한다.

3.

취득세는 부동산을 살 때 내는 세금이다. 법이 개정되기 전에는 주택은 1퍼센트, 상가와 토지는 4퍼센트였다. 지금은 9억 원이 넘는 집을 살 때 내는 취득세가 무려 3.3퍼센트다. 집값이 많이 올라 어지간한 아파트는 서울, 지방 할 것 없이 9억 원을 넘어서 취득세가 무려 4,000만 원이다.

최대 750만 원의 중개수수료와 등기비용까지 하면 집하나 사면서 집값 말고도 5,000만 원 가까이 들어야 한다는 말이다. 2주택부터는 8퍼센트를 내야 한다. 10억 원짜리 주택을 구입한다 치면 1,000만 원만 내면 되던 취득세가 8,000만 원을 내야 한다는 것이다. 내가 부동산사무실을 해 보았더니 집 없는 사람은 전세를 선호하고, 결국 집 사는 사람은 집 있는 사람이 집을 사던데 취득세가 이리 비싸서 집을 사겠는가.

집이 안 팔리고 사는 사람이 없으면 경기의 중요한 지표인 부동산 시장이 마비된다는 뜻이다. 집을 지어 놓아도 대출이 안 되고 취득하는 비용이 높아지면 사람들은 부동산을 매입하기를 꺼리게 된다. 그러면 부동산 경기와 맞물려 있는 모든 산업이 불황의 늪에 빠진다.

예를 들어 이삿짐센터부터 도배, 인테리어, 화장실 수리, 싱크대 만드는 사람들, 커튼, 소파, 가전제품도 이사를 가거나 결혼을 해야 많이 팔린다. 수도 없이 많은 산업이 집과 연결되어 있다. 심지어는 아무 상관이 없을 것 같은 산업도 영향을 받는다.

부동산 시장의 리스크는 대부분 정부정책이다. 선거를 앞두면 부동산 민심을 달래고자 한시적인 규제완화와 정책이 시장에 혼란을 가져온다. 세금감면이나 기존에 추진하던 정책방향과 대치되고, 불과 1년 뒤 시장에 미칠 영향조차 고려하지 않는 땜질처방이 문제다.

오락가락하는 정책으로 정부 스스로 신뢰성에 상처를 내는 가운데, 수혜대상에서 제외된 사람들 사이에서 불만과 형평성 논란만 거세진다.

예를 들어 집주인이 임대료를 5퍼센트 내로 올리면 양도세 계산할 때 실 거주 요건 2년 중 1년을 인정해 주는 예외 조항을 둔다는 것이다. 전세 신규 갱신 계약 전 전세 값 차이가 수억 원씩 벌어지는 이중 가격이 보편화하고, 내년 8월부터 계약 갱신 청구권을 이미 쓴 전셋집이 새로 세입자를 맞을 때 전세 값이 급등할 수 있다는 우려가 심해지자 정부가 내놓은 대책이다.

상속받은 주택

올해부터 상속 주택은 2-3년간 종합부동산세 주택 수 산정에서 제외된다. 갑작스러운 부모의 사망으로 상속받게 된 주택 때문에 무거운 상속세를 물게 되는 것은 과도하다는 납세자 불만이 컸기 때문이다. 기재부는 6일 이 같은 내용이 포함된 종부세법 시행령을 개정한다고 밝혔다. 개정될 시행령은 오는 12월 납부되는 종부세부터 적용된다.

하지만 반쪽짜리 감세라는 지적이 나온다. 2년이나 3년간 1주택자 세율을 적용받더라도 상속 주택의 공시가격은 세금을 매기는 기준인 과세표준에는 합산된다. 1주택자로서 받을 수 있었던 고령자 공제(최대 30퍼센트)와 장기 보유 공제(최대 50퍼센트), 1주택자 기본 공제(단독 명의 기준 11억 원)등 이른바 1주택자 3가지 공제는 시행령 개정 이후에도 받을 수 없다.

기재부가 6일 발표한 세법 시행령 개정안에 따르면 공시가 12억 원 집을 갖고 있다가 7억 원 주택을 상속받은 경우에 세율이 절반으로 줄어들 뿐, 두 주택 공시가를 합친 19억 원에 대해 종부세가 매겨진다. 작년까지는 상속 주택의 지분율이 20퍼센트 이하이고 그 지분의 공시가격이 3억 원 이하이면 주택 수 계산에서 제외하고 1주택자 세율을 적용했다. 이 기준을 없애고 수도권과 세종시 (읍 면은 제외), 광역시 (군 지역은 제외)는 2년, 그 밖의 지역은 3년 안에 상속 주택을 팔면 1주택자 세율을 일률적으로 적용하기로 했다.

하지만 1주택자로서 받을 수 있었던 고령자 공제(최대 30퍼센트)와 장기 보유 공제(최대 50퍼센트), 1주택자 기본 공제(단독 명의 기준 11억 원)등 이른바 1주택자 3가지 공제는 시행령 개정이후에도 받을 수 없다. 기획재정부 관계자는 각종 공제까지 1주택자에 준해 혜택을 주는 것은 시행령이 아닌 법률을 고쳐야 가능한 사안이라 이번에는 결정을 하지 않았다. 향후 개정을 검토할지에 대해서는 밝힐 수 없는 사안이다.

하지만 1주택자로서 받을 수 있었던 고령자 공제(최대 30퍼센트)와 장기 보유 공제(최대 50퍼센트), 1주택자 기본 공제(단독 명의 기준 11억 원)등 이른바 1주택자 3가지 공제는 시행령 개정이후에도 받을 수 없다. 기획재정부 관계자는 각종 공제까지 1주택자에 준해 혜택을 주는 것은 시행령이 아닌 법률을 고쳐야 가능한 사안이라 이번에는 결정을 하지 않았다. 향후 개정을 검토할지에 대해서는 밝힐 수 없는 사안이다.

20년 전에 구입한 서울 마포구 아파트(올해 공시가격 15억 원 가정)에 사는 김 씨는 얼마 전 아버지로부터 상속받은 경기 안성의 단독주택(올해 공시가격 8억 원 가정)을 갖고 있는 경우를 가정해 보자.

상속 주택이 없다면 1주택자인 김 씨는 종합부동산세 39만 3,600만 내면 된다. 그런데 현재의 규정대로 상속 주택에 대한 종부세를 매긴다면 종부세가 4325만 4,774원이다. 100배 넘게 늘어나는 것이다. 1주택 세율의 두 배인 다주택 세율을 적용받기 때문이다. 고령자 공제와 장기 보유 공제도 없어지고, 기본 공제액도 11억 원에서 6억 원으로 줄어든다. 하지만 이날 발표된 개정안이 적용되면 1,838만 4,000원으로 절반 이하로 줄어든다. 주택 상속자에게 1.2퍼센트에서 6퍼센트(누진율)의 다주택자 세율을 적용했던 기존 방식대신 올해부터 절반 수준인 1주택자 세율(0.6-3퍼센트)로 세금을 매기기 때문이다.

4.

집 주인 김 씨는 애가 탄다. 종합부동산세 1,200만 원짜리 고지서를 앞에 놓고 끙끙거리고 있다. 종합부동산세는 올 한해만 내는 세금이 아니다. 내년에는 더 오른다고 한다. 세율도 오르고 공시가격 현실화율도 올라서 내년에도 올해보다 더 많이 내야 한다는 말이다.

종부세를 피하는 방법은 하나밖에 없다. 집을 없애는 것이다. 집을 처분하던지 아니면 누군가에게 증여하는 방법뿐이다. 집을 팔려고 하니 양도세가 문제고, 아들에게 증여하려니 생활비가 문제다. 작은 주택에서 나오는 월세 200만 원과 국민연금 40만 원으로 겨우 부부가 생활하는데 월세가 끊기면 생계가 막막하다. 퇴직하면서 받은 얼마간의 여유돈은 아들이 결혼하면서 전세를 얻는데 다 들어가고도 모자라 전세대출을 받았었다. 부인이 만들어 둔 얼마간의 비상금도 조금씩 쓰다 보니 얼마 남지 않았다. 이 나이에 어디 가서 취직하기도 어려울 테고, 그렇다고 집을 저당 잡히고 대출을 받아 사업을 하는 것도 자신이 없다. 어쩌면 좋은가. 집 두 개를 다 팔고 고향으로 내려갈까도 생각해 봤지만 죽자 사자 반대하는 아내를 설득할 자신도 없다. 그렇다고 아들에게 증여하고 아들에게 월세를 내던지 그만큼 생활비를 달랠 수도 없다.

양도세가 얼마나 나오는지 알아보려 공인중개사무실을 찾으니 사장이 말한다.

- 이렇게 퇴로를 다 막아놓고 국민들을 막다른 골목으로 모는 정부는 전복되어야 합니다. 보유세인 재산세와 종부세를 이렇게 올려놓고, 양도세는 최고 세율로 유지하지, 취득세도 올렸지, 대출은 조였지, 하나도 여유 있는 게 없어요. 말 그대로 길을 완전히 막아놓고 국민을 쫓고 있어요. 그러면 국민은 어떻게 할까요. 물겠지요. 누구든 무엇이든 물을 겁니다. 절박하니까요. 앞으로도 뒤로도 갈 수 없을 때 사람들은 반란을 꿈꾸지요.

2025년쯤

휴대폰이 울린다. 모르는 번호다. 전화벨이 울림과 동시에 목소리가 나온다.

- 국제전화, 국제전화, 국제전화.

나한테 외국에서 국제전화가 올 일은 별로 없다. 친구 중에 누가 해외여행중인가? 내가 알기로 가족 중에는 해외여행이나 유학을 간 사람들이 없는데 이상하다. 혹시 보이스 피싱인가? 요즘은 외국에서 국제전화로 유인해서 돈을 갈취하는 보이스 피싱이 기승을 부린다는데. 무시하고 하던 일을 계속했는데, 또 전화가 온다. 전화를 받았다. 잡음이 많이 섞인 여자 목소리가 들렸다.

- 내용증명을 두 번이나 보냈는데, 부재중으로 우편이 돌아왔다. 불이익을 받을 수 있으니. 전화를 끊지 말고 상담을 받으시기 바랍니다.

나는 전화를 끊어 버리고 100번으로 전화해서 009-3276-37997 번호를 알려 주고 어느 나라에서 걸려온 전화인지 알려달라고 했다. 그 상담원은 프랑스라고 했다.

프랑스는 지난봄에 다녀온 여행지였다. 파리의 오르세 미술관, 루브르 박물관, 모네의 수련이 걸려있는 미술관에 갔었다. 호텔을 이용하지 않고 우리나라 교민이 운영하는 민박집에 10일간 머물렀다. 미술관이나 박물관 위주로 간 여행은 아침에 민박집을 나서 밤에 돌아오는 출근하는 여행이었다. 별다른 문제도 없었고, 아하, 그곳에서 여자 하나를 만났었다. 미술사학과 대학원에 다닌다는 그 여자. 파리여행 3일째 되는 날 루브르에서 만나 여행이 끝날 때까지 같이 다닌 여자가 있었다. 뭐 별일이 없었는데. 낯선 곳에서 동포를 만나 하룻밤 같이 보냈기로서니 그게 무슨 큰일도 아닐 테고 그 여자가 아직도 파리에 있을라고?

내가 긴장한 것은 내용증명을 두 번이나 보냈는데 부재중으로 돌아왔다는 대목이다. 어느 날 출근했다 돌아오니 아파트 현관문에 우편배달부가 다녀간 흔적이 있었다. 우편물 종류에 내용증명이라고 체크돼 있었고, 보낸 사람은 서울에 있는 법률사무소였다. 이게 뭐지. 내가 무슨 잘못을 했나. 부동산중개업을 하는 나는 사소한 분쟁에 늘 시달려 왔다. 그 중에 재판까지 간 사안은 그리 많지 않았다. 서로 옳다고 승강이를 하다가 안 되면 공인중개사인 나를 물고 들어간다. 서로가 주장하는 의견이 돈과 결부되어 있어 아무도 물러서지 않는 경우가 비일비재하다. 중개라는 것은 결과물보다는 타협의 산물이라는 것이 나의 지론이다. 자기주장만 하고 상대방의 말을 들으려고 하지 않는 사람이 이 세상엔 얼마나 많은가.

그 쪽지에는 우편배달부가 우편물을 가지고 내일 오전 11시에 다시 오겠다고 적혀있었다. 그런데 나는 그 시간에 사무실에 가야 하고 집에는 아무도 없다. 이혼하고 혼자 사는 나는 아이들까지 전 부인이 데리고 살아서 강아지 한 마리와 함께 살고 있다.

며칠이 지나자 또 우편배달부가 왔다갔다는 쪽지가 문에 붙어 있었다. 택배는 문에 쪽지가 붙어 있으면 볼 것도 없이 경비실에 가면 물품이 배달되어 있었다.

그러나 등기우편은 우편배달부가 본인에게만 전달하게 되어 있는 모양이다. 본인이 수령했다는 사인도 받아간다. 이번에도 받지 못하고 그냥 넘어갔다. 찜찜해서 우편배달부에게 휴대전화로 전화를 걸어 내게 온 우편물을 지금 가져다줄 수는 없느냐고 물어봤다. 근무시간이 지나서 안 된다고 했다. 내일 비슷한 시간에 다시 가 보고 안계시면 반송한다고 한다. 그러면 누가 보냈나 좀 봐 달라고 했다.

- 서울에 있는 변호사인데요.

처음 올 때와는 변호사 이름이 달라져 있었다. 전화를 끊고 나는 인터넷을 검색해 법률사무소 이름과 전화번호를 적었다. 인터넷 인물사전에 들어가 변호사 이름을 검색하니 부동산 전문 변호사였다. 꽤 이름이 알려진 유명한 변호사였다. 그런데 말이다. 내가 요즘 중개한 물건 중에는 송사에 걸린 일이 없는데 이상하다. 그리고 파리에 있는 사람이 국제전화까지 해서 알려 줘야 하는 정도로 중요한 일이라면 내용증명을 한번 더 보내든지. 전화번호를 알고 있다면 변호사사무실에서 전화를 하지 않고 왜 파리에서 했을까? 이해할 수 없는 일이 한 두 가지가 아니다.

예전에 연애하던 여자 친구가 나 몰래 아이를 낳아 키우다가 장성한 아들인가 딸이 아버지를 찾아서 친자확인소송을 걸었나 싶기도 하고, 부동산에 투자한다고 해서 투자를 했는데 손해를 끼친 일이 몇 번 있었는데, 그 중에 한명이 뒤늦게 본전 생각이 나서 내용증명을 보냈나 싶기도 하다. 내가 지금까지 나이 50이 넘도록 살면서 죄를 지은 것이 한두 가지이겠는가. 대문 밖이 저승이라는데. 음주운전을 30센티하다가 음주단속에 걸려 벌금 200만 원에 처해졌다는 기사를 오늘 아침신문에서 봤다.

친구들과 술을 마신 그 사람은 대리기사를 불러 집에 왔다. 그런데 대리기사가 남의 가게 앞에 차를 세웠다. 가게주인이 차를 조금만 옮겨 달라했는데도 대리기사는 그냥 가 버렸다. 그러자 술 취한 차 주인이 30센티를 옮기다가 음주단속에 걸렸다. 그리고 약식재판에서 판사는 음주운전혐의로 차 주인에게 벌금 200만을 선고했다. 선고이유가 다급히 운전을 해야 할 이유가 없었다는 것이다. 걸리지만 않았으면 아무것도 아닐 일이 걸리니 유죄가 되고 벌금을 내고 전과자가 된다.

공무원이었으면 파면사유가 되고 아나운서면 모든 하고 있는 프로에서 하차이유가 된다. 대문 밖이 범법자가 되는 세상이다. 누가 요리조리 잘 피해 가느냐가 문제다. 재수가 없으면 걸리고, 걸리면 재판까지 가고 처벌받는다.

보이스 피싱 조직이라면 내게 온 등기우편물이 2번이나 수취인불명으로 반송되었다는 걸 어떻게 알았을까? 내용증명이라는 것도 알고 로펌에서 보냈다는 사실을 알고 있는 건 아닐까. 그렇다면 내가 궁금해 하는 그 등기우편의 내용도 알고 있는 것은 아닐까.

파리에서 더 이상 전화는 없었다. 왜 전화가 오지 않을까? 그토록 중요한 일을 한번 중간에 끊었다고 또 하지 않는 이유는 무엇일까? 녹음해 놓은 멘트였나? 그렇다면 나도 녹음을 해 놓을 걸 그랬다. 핸드폰에 통화녹음버튼만 누르면 되었을 것을.

경찰서에서 전화가 왔다. 자신을 고소인 조사관이라고 말한 형사는 나에게 이름을 물었다. 내가 대답하자 누군가를 아느냐고 물었다. 안다고 하니 그 사람이 나를 사기죄로 고발했다고 한다. 고발한 그 사람이 지금 조사받고 있고, 며칠이 지나면 나도 피의자 신분으로 조사를 받아야 한다고 말했다. 투자를 하겠다고 돈을 가져가서 돌려주지 않는다는 것이다.

6년 전인가 내가 하고 있는 부동산이 잘된다고 생각했는지 부동산 사무실을 하나 내고 싶다고 그 사람이 연락을 해 왔다. 자격증도 없고 부동산에 대해 잘 알지도 못하면서 공인중개사 사무실을 차린다는 게 쉬운 일은 아니다. 어찌 어찌 마음이 맞아 새로 들어서는 아파트단지에 상가를 하나 얻어 사무실을 내기로 하고 단지 내 상가 하나를 계약했다.

보증금 5,000만 원에 월세 280만 원. 부동산 사무실로는 월세가 상당히 높은 편이었지만 1800세대나 되고 중형이상의 아파트라서 수수료 수입도 좋을 것 같아서 한번 해 볼 수 있을 것 같았다. 계약금을 500만 원 들여 계약을 하고나서 고민에 빠졌다. 가게를 맡아서 할 공인중개사가 구해지지 않는 것이었다. 그렇다고 잘되는 지금의 가게를 처분하고 내가 그곳으로 가기는 싫었다. 그래서 그 친구에게 계약금을 떼고 그만 사업을 접자고 말했다. 그러나 들인 돈이 아까운 그 친구는 그냥 밀어붙였다. 우여곡절 끝에 부동산 사무실을 오픈했다. 도배를 하고, 책상을 들이고, 인터넷을 연결하고, 간판을 마지막으로 가게를 오픈했다. 그러나 가게는 잘 되지 않았다. 한 달 내내 계약을 하나도 못했다.

처음 입주하는 아파트는 한 서너 달 벌어서 1년을 먹고 살아야 한다. 왜냐하면 입주기간이 끝나면 거래절벽이 오기 때문이다. 몇 억을 주고 사거나 세를 들어온 사람들이 1년도 안돼서 이사 가는 일은 거의 없기 때문이다. 첫 달에 하나도 계약서를 못 썼다는 것은 사무실이 망했다는 것이다. 옆 사무실도 어렵기는 마찬가지였다. 단지 내 상가 1층에 6개의 공인중개사사무실이 입주했는데 반은 상가를 분양 받아서 장사를 시작했고, 나하고 나머지 가게는 세 들어 왔는데 세를 들어온 사무실은 전부 다 월세를 하나도 내지 못하고 시간이 흘러 계약기간이 끝나 보증금 5,000만 원을 다 날리고 떠나갔다.

보증금 5,000만 원과 시설비 2,000만 원을 다 날렸으니 참으로 난감한 일이었다. 나도 장사가 안 되니 생활비로 1년 반 동안 보증금과 시설비를 합친 것만큼 돈을 없앴다. 서로 비슷하게 돈을 없앴어도 친구가 훨씬 억울했으리라. 그런데 이상한 것은 6년이 지난 지금에야 고소를 해 왔다는 것이다. 보증금과 시설비를 다 날렸다고 친구에게 말했을 때는 할 말이 없어서 그랬나 별말이 없다가 이제 와서 고소를 해온 것이다. 나는 예전에 작성한 계약서와 시설비 내역이 적혀 있는 파일을 찾아 다시 살펴보았다. 문제는 내 통장으로 돈을 받아 내 이름으로 가게를 계약하고 시설비를 내가 다 지출했다는 것이다.

돈을 빌린 것도 아니고 그렇다고 이자를 준 것도 아니어서 하나도 문제가 없다는 변호사도 있고, 내가 내 이름으로 계약을 해서 문제가 될 수도 있다는 변호사도 있었다. 그리고 투자는 공소시효가 5년이라고 하니 5년이 지났으니 소를 제기할 거리도 아닌 것도 같다. 돈을 빌려줬다면 이자를 한번이라도 받아야 효력이 있다고 했다. 내일 모레 경찰서에 가서 진술해 보면 알 것이다.

자동차가 말을 걸었다. 고혈압이시네요. 어쩌라고 짜증나게. 집에서 나오면서 올라가 본 체중계는 스트레스로 먹은 음식량만큼 몸무게가 늘어 있었다. 앞문을 열고 좌석에 앉아 크로즈(CRUISE) 셋(SET) 버튼을 누르자 차가 출발했다. 모든 창에는 투명한 디스플레이가 장착되어 있다. 전화가 오니 투명한 디스플레이에 친구의 얼굴이 떴다. 주변 지역 정보를 보거나 밤에는 별자리도 볼 수 있다. 좌석은 디귿자 형태로 회의실처럼 꾸며져 있다. 비행기 비즈니스 석처럼 완전히 눕힐 수도 있다. 두 손이 자유롭다. 책을 읽거나 잠을 잘 수도 있다.

- 선생님. 전남 벌교읍으로 예약이 되어 있고, 내일 오후에 다시 돌아오는 일정으로 예약이 되어 있습니다. 벌교까지는 서울에서 348킬로미터 지점에 있으며 약 4시간 29분이 소요될 것으로 예상됩니다. 경부고속도로 논산천안고속도로, 순천완주고속도로를 거쳐 정오쯤 전남 벌교에 닿을 예정입니다. 편안한 여행이 되길 바랍니다. 참고로

휴게소는 2번 들릅니다. 나는 등받이를 뒤로 미루고 의자를 높였다. 오랜만의 여행이다. 더구나 혼자서는. 집에서 보던 영화나 봐야겠다고 생각하니. 앞 유리창에 영화 〈다키스 아워〉가 떴다. 2차 대전이 한창이던 시기에 영국 수상이 되어 전쟁기간동안 매 순간마다 어려운 결정을 하고, 대국민 담화를 발표하고, 전쟁을 지휘하는 내용이지만, 전쟁 씬은 단 한 장면도 나오지 않는다.

처칠과 단 한명의 여자 타자수가 영화를 이끌어 간다. 대국민 담화를 처칠이 구술하면 타자수가 그걸 받아 적는다. 타자기로. 각 군에 타전되는 명령서도, 국회에 가서 의원들을 상대로 정견을 발표할 때도, 처칠은 타자수가 쳐준 종이 한 장을 들고 다우닝가 10번지를 나선다.

타자수의 책상에 군복을 입은 젊은 남자 사진하나가 놓여 있다. 처칠이 묻는다. 애인이냐. 아니오. 오빠입니다. 지금 어느 전선에 있는가. 전사했습니다. 처칠이 죽음을 무릅 쓰고 사수하라 명령한 그 전투에서 오빠는 죽었다. 타자수는 그 내용을 타이핑하면서 울었다. 처칠은 재임기간 내내 히틀러와 강화조약을 맺으라는 정적들의 강요에 시달렸다. 신념이라기보다는 똥고집으로 그걸 견뎌냈다.

그만 봐야겠다고 생각하니 영화가 꺼졌다. 앞이 트이면서 고속도로가 눈에 들어왔다. 차가 속도를 내며 왼쪽 깜빡이를 켰다. 앞차가 규정속도보다 천천히 가는 것 같았다. 추월한 차가 주행차선으로 들어오기 위해 오른쪽 깜빡이를 켜고 속도를 늦추자 뒤에서 오는 차가 멈칫거렸다. 차는 그대로 1차선을 한참 달렸다. 차는 다른 차량이 갑작스럽게 끼어드는데도 안전하게 주행했다. 차는 시원하게 제한속도 110킬로미터로 달렸다.

차가 제한속도보다 빨라서 차량 간 거리가 가까워지면 차선을 바꿨다. 교통흐름을 방해하지 않고 양옆 차선으로 트럭이 다가오자 차는 일단 브레이크를 밟아 속도를 줄였다.

- 선생님. 음악 틀어 드릴까요.
저희 여행사에서는 손님 여러분의 안전과 편안한 여행을 위해서 여러 가지 편의시설이 구비되어 있습니다. 궁금하시면 말씀만 하십시오,
곧 모차르트의 현악 4중주가 차안을 가득 메웠다.
차가 물었다.
- 무슨 일로 가시는지요.
- 친구가 나를 사기혐의로 고소를 해서 합의를 보려고 친구를 만나러 갑니다.
- 친한 친구입니까. 아님 아는 친구입니까.
그 친구와는 초등학교와 중학교, 고등학교를 같이 다닌 친구였다. 부모님들과도 교류가 있었고, 그 친구의 동생도 내가 중매한 후배와 결혼해서 잘 살고 있다. 부동산 사무실에 싸고 쓸 만한, 투자가치가 있는 물건이 나오면 믿고 투자하는 몇 안 되는 단골이기도 했다. 그러나 그 사건 이후 우리는 전화도 잘하지 않는 서먹한 사이가 되어갔다. 내가 잘못한 부분도 있을 것이다. 그러나 투자해서 돈을 잃었으면 그걸로 끝

내야지 나를 끌어들여 사기죄로 고소할 줄은 꿈에도 생각을 못했다.

- 며칠 전까지 친한 친구였지요.

부동산 사무실을 낸다고 해서 아파트 단지 내 상가사무실을 소개해 줬고 계약을 했다. 그러나 공인 중개사가 구해지지 않아 애를 먹고 있었다. 그러다가 내가 하던 사무실을 실장에게 팔고 친구가 계약해 놓은 가게에 내 명의로 사무실을 오픈했다.

7,000만 원 들어간 그 가게는 장사가 잘 되지 않아 보증금을 다 까먹고 철수했었다. 그리고는 몇 년이 지난 지금 들어간 돈의 반을 달라며 연락이 왔는데, 목적을 이루지 못하자 나를 경찰서에 사기혐의로 고소했다. 고소인 조사를 마친 경찰이 불러 피의자 신분으로 며칠 전에 경찰서로 불려가 조사를 받았다. 변호사와 상의하니 고소인을 찾아가 합의를 보란다.

- 경찰 조사를 받을 때도 요령이 필요합니다. 지금부터 예상 질문지
  를 드릴 테니 대답해 보시기 바랍니다.

- 사기혐의의 쟁점은 기망에 의한 이익을 편취했느냐 입니다.

- 기망이라. 기망은 뭔가요.

- 쉽게 말하면 상대방을 이유여하를 막론하고 속이는 거죠.

- 편취는 무엇이죠.

- 이익을 얻었느냐. 돈이든 물건이든 쉽게 이야기하면 남의 것을 가
  지고서 안 주는 것입니다.

- 7,000만 원을 통장으로 받으면서 속이거나 거짓말한 것이 있나요.

- 없습니다. 임대계약서와 물품구입비용 영수증을 등기로 보내 주었습니다.

- 선생님의 말이 사실이라면 걱정하지 않으셔도 되겠는데요. 변호사를 선임할 필요도 없고 친구하고 합의를 볼 필요도 없습니다. 이런 사건의 경우 상대방을 속여서 이익을 봤느냐가 쟁점인데, 장사가 안돼서 상가 임대보증금은 월세로 다 나갔고. 시설비는 1회성이기 때문에 누군가 가져다가 재사용하기도 어렵기 때문에 선생님이 이익을 봤다고 볼 수 없기 때문입니다. 그리고 투자해서 손해를 본 경우 상대방에게 손해배상을 청구할 수 있는 기간이 인지한 날부터 5년 이내에 소를 제기하든 독촉을 해야 하는데 기간은 시효가 지나서 받아들여지기 어려울 것입니다.

10분 후에는 휴게소에 들릅니다. 휘발유를 보충하고 약간의 정비를 받은 다음 내리신 곳으로 오겠습니다. 드시고 싶은 음식이나 음료가 있으시면 오른쪽 창에 휴게소에서 파는 음식과 음료를 띄워 드리겠습니다. 선생님께서 고르시면 휴게소에 미리 연락을 해서 주문해 놓겠습니다. 주문내역은 선생님의 휴대폰으로 보내드리겠습니다. 휴대폰으로 결제만 하시면 됩니다.

- 감사합니다.

휴게소에 들러 커피 한잔을 마시고 담배 한 대를 피워 물었다. 두터운 구름너머로 보이는 태양. 울창한 나무사이로 호수가 내려다보인다. 창밖에는 구름 낀 하늘, 여행은 내면을 담는다. 나이가 들면 삶과 죽음의 경계가 모호해진다.

차가 움직이기 시작한다. 아직도 2시간은 더 가야 한다. 창밖으로 스치는 풍경들이 봄이다. 4월 중순 연초록의 잎들이 막 세상에 나와 해바라기를 하고 있다. 방금 나온 잎들은 어미의 자궁에서 나온 새끼들처럼 물기가 묻어 있다. 따뜻한 엄마 배속에서 세상으로 나왔을 때 느끼는 한기 때문에 갓난아이는 얼굴이 빨개지도록 우는 것인지도 모른다. 연초록의 잎사귀들이 햇빛에 빛난다. 봄은 새로운 시작을 말한다. 아이가 세상에 태어나 살아가듯이. 죽은 나무 가지에 물이 오르고 얼마 안 있어 아우성치듯 새순이 돋아나면 비로소 나무는 나무다워진다.

차가 출발한지 얼마 안 되어 바다가 보이기 시작한다. 강과 만나는 그곳에는 삶과 죽음의 경계처럼 바다와 강의 경계가 없다. 그저 물이 흐르고 있을 뿐이다. 고속도변에 있는 표지판 모양은 단순한 흑백 색상만 흘러간다. 차에 타고나서도 10분 간격으로 친구에게 전화를 걸었으나 받지 않았다. 정오쯤 벌교에 도착한다는 문자도 여럿 남겼지만 답장이 없다. 읽지도 않았다. 차는 쉬지 않고 벌교를 향해 달렸지만 만나야 할 친구는 응답이 없다. 상대방이 안 받는 걸 받게 하는 기술은 아직 개발되지 않은 것 같다. 꼭 필요한 기술이다.

벌교에 도착해서 제일 먼저 찾은 곳이 꼬막식당이다. 꼬막으로 할 수 있는 요리란 요리는 다 나온 것 같다. 미나리를 손으로 잘라 넣고 고추장을 넣고 무친 꼬막무침이 커다란 그릇에 담겨 나왔다. 비벼먹으라는 것이리라.

은박지에 싸서 구운 꼬막. 쫄깃하게 뜨거운 물에 데쳐 낸 삶은 꼬막. 지푸라기에 낙지를 돌돌 말아 불에 구운 낙지호롱까지. 우럭도 한 마리 잘 구워서 올려놓았고. 젓갈류도 빠지지 않고 상에 올랐다. 그 중에서도 내가 제일 맛있게 먹은 것은 꼬막을 넣어 지진 꼬막 전이었다. 금방 팬에서 나왔는지 적당히 따끈하고 고소한 게 입에서 살살 녹았다. 꼬막무침을 볼이 미어지도록 한입 가득 입에 넣고 씹기 시작하자 벌교가 실감났다. 5시간 가까운 시간동안 차속에서 갇혀있었는데 꼬막정식 한 그릇에 피로가 말끔히 가셨다. 여행지에서 그곳 음식을 먹지 않으면 아직 그곳에 도착하지 않은 것이다.

엎어진 김에 염불한다고, 여기까지 와서 조정래 선생의 태백산맥 문학관을 안 가볼 수는 없다. 조정래가 태어난 생가를 지나 그가 산책했다는 야트막한 산 밑에 조정래 문학관이 있었다. 입구에 들어선 관람객들을 압도하는, 성인키보다 높은 태백산맥 육필원고가 기를 죽였다. 저걸 어느 세월에 다 썼을까. 200자 원고지를 10만 매 쌓아놓으면 저 높이가 되려나. 그가 쓴 아리랑. 한강도 10권씩 나왔으니 평생 원고지와 씨름했을 작가의 왕성한 창작욕에 절로 고개가 숙여졌다.

어렵게 쓴 태백산맥은 상업적으로 성공해 인세를 찍은 도장만 30개가 넘게 진열돼 있었다. 도장 하나 가지고 몇 천권 분량의 도장을 찍으면 도장이 낡아 쓸 수가 없단다. 그 때마다 새로 판 도장만 30개가 넘는다니 가히 짐작이 간다. 얼마나 많이 팔렸는지. 2층에 가니 독자들이 공들여 베껴 쓴 필사본이 산만큼 쌓여 있었다. 문학관을 둘러보면서도 친구에게 전화를 걸었지만 허망한 벨소리만 귓가에 자욱하다.

늦은 오후의 햇살이 흘러든 골목마다 은은하고 비릿한 꼬막향이 났다. 몇 개의 골목을 지나자 머리 위로 내려앉는 그림자가 외서 댁의 치마폭 같다. 어린것들을 건사하기 위해 여자만 갯벌에 나가 앞치마 가득 꼬막을 캐던. 벌교에서의 첫날은 조정래가 산책하던 야트막한 야산 언덕에서 저물었다. 아우성치며 여자만으로 넘어가는 해를 염상섭이 보고 있는 것 같았다.

석양은 어둠과 빛의 중간. 따뜻함과 차가움의 중간, 이 세상과 저 세상의 중간으로 스며들었다. 죽은 전화처럼 친구의 전화는 신호는 가는데 받지를 않는다. 어디 이승과 저승 중간 어디쯤 소리가 산화되어 흩어지리라. 가느다란 빛들이 기타 줄처럼 어둠을 매달아놓고 있었다.

나는 남도여관으로 스며들었다. 오래되고 낡아 삐걱거리는 계단을 올라 개미지옥 같은 여관방에 몸을 부렸다. 하룻밤 3만 원을 주고 산 여관방은 빨치산들이 입고 있던 옷만큼이나 남루하고, 오래 빨래를 하지 않은 옷에서 나는 퀴퀴한 냄새가 났다. 문득 차는 잘 있는지 궁금했다. 녹슨 창문을 열고 바라본 차는 가로등 아래 무덤처럼 고요하다.

아침에 일어나 핸드폰으로 차를 호출했다. 여관을 나서니 차가 와 있다. 앞문을 열고 소파에 앉으니 차가 말을 걸었다. 간밤에 잘 주무셨냐고. 나는 무심코 고개를 끄덕였다. 간밤에 전화를 수도 없이 했지만 끝내 친구는 전화를 받지 않았다. 태어나서 하루 동안 문자를 그렇게 많이 해 보기는 처음이다. 아무리 전화를 하고 문자를 보내도 친구한테서는 연락이 없었다. 우울한 낯빛으로 창밖을 보는 나에게 차가 물었다.

- 어딘가를 들렀다 가시겠습니까. 아니면 서울로 곧장 가시겠습니까. 이 근처에 가 볼 만한 곳이 여러 곳 있습니다. 가까운 순천에 가시면 김승옥의 무진기행의 무대가 되었던 순천만이 있습니다. 한승원씨가 태어난 장흥도 가까운 곳입니다. 영랑이 태어난 강진도 가깝습니다. 나는 그냥 서울로 가자고 말했다.

- 친구 분을 만나지 못한 게로군요.

- ……….

- 제가 밤새 유사한 사건을 검색하고 판례를 관찰한 결과 이런 경우 검찰조사에서 무혐의 처리된다는 결론을 얻었습니다. 친구를 만나지 못했다고 낙담하지 마십시오.

- ……….

- 친구를 만나 합의를 보려면 3,500만 원이나 그 이상을 줘야 하는데 이 경우 아무리 형량이 아무리 높다 해도 벌금 500만 원을 넘을 수 없습니다.

- 벌금 500만 원. 그래도 전과자가 되지 않겠나. 그리고 그 지겨운 재판을 받아야 하지 않겠나.

- 이런 경우 검찰에 송치돼도 약식재판으로 판사가 500만 원의 벌금을 선고하면 검찰에 가서 기한 내에 벌금을 내면 사건이 종결됩니다. 변호사를 선임해서 벌금을 줄일 수는 있지만 변호사 수임료가

최소 300만 원이니 재판을 벌일 필요도 없습니다. 벌금에 불복해서 정식재판을 신청해도 무죄판결이 아니라면 의미가 없습니다. 시간만 허비합니다.

- 그럼, 형사재판은 그걸로 끝난다고 하고, 민사로 소송을 제기하지 않겠나. 손해배상을 해달라고 재판을 걸어올 수도 있지 않겠나.
- 그런 경우도 있지만 대부분은 형사재판에서 사기혐의를 벗으면 그것으로 끝납니다. 민사소송을 해 봐야 승소하는 경우가 드물어요. 죄가 되지 않는데. 합의를 보지는 않죠.

집으로 돌아가기가 싫다. 차 속이 훨씬 아늑하다. 말이 사라진 집은 황량했다. 강아지 한 마리가 같이 있어도 같이 있는 게 아니고 한집에 살아도 무언가 단절된 느낌이다. 팽팽하던 줄이 끊어진 느낌. 그나마 느슨하게 이어져 온 가족 간의 유대감도 몇 년 전에 사라졌다. 그저 잠만 자고 나가는 유령의 집이 되어 가고 있었다.

아이들이 자랄 때만 해도 웃음이 끊이지 않던 집은 추수를 끝내고 겨울바람이 몰아치는 황량한 들판같이 숨을 곳도, 쉴 곳도 없는 나무 한그루 없는 황량한 벌판 같다. 하루 종일 집에 있어도 말 한마디 할 사람이 없다는 것은 천형이다. 너무 오래 혼자 살았다.

벌교 읍내를 벗어나 순천으로 가는 길에 할머니 한분이 무단횡단을 하다 도로 한복판에서 멈췄다. 차가 급브레이크를 잡고 멈춰 섰다.

- 이 앗 오마 갓.

나는 안전벨트를 했는데도 중심을 잃고 심하게 앞으로 쏠려 앞 유리 창에 박았다고 생각했는데 에어백이 터졌다. 에어백에 얼굴을 묻고 짧은 순간에 숨이 컥 막혔다. 사색이 된 나를 위해 차가 에어백을 걷어 내 주었다. 무슨 일이 일어났는지를 먼저 알고 대처하고 있었다. 할머니는 아무 일이 없었다는 듯 가던 도로를 가로질러 건너편 인도로 가고 있다. 차가 다시 출발했다. 순천에 와서 국가 정원박람회를 둘러보고 순천만 갈대숲이 보이는 식당에서 짱뚱어탕 한 그릇으로 허기를 달래고 고속도로에 진입했다.

고속도로를 20킬로미터 가량 달렸을 때 운전석의 계기판에는 근처에 비상등을 켠 차가 있다는 것을 알리는 표시에 불이 들어왔다. 1킬로미터를 더 달리자 비상등을 켠 채 갓길에 멈춰선 차가 나타났다.

- 차가 사고가 나면 차를 만드는 회사가 책임을 지나, 아니면 운영하는 회사가 보험금을 지급하나, 자동차보험은 들어 있나. 그걸 확인하지 못했네.

- ……………·

검찰조사를 기다리고 있는 나에게 벌금 500만 원짜리 통지서는 날아오지 않았다. 판사가 약식명령으로 벌금 500만 원을 선고했으면. 검찰사이트에 들어가서 벌금 500만을 내든지 7일 이내에 지방법원에 정식재판을 청구하라는 기별을 했을 텐데. 끝내 오지 않았다. 담당 형사에게 전화해서 물어 보니 무혐의처리 되었다는 것이다.

부동산 사무실

공인중개사 자격증을 따고 1년쯤 지나 내가 살고 있는 아파트 상가에 부동산 사무실을 하던 가게가 비어 있는 것을 알았다. 상가관리사무실에 찾아가 가게를 얻어 부동산을 하려고 한다고 하니 전화번호를 알려줬다. 보증금 2,000만 원에 월세는 130만 원이란다. 상가를 인수하려면 으레 따르게 돼 있는 권리금이 없어서 한번 해 볼만하다는 생각이 들었다. 왜만한 부동산 사무실을 인수하려면 4,000-5,000만 원의 권리금이 필요했다. 며칠을 고민하다 계약을 했다.

보증금이 없어서 대출을 받았다. 동서와 매제가 1,000만 원씩 보증을 섰다. 보증금과 월세를 주고 키를 받았다. 전에부터 생각해둔 사무실 상호가 있었지만 전 주인이 남기고 간 상호를 쓰기로 했다. 썬팅도 간판도 그대로 사용하기로 했다. 책상과 의자 그 밖에 집기류만 있으면 오픈할 수 있을 것 같았다. 그렇게 아껴 100만이 안 되는 시설비로 사무실을 오픈했다. 전화번호도 간판에 적힌 번호를 쓰기 위해 한 달을 기다려 내 것으로 만들었다. 전에 쓰던 사람이 다시 쓸 수 있을지 몰라 몇 개월의 유예기간이 있는 듯했다.

3년이나 걸려 딴 공인중개 자격증을 잘 보이는 곳에 걸었다. 이걸 따는데 3년이 걸렸다. 남들은 1년이면 따는 자격증을 3년이나 걸려서 말이다. 얼마나 어렵게 땄는지 소중하기만 한 자격증이다. 얼마나 애착이 가는지 원.

공인중개사 시험을 본 첫해는 시험문제를 너무 너무 어렵게 냈다고, 국가에서 인정을 해서, 그해 시험문제가 중앙일간지에 나왔다. 이게

공인중개사 민법 시험문제라고 하면서, 사법고시에 버금간다고. 공인
중개사 시험은 1년에 한번 응시할 수 있는데 몇 개월 지나지 않아 추
가시험이 실시되어 시험을 보았지만, 그것도 떨어졌다. 그 다음해에도
직장에 다니는 관계로 또 떨어졌다. 직장에 다니면서 아니면 무슨 일
을 하면서 자격증을 딴다는 건 나한텐 쉬운 일이 아니었다. 그때는 부
동산학개론에서 과락이 나왔다. 다른 과목 시험점수는 차고도 넘치는
데, 과락이 있어서 또 떨어졌다. 하던 자영업을 집어치우고 1년 동안
꼬박 공부해서 그 해에 붙었다. 나이 50이 넘어서 하는 공부가 쉬울 리
가 없었다. 처음엔 책상에 앉아서 공부하는 게 그렇게 어렵더라. 아침
부터 오후까지 수업을 듣고 나면 파김치가 됐다.

　마지막이라고 생각하고 이를 악물고 버텼다 꼬박 1년 동안 아침 7시
에 학원에 나가 밤 12시에 들어왔다. 일요일도 없었다. 추석에도 제사
만 지내고, 처갓집이고, 성묘고, 뭐고 아무것도 안하고 고시원으로 가
서 공부했다. 그렇게 힘들게 자격증을 땄다. 참으로 감개무량했다. 대
학교 들어갈 때 빼고 그렇게 열심히 공부한 적이 없었다. 법대 나온 처
남도 행정학과 나와 교육공무원인 동서도 몇 년 하다가 포기한 걸 국문
과 나온 내가 시험에 합격한 것이다. 그만큼 나는 절실했던 모양이다.

　시험에 합격을 하고 나서 부동산사무실에 취직을 하려고 애를 썼으
나 받아주는 곳이 없었다. 사무실에서 요구하는 조건은 매양 똑 같았
다. 자격증이 있어야 하고, 차가 있어야 하고, 60세 이하여야 한다는 것
이다. 조건을 충족했는데도 이력서를 써가지고 가면 퇴짜 맞기 일쑤였

다. 그래서 경험도 없이 정말 맨땅에 헤딩하는 맘으로 사무실을 차렸다. 처음 시작할 때 마음은 그냥 1년이라는 시간을 보내면서 월세나 안 밀리고 냈으면 싶었다. 그러다 보면 경험도 쌓이고, 운영 노하우가 생겨 다음에는, 아니면 1년쯤 지나면 자리를 잡지 않을까, 하는 막연한 생각으로 가게를 오픈했다. 그런데 의외로 장사가 잘 됐다. 첫 달에 월세는 고사하고 경비를 제하고도 100만 원을 더 벌었다. 첫 계약서를 쓸 때 그 설레임과 두려움을 잊을 수 없다. 부동산 중개업은 편의점에서 과자를 파는 것과는 다르다. 아무리 작은 월세 계약도 보증금이 500만 원은 된다. 전세는 최소 몇천만 원에서 몇억이고, 매매는 더 말할 것도 없다. 문제는 어떤 사람에게는 그 돈이 전 재산이라는 것이다. 계약을 잘못하거나 일이 틀어지면 그 사람 인생이 잘못 될 수도 있는 돈이었다.

혼자 하다가 실장을 구했다. 실장도 돈이 돼야 부릴 수 있다. 월급제가 아니고 매출을 가지고 사장과 나눠먹는 구조이기 때문이다. 7:3이나 6:4로 많이 하는 모양인데 나는 5:5로 했다. 매출이 300만 원이면 비용 빼고 반씩 나눠 가지는 구조다. 매출이 많으면 실장에게 유리하고 매출이 적으면 사장에게 유리하다. 사장 입장에서는 월세 걱정 안 해도 되니 나 같은 초보자에게는 안성맞춤이다. 그러나 실장은 가져가는 게 적으니 한 달이 지나자 나가 버렸다. 부동산 사무실은 실장이 중요하다는 말을 실감나게 해 주는 사건이 일어났다. 몇 명의 실장을 쓰면서 1년이 지난 어느 날 늙그수레한 여자가 찾아왔다. 실장은 대부분 30대 40대 주부들이 많은데 50이 넘은 여자는 처음이었다. 사장님이 실장을 구한다는 광고를 보고 찾아왔다는 것이다. 자기는 근처에 있는 부동산 사무실에서 일을 하고 있는데 사장이 바뀌어 나와야 하는 사정이 있으니 자기를 써 달라는 것이다. 나중에 알고 보니 그 사람의 위치가 좀 이상했다. 마침 나도 실장이 필요해서 그러마고 했다. 다음날 출근을 했는데 전화기를 한 대 들고 왔다. 자기가 10년 넘게 쓰던 전화기라는 것이다. 별 생각 없이 전화를 설치해 줬다. 그런데 이게 요물이었다. 10년 전부터 연을 맺은 고객들이 이 번호로 전화를 하기 시작했다. 또 하나 그녀가 가지고 온 노트가 있었다. 10년도 더 된 노트라고 하면서 10년 넘게 자기에게 집을 사거나 판 사람들이 거기 다 있다는 것이다. 공인중개사 자격증도 없이 실장도 아닌 뜨내기로 10년을 버텼다는 것은 대단한 일이었다. 그래 한 달에 얼마나 벌었소 하고 물어 보니 얼마 못 벌었다고 했다. 사무실에 앉아있으면 지나다가 찾아오는 워킹 손님이 절반 이상을 차지하는데 그 손님들을 하나도 받을 수가 없었단다. 사무실 한 켠에 책상 하나놓고 자기를 찾아온 손님만 상대해서 월 100만 원이나 벌면 많이 벌었다고 했다. 자격증이 없으니 사장에게 부탁해서 계약서를 쓰고 수수료 받은 돈에서 사장에게 계약서 쓴 대가로 반을 주고 나면 남는 게 없었다는 것이다. 원청도 아니고 하청에서 재하청을 하는 꼴이라서 일은 다해 놓고 벌이는 시원치 않았는 것이다.

그래서 뭐 별로 기대를 하지 않았는데 그 달부터 매출이 오르기 시작했다. 첫 달은 두 배, 셋째 달은 4배의 매출이 올랐다. 매출이 2,000만을 넘어 3,000만 원에 육박하자 눈코 뜰 새 없이 바빠졌다. 하루에

3-4개의 계약서를 쓰고 3-4개의 잔금을 하는 일이 다반사였다. 아침 9시에 출근해서 퇴근할 때까지 진짜 바빴다. 하루일과가 1시간 단위로 일정 꽉 찼다. 계약서를 쓰거나 잔금을 하면서 조금이라도 지체되면 부동산 사무실이 터져나갈 것 같이 위태롭다. 매도인과 매수인만 오는 게 아니라 남편, 시아버지, 여동생, 남동생, 누구라도 같이 오지 혼자 오는 사람은 거의 없다. 거기다가 대출이 있으면 은행직원오지, 등기하러 법무사도 오지, 상대방 공인중개사도 오지, 한 팀만 해도 많은데 2팀 3팀이 오면 완전히 사무실은 난리 굿판이 된다.

그날도 몇 팀이 예약이 되었는데 이혼하는 부부가 남편명의로 된 둘이 살던 집을 팔면서 서로 돈을 가져가려고 몸싸움이 일어났다. 형제들까지 붙어 안구잡이가 났는데 사람들끼리 한꺼번에 넘어지면서 부동산 사무실 앞 유리창이 박살난 적도 있었다.

실장 하나 바뀌었는데 매출이 월 300만이나 할까 말까한 사무실 월 매출이 2,000만 원이 넘어가자 사무실에 활기가 넘치기 시작했다. 사무실은 늘 사람들로 넘쳐났고, 전화통은 잠시도 쉴 틈이 없었다. 일에 있어서는 업무분담이 확실했다.

실장은 사람들이 집을 사게 만들어서 계약이 성사되면 나는 계약서를 쓰고, 중도금을 챙기고, 잔금을 했다. 나는 대전 시내 공인중개사사무실을 다 돌아다니며 계약서를 쓰고 잔금을 했다. 내 물건이 아닌 계약은 부동산 물건이 있는 부동산 사무실에서 계약서를 쓰기 때문에 나는 그냥 도장이나 들고 가서 계약서를 쓱 한번 읽어 보고 서명하고 날인하면 수수료가 나왔다.

하지만 우리 사무실에 나온 물건이면 이야기가 달라졌다. 매도자와 시간 약속을 하고 매수자 부동산으로 전화를 해서 약속을 잡았다. 매도자와 매수인이 모이고 두 부동산 사장이 만나 계약서를 쓰며 이사날짜와 잔금일정을 조율한다. 계약서를 썼다고 다 해결이 난 건 아니다. 잔금하기까지 수십 번의 전화통화가 있어야 한다. 집에 조금이라도 하자가 있으면 일은 더 복잡해진다. 이권이 걸린 일에는 누구도 물러서지 않는다. 끝도 없이 전화를 해서 괴롭히는 사람도 있다. 더러는 부동산사무실에서 해결할 수 없는 문제도 있는데 막무가내로 전화해서 괴롭히는 사람도 더러 있다. 그러거나 말거나 어떻게 얻은 사업장인데 여기서 물러날 수는 없었다,

부동산 사무실을 연지 1년쯤 되었을 때 생활비도 걱정이 없어지고 빚도 다 갚고 나니 주변을 둘러볼 여유가 생겼다. 내가 사무실을 운영하는 아파트단지는 17평부터 32평까지 1,680세대나 있는 대단지였다. 그런데 내가 사무실을 운영하기 시작한 해에는 5,000만 원이던 17평 아파트가 1년이 지나자 6,000만 원이 되어 있었다.

적당한 걸 하나 사서 세를 놓으면 어떨까하는 생각이 들었다. 마침 부여에 있는 건물을 하나 매매했더니 수수료를 2,000만 원이나 받았다. 빚을 갚고 500만 원이 남아서 부인에게 주었더니 좋아하던 것이 며칠 전이었다. 17평 아파트 매매가가 6,000만 원인데 전세가 4,000만 원이고 대출이 1,200만 원 긴 물건이 하나 나와서 안 팔리고 있었

다. 2층이고 오래 살아서 집안이 형편없어서 그런지 2달이 넘도록 팔리는 않는 집을 200만 원 깎아서 매입했다.

전세를 놓으면 얼마 안가지고도 살 수 있고, 앞으로 오를 것이라는 확신이 있어서 샀지만 부인에게 보여 주니 이걸 왜 사냐는 것이다. 두고 봐, 몇 년 지나면 돈이 될 테니. 큰 소리는 쳤지만 그것은 가봐야 하는 것이고, 계약을 하고 해서 일은 일사천리로 진행되었다. 전세를 내놓으니 금방 계약이 이루어졌고, 전세금을 받아서 잔금을 치루고 대출은 승계했다. 세입자가 들어오기 전에 500만 원 정도 들여 집을 수리해 주고 하니 돈 1,000만 원 정도 들여 집을 하나 사서 세를 놓았다. 부동산 수수료도 안 들어가고, 등기를 하면서 등기비용과 취 등록세거 하나도 안 들였으니 그것도 이익이었다. 면적이 40㎡ 이하이고 거래가격이 1억 원 이하는 취등록세가 면제된다는 것도 그때 처음 알았다.

내가 그 아파트를 사 놓은 지 얼마 되지 않아 집값이 오르는데 자고나면 100만 원씩 올라가는 것이었다. 2년이 지나자 산값의 곱빼기가 되었고, 1억 3,000만 원에 팔았다. 1주택자 양도세 면제 규정이 있어 양도세도 한 푼 내지 않고 알뜰하게 다 내 것이 되었다. 그 뒤로도 3채 정도를 더 사서 팔았는데 부동산 사무실을 운영해서 얻는 수익보다 훨씬 많았다. 그 뒤로 나는 누구를 만나면 부동산에 투자하라고 말하고 다닌다.

그렇게 2년이 지난 어느 날 실장이 그만둔단다. 얼마나 소중한 실장인데 그만둔다는 말인가. 그날부터 잠이 오지 않았다. 일을 잘하고 돈도 잘 벌고 매달 1,000만 원 이상 가져가는데 이해가 가지 않았다. 사소한 의견다툼으로 실장이 울고 불며 사무실을 뛰쳐나가 며칠 결근하고 하는 일은 있었지만 이번에도 별일이야 있겠어.

또 한 번은 여름휴가는 걸로 다툰 적이 있었다. 한 날은 실장이 출근하자마자 그러는 것이었다. 사장님 며칠날 제가 휴가를 잡았으니 사장님은 다른 날 가라는 것이다. 가만히 듣고 있던 버럭 소리를 질렀다. 어디서 배워먹은 버르장머리냐고, 여차저차해서 할 수 없이 그날 가야되니 사장님은 다른 날 가세요. 해야지 네가 먼저 정해서 통보하고 그러는 게 어디 있냐. 내가 네 직원이냐. 그날 실장은 울면서 뛰쳐나가 들어오지 않았다.

어디 간들 여기보다 좋은 조건으로 일을 할 수는 없었다. 그런데도 실장은 나간다고 한다. 드디어 나간다는 날 실장이 들고 다니는 전화기가 먼저 나갔다. 어딘가에다 어디다가 설치하기 위해 전화기를 떼어간다는 말인가. 아니면 집으로 가져간다는 말인가. 알 수가 없다. 말을 안 하니.

조금 있으려니 아는 부동산 사무실에서 전화가 왔다. 그 사장이 하는 말이 댁에 실장이 바로 옆 사무실로 옮긴다고 한다고 한단다. 말이 되지 않는 소리였다.

같은 아파트 바로 옆 사무실로 자리를 옮겨 근무를 한다고. 부동산 업계에서는 실장이 옮겨갈 때 근무하던 사무실 바로 옆으로는 갈 수 없다는 불문율이 있었다. 왜냐하면 손님도 겹치고 물건도 겹치기 때문에 전에 근무하던 사무실에 엄청난 피해를 줄 수 있기 때문이다. 여기서 일하면서 알게 된 손님이나 물건에 대한 정보를 다 가지고 가서 장사를 한다는 게 말이 안 되었다. 상도의에 어긋나는 일이었다. 예의가 아닌 것이다.

옆 사무실에 가니 실장과 사장이 있었다. 기존에 있던 실장과 사장이 우리 사무실에 있던 실장을 빼간 것이었다. 있을 수 없는 일이라고 항의를 해도 사장은 무슨 상관이냐며 핏대를 세웠다. 공인중개사 자격증도 없어서 페이사장을 앉혀놓고 장사하는 주제에 중개업소 룰에 대해 알 리가 없었다. 바로 옆에서 일하는 실장을 빼가고도 잘못이 없다는 사장을 향해 나는 소리를 질렀다. 니가 이러고도 부동산사무실을 운영할 수 있는지 보자. 며칠을 고민하다 실장을 뽑았다. 지나간 물이었다. 다시는 돌아오지 않는다.

나는 부동산 업계가 공통으로 운영하는 우체통이라는 매체에 글을 쓰기 시작했다. 같은 아파트 단지 내에 있는 다른 사무실에서 내 사무실에 있던 실장을 빼갔다. 억울하다. 이건 바로잡아야 한다. 이건 상도의에 어긋난다. 그러니 회원 여러분께서 바로 잡아 달라. 이렇게 장문의 글을 올렸다. 올린 순간부터 전화가 빗발치기 시작했다. 온갖 욕지거리를 하는 사람도 있었다. 그런 사람은 부동산 업계에서 완전히 퇴출시켜야 한다. 공인중개사 자격증도 없는 실장이 전화기 한 대 들고이 사무실 저 사무실 옮겨 다니며 물을 다 흐려놓고 있다. 이참에 완전히 일을 못하게 매장시켜야 한다. 그 사장 놈도 자격증도 없으면서 공인중개사 사무실을 운영하는 건 완전히 중개업법 위반이다.

나중에 알고 보니 그 사무실로도 무수히 많은 항의전화가 와서 일을 못할 지경이었던 모양이다. 결국 며칠 지나지 않아 실장이 찾아왔다. 사장님 죄송하다면서 보따리 싸가지고 세종시로 간다면서. 붙잡고 싶은 마음이 굴뚝같았지만 어쩔 수 없었다.

　새로운 실장은 전에 실장에 비해 일을 잘 못했다. 수입이 곤두박질 쳤다. 나 혼자 운영하던 시절로 돌아간 느낌이었다. 아 진짜 일장춘몽이었다. 내 잘못도 아닌데. 이렇게 되다니.

　어제까지 잘 되던 사무실을 정리하고 오늘 새로운 사무실로 출근했다. 친구가 부동산사무실을 해 보겠다며 적당한 가게 있으면 알려달라고 해서 새로 입주하는 아파트 단지에 있는 사무실을 보증금 5,000만 원에 월세 280만 원에 계약하고 가게를 꾸몄다. 친구가 자기 조카며느리가 자격증이 있으니 그 사람에게 가게를 맡길 거라고 하면서 계약을 하라고 했다. 계약금 500만 원을 주고 계약을 하고서 4달 후에 입주가 시작되면 사무실을 꾸며 입주한다고 해서 그런 줄 알았다. 입주 한 달 정도 남겨 놓고 문제가 생겼다. 그 조카가 아이가 너무 어려 그 부동산 사무실을 맡을 수 없다고 한다. 그래서 공인중개사를 고용해야 한단다. 페이 공인중개사를 쓰면서 사무실을 운영한다는 것은 여러 가지로 문제였다. 비록 고객 돈이기는 해도 많은 돈이 오가는데 잘못되면 사장이 전부 책임을 져야 하니 위험해서 안 된다. 그러니 계약금 떼고 손을 터는 게 좋겠다고 해도 막무가내다. 입주할 날이 가까워지고 잔금은 해야 하는데 공인중개사가 구해지질 않았다. 친구가 하는 말이 네가 가서 일을 하고 수익이 나면 반씩 나눠 갖자는 제안을 했다. 아니 지금도 잘 되는 가게를 놔두고 어디로 간다는 말이냐며 그 제안을 거절했다. 잔금 날이 다가왔다. 친구는 잔금 4,500만 원과 시설비 2,000만 원을 보내왔다. 그래 어쩔 수 없다. 잔금이나 치러주고 부동산 수수료나 받자는 생각에 돈을 들고 가서 잔금을 치루고 키를 받았다. 그 다음날부터 사무실 꾸미는 작업이 시작됐다. 간판을 달고, 책상을 들이고, 컴퓨터를 사고, 장사할 준비는 다 되었는데 공인중개사가 구해지지 않았다.

하는 수 없이 내가 그 새로운 사무실을 맡기로 하고 내 사무실은 권리금을 받고 실장에게 팔았다. 그 날부터 고난의 연속이었다. 새로 입주하는 아파트라 길도 포장이 안돼서 어수선하지 실장도 없이 혼자서 하려니 손님이 오면 손님을 모시고 아파트를 보여줘야 하는데, 가게를 지킬 사람도 없어 문을 잠그고 가야했다. 추운 겨울에 3,000세대 가까이 되는 넓은 아파트 단지는 북풍한설이 불지 참으로 죽을 맛이었다.

설상가상으로 한 달 내내 전세계약서 한 장을 못 썼지. 하루하루가 지옥이었다. 후회를 하고 해도 도움이 안 됐다. 돌아버릴 지경이었다. 더 큰 문제는 돌아갈 곳이 없다는 것이다. 이 가게는 어차피 어쩔 수 없이 맡았지만 여길 그만두면 갈 곳이 없었다. 실장한테 팔지 말고 잠시 맡겨 놓을 걸 그랬다. 아무리 땅을 치고 후회한들 소용없었다.

옆에 장사가 잘되는 여러 부동산 사무실은 입주하기 전에 이 아파트 근처에서 1년 이상 분양권 장사를 하면서 장사를 철저히 준비한 사람들이었다. 처음 들어온 사람은 나밖에 없었다. 그중에 세 사람은 상가까지 분양받아서 철저히 준비를 하고 들어온 사람들이었다. 월세가 280만 원에 부가세까지 하면 308만 원을 내고 부대경비까지 쓰면서 계약서 한 장을 못 쓰고 있으니 울화통이 터졌다. 내가 있는 사무실은 옆에 사장이 분양받아서 반을 갈라 세를 놓은 것이라서 장사가 안 되는 걸 아는지 보증금 5,000만 원이 다 녹아 없어질 때까지 월세 이야기를 한 번도 하지 않았다.

장사 안 되는 사무실을 혼자 지키고 있는 것은 정말 힘든 일이다. 할 일이 없어서 인터넷으로 바둑이나 두고 있었더니 주변 부동산에서 저 사장님은 바둑만 둔다고 소문이 났다. 보증금 5,000만 원과 시설비 2,000만 원은 어떻게 한단 말인가. 그야말로 2년도 안 돼 다 날라가 버렸다. 장사는 안 돼도 생활은 해야 되니 나도 그만큼 돈을 없앴다. 잘 되는 부동산을 판돈과 보증금은 생활비로 다 날라 갔다. 그러고도 갈 데가 없었다. 참으로 난감한 일이다. 그때의 스트레스로 나는 처음으로 공인중개사자격증을 딴 것을 후회했다.

새로 입주하는 아파트가 있어 상가를 분양받았다. 4억 3,000만 원에 분양을 받아 놓고 저번에 한 실수를 만회하기 위해 분양받은 상가가 있는 옆 아파트 단지 내 상가에 단기 세를 얻어 입주했다. 실장도 쓸 만한 사람으로 하나 구하고 서너 달 동안 장사를 하며 입주하기를 기다렸다. 부동산을 시작한지 10년이 다 된 지금 처음으로 개업식을 했다. 친구들이 많이 왔고, 근처에 회원으로 있는 부동산 사장들도 다 왔다. 개업식을 마치고 일을 시작한 지 며칠 지나지 않아 어머님이 쓰러져 병원 중환자실에 입원했다. 의식이 없고, 수술을 하지 않으면 며칠 내로 죽는다는데 안 가볼 수가 없어서 입주한지 며칠 되지 않은 가게를 비워두고 병원으로 향했다.

입주 아파트는 입주기간이 정해져 있다. 대개는 2달 정도 시간을 주고 입주를 종용한다. 부동산 사무실도 그 때가 제일 바쁘다. 아파트는 한 번 입주하면 전세나 월세도 2년은 기본적으로 거주하기 때문에 입주아파트 첫 입주하는 시기에 계약을 많이 해서 돈을 벌어야 다시 계약이 돌아오는 2년을 버틴다. 그런데 어머님이 병원에 입원하는 악재를 만났다. 실장을 둘이나 뽑았지만 저녁에 가 보면 계약이 전혀 이루어지지 않고 있었다.

가게를 분양받을 때 2억 5,000만 원을 대출받았는데 원금과 이자를 합쳐 200만 원 가까이 내게 돼 있었다. 나중에 보니 이것도 잘못 설계돼 있었다. 3년 정도 거치기간을 두고 이자만 내게 했으면 가게를 팔아야 하는 수모는 겪지 않았을 텐데 말이다. 장사는 안 되지, 비용은 나가지 어머님은 병원에서 깨어나지도 못하고 누워계시지 죽을 맛이었다.

가뜩이나 존폐 위기인데 실장들까지 안 나오지. 개업한 지 1달이 지나지 않아 가게 문을 걸어 잠그고 어머님 상을 치뤘다. 이렇게 한꺼번에 불행은 찾아왔다. 어머님이 왜 하필이면 이 때 쓰러지고, 돌아가셨는지 도저히 이해가 가지 않았다.

어머님 상을 치루고 가게에 나오니 입주기간이 다 지나 있었다. 나는 울면서 가게를 팔려고 네이버에 내놨다. 그러나 입주기간이 끝난 아파트는 썰렁했다. 가게가 나갈리 없었다. 돈이 없는 와중에도 나는 가게를 둘로 나누는 공사를 시작했다. 가게를 둘로 나누어도 무리가 없을 정도로 크기가 적당했고, 둘로 나누어서 하나는 세를 주면 팔기가 쉬울 것 같아 일을 벌였는데 예상이 맞아떨어졌다. 목수가 와서 뚝딱뚝딱 며칠 일을 하니 가게가 둘로 나누어졌다. 가게 세입자를 들이고 월세를 받아 이자와 원금을 냈지만 모자랐다.

부동산 사무실을 하면서 자기 가게를 분양받아 사업을 한다는 것은 공인중개사들에게는 꿈이다. 왜냐하면 월세가 비싸서 몇 년만 있으면 월세로만 몇 천만 원이 훌쩍 나가기 때문이다. 월세만 안 내도 장사하기가 훨씬 수월하지 않겠는가. 그 오랜 꿈을 이루었는데 어머님 아프시고 돌아가시는 와중에 다 날아갔다. 지금 생각해도 참 어이없는 일이었다. 조금 일찍 돌아가시거나 조금만 늦게 돌아가셨어도 이렇게 가게를 날리는 일은 일어나지 않았을 것이다. 내가 어머님에게 너무 잘못한 게 많아 가시면서까지 벌을 주시고 간 건 아닌지 모르겠다. 그런데 지금도 이해가 가지 않는 일이 있다. 부동산을 처음 시작할 때 돈이 없어 매제나 동서에게 보증을 서가면서 돈을 빌렸는데 나중에 보니 꼭 그만큼의 돈이 어머니 통장에 있었다. 어머니가 돌아가시고 남동생이 어머님이 돈 2,000만 원이 들어 있는 정기예금통장을 줬는데 그걸 찾으려면 형 도장이 필요하다며 왔다. 그 말을 들은 부인이 너무하신 거 아니냐고 말했다. 평생을 같이 산 나나 당신에게 안 주고 그걸 왜 도련님에게 줬냐면서 울먹였다. 나도 모르겠다고 말했지만 많이 서운했다. 돈은 그렇다 치고 왜 하필이면 그 때 돌아가셨는지도 모르겠다고.

장사는 안 돼도 상가 살 때 받은 대출금과 이자내는 날은 꼬박꼬박 돌아왔다. 돈은 못 벌어도 아이들 학원은 보내야 되고, 생활비도 들어가서 한 달에 500만 원을 가지고도 모자랐다. 하루하루가 피를 말리는 기다림의 연속이었다. 빨리 가게를 정리하고 빚을 갚고 이 긴 터널에서 빠져나오기를 바랐다. 다행히 얼마 지나지 않아 상가 매수인을 만나 가게를 넘겨주면서 장밋빛 꿈도 날아갔다.

부동산 사무실을 안 할 수는 없어서 오래되고 몇 백 가구 안 되는 아파트 단지에 둥지를 틀었다. 많이 내는 월세와 감당할 수 없는 원금과 이자를 피해 싼 상가를 구해 사무실을 열었지만 장사가 될 리 없었다. 어쩌다 하나 걸린 계약이 말썽이 생겼다. 서울 사는 친구가 적당한 가격에 뭐든 사 놓아야겠다고 전화가 왔다.

내가 가지고 있던 아파트 분양권을 팔아서 빚을 갚고 마음 편히 살아보겠다고 친구에게 소개하고 계약을 했다.

계약을 하고 며칠이 지나지 않아 친구한테서 전화가 왔다. 자기가 계약한 물건이 시세보다 비싸다는 것이다. 피가 1,000만 원이나 싼 물건도 있는데 왜 그것만 비싸냐는 것이다. 그건 6층이고 이건 15층인데 가격 차이가 나는 것은 당연하다고 말을 했지만 막무가내였다. 나도 교차로에 나오는 것을 봤지만 그리 비싼 가격은 아니라고 했다. 아무리 논리적으로 설명을 했지만 친구는 막무가내로 안 산다는 것이다. 깎아준다는데도 안 산다는 것을 보면 살 생각이 없는 것 같았다. 계약은 이미 했고, 계약금도 오고가서 이 계약은 깨면 계약금 몰수당한다고 했더니 말이 안 된다고 사기라고 한다. 사기는 없는 물건을 팔거나 속여서 팔아 내가 이득을 보는 경우에만 성립되는 범죄였다. 나는 그저 수수료만 받으면 되는데 내가 무슨 계약금을 챙긴 것도 아니고 말이 안 되는 소리라고 해도 꿈쩍도 않고 계약금을 돌려달라는 말만 앵무새처럼 되풀이 한다. 나는 지쳤다. 네 맘대로 할 수밖에.

나는 중계만 했으니 주인에게 계약금을 물러줄 수 있느냐고 물어 보겠다고 했다. 그나저나 계약을 하고서 물건에 하자가 있는 것도 아니고, 비싸다는 이유로 계약을 취소하거나 없던 일로 할 수는 없었다. 친구에게 그렇게 말하니. 사기죄로 경찰에 신고하고, 구청에도 다운계약서 썼다고 신고를 한다는 것이다. 그러거나 말거나 하나도 문제될 게 없을 것 같았다. 정상적으로 계약을 했고, 없는 물건을 있다고 판 것도 아니고, 계약이 취소되면 다운계약서 쓴 것도 애초에 없는 일로 되니 별 문제가 될 것 같지는 않아서 계약금을 돌려주지 않았다.

그런데 어떻게 알았는지 그 물건이 내 아내 것 아니냐고 종조목 대기 시작했다. 2년쯤 전에 분양된 아파트 분양권을 1,000만 원인가 주고 내 아내 이름으로 사논 것이었다. 내 아내와 통화 했나 해서 아내에게 물어봤더니 통화를 한 적이 없다고 했다. 아니 전화번호도 모를 텐데 어떻게 알았단 말인가. 다른 사람 거라고 하면서 매도인 핑계를 대며 계약금을 돌려주지 않는다고 말을 했는데 난감하게 되었다. 거짓말을 한 것이 됐다. 그러면 모든 내 말에 신빙성이 없어지기는 한다. 그렇다고 불법은 아니다. 부동산 거래를 할 때 매도인과 매수인이 만나 계약서를 쓰지만 부동산이 누구의 것인지는 중요하지 않다. 그저 돈을 받고 소유권을 가져오면 그것으로 족하지 관계가 중요하지는 않다. 어떻게 내 부인인지를 알았는지 의문은 의문이고 계약금을 돌려주려니 아까웠다. 어차피 욕이라는 욕은 다 먹은 뒤였다. 계약을 유지하고 팔고 싶은 마음이 강해서 네가 원하는 가격에 깎아 준다고 해도 친구는 안 산다는 것이다.

친구가 악이 받치는지 친구들이 모여 있는 단톡방에 사기꾼이라고 소문을 내서 나를 매장시키겠다고 협박을 하기 시작했다. 실제로 친구 몇 명으로부터 연락이 왔다. 그 친구의 일방적인 주장이라서 확인 차 전화를 했지만, 내가 사기 친 것을 기정사실화하고 확인을 한다는 투로 말을 했다. 나는 계약서는 정상적으로 썼고, 계약금도 들어왔는데 가격이 비싸다고 그런다. 깎아준다고 해도 계약을 해지하고 계약금을 돌려달라고 한다. 그렇게 말을 해도 믿지 못하는 눈치다.

점점 더 빠져나올 수 없는 감정의 구렁텅이에 빠지는 것 같았다. 카톡에 최후통첩을 알리는 톡이 왔다. 며칠 내로 계약금을 돌려주지 않으면 경찰서에 가서 사기죄로 고소를 하겠단다. 글쎄 계약서를 정상적으로 썼고, 계약금도 넘어갔는데 계약은 파기될 수 없고, 사기는 더더욱 말이 안 되었다. 내 각시 소유 물건이라고 말하지 않은 것도 하등의 문제가 될 것 같지도 않고, 조금 기다려 보기로 했다. 돌려 줘야 하나. 계약금을. 결코 비싸게 판 것 같지는 않은데 말이다.

그 일이 있고나서 몇 개월 지나지 않아 전국의 아파트 값이 오르기 시작하더니 친구가 사지 않은 그 아파트도 입주시기가 되자 피가 4억 원이 되었다. 팔려고 계약한 금액의 10배가 넘는 수치다. 사람 일은 아무도 모른다. 이렇게 많이 오를 줄 알았으면 친구도 계약을 해지 하자고 그 난리를 치지는 않았을 것이다. 오히려 내게 고마워하지. 그런데 그건 시간이 지나봐야 아는 일이지. 귀신도 모른다. 미래를 예측한다고 떠드는 사람들 다 헛된 말이다. 누가 알겠는가. 그 변화무쌍한 세월을 말이다.

경찰서가 아니라 구청에서 먼저 연락이 왔다. 다운계약서를 썼다는 신고가 들어왔다는 것이다. 친구가 직접 와서 신고를 했다는 것이다. 경찰서도 간다고 했다는 것이다. 나는 사실대로 말했다. 다운계약서를 쓰긴 썼는데 계약이 취소가 되어 잔금날짜가 지나 계약의 효력이 없어졌다. 고 주장했다. 그런데도 담당 직원은 신고가 들어온 이상 조사를 해 봐야 하고 조치를 취해야 한다는 것이다. 부동산사무실이 6개월 영업정지가 나올 것 같다고 말했다. 말이 안 되는 소리라고 했다. 계약이 취소돼서 실체가 없는데 무슨 영업정지냐고 했지만 불만이 있으면 이의신청을 하라고 한다. 며칠이 지나자 정말로 영업정지 통지서가 날아왔다. 나는 곧바로 이의 신청서를 냈다.

며칠이 지나자 물건지 구청에서 거래를 하고 기한 내에 실거래가 신고를 하지 않아 실거래가 신고 위반이라며 200만 원짜리 과태료 통지서가 날아왔다. 갈 필요도 없이 이의 신청서를 작성해서 우편으로 보냈다. 실거래가 신고에 관한 법에 보면 계약이 취소되거나 무효가 되면 신고를 하지 않아도 되도록 되어 있었다.

두 구청에서 3번의 통지서가 왔고, 올 때마다 한 치의 망설임도 없이 이의 신청서를 냈더니 마지막엔 행정재판에 회부하기로 했다고 연락이 왔다. 법원에서 출석요구서가 오면 어떻게 답변해야 하는지 변호사 친구에게 조언도 구하고 변호사를 사야 하나 말아야 하나 고민을 하는데도 연락이 안 와서 잊어버리고 있었는데 법원으로부터 출석 요구서가 아니라 판결문이 왔다. 영업정지는 혐의 없음으로 효력이 정지 되었다고. 실거래가 신고 위반도 과태료를 물리는 것은 부당하다는 취지로 판결문이 왔다.

구청에 찾아가서 담당자에게 뭘 알지도 못하고 법을 잘못 적용해서 무고한 시민을 괴롭힌 것에 대해 피해 보상을 받으려면 어떻게 하는지 물어보았지만 속 시원한 대답을 듣지 못했다.

그 뒤로 친구와의 연락은 끊어졌고, 더 이상 계약금을 돌려달라는 연락도 협박도 없다. 그런데 그때 그 친구가 사지 않아서 나는 돈 몇 억을 더 벌었으니 참 아이러니다. 그 일이 있고 나서 사람들과의 관계가 어렵고 힘들어서 부동산 사무실을 접었다.

작가의 말

이 글은 진부하다. 소설인 듯 소설이 아닌 듯 수필인 듯 수필이 아닌 듯. 처음 구상은 소설이었다. 쓰다 보니 소설로는 도저히 담아낼 수 없는 말들이 있었다. 독자들에게 부동산 정보를 더 많이 주고 싶은 마음이 글의 완성도를 넘어섰다. 소설집 2권은 그렇게 쓰여 졌다.

부동산 사무실을 10년 넘게 운영하면서 별의별 사람들을 다 만났다. 그런 사람들이 이 소설의 소재다.

잘나가던 부동산사무실이 어느 날부터 월세도 내기 어려워졌다. 하루가 다르게 규제가 쏟아져 나오고 대출도 다 틀어막으니 10년 넘게 하던 부동산 사무실이 월세내기도 버거운 애물단지가 됐다. 넘어진 김에 쉬어간다고, 이참에 소설이나 써야겠다고 들어앉았다. 각종 규제와 대출 규제로 월세도 못 내서 휴업하고 집에 있으려니 와이프는 맨날 집구석에만 있지 말고 나가서 한 달에 100만원이라도 벌어오라고 매일 잔소리를 한다.

나는 그런다. 내가 돈 왜 안 벌어. 2년 전에 3000만원 주고 사놓은 분양권이 지금 1억 5000만원에서 2억 하는데. 당신이 10년 일해야 버는

돈인데. 그건 돈 버는 게 아니냐고 하면

그건 부업으로 하는 거란다. 미칠 노릇이다. 부동산 투자해서 돈 벌며 소설 쓰는 일이 비난받을 일인지 모르겠다. 또 내가 하는 건 투자가 아니고 투기란다.

나는 말한다. 내가 하는 거는 투자고, 남이 하는 건 다 투기다. 얼마나 산뜻한가.

돈은 버는 게 아니고 불리는 것이다. 라는 유대인 속담이 있다.

아이들에게 6개월 치 용돈을 한꺼번에 주었다. 갑자기 큰돈이 생긴 아이들은 어리둥절한 표정을 지었다. 나는 말했다. 주식에 투자를 해봐라.

2022년 5월

우리 행복할 수 있을까

ⓒ 서성식, 2022

초판 1쇄 발행 2022년 5월 18일

지은이   서성식
펴낸이   이기봉
편집   좋은땅 편집팀
펴낸곳   도서출판 좋은땅
주소   서울특별시 마포구 양화로12길 26 지월드빌딩 (서교동 395-7)
전화   02)374-8616~7
팩스   02)374-8614
이메일   gworldbook@naver.com
홈페이지   www.g-world.co.kr

ISBN   979-11-388-0952-8 (03810)